El paraíso de las mujeres

books4pocket

Vicente Blasco Ibáñez

El paraíso de las mujeres

editorial irio

© de la presente edición
Editorial Sirio, S.A.   Editorial Sirio   Ed. Sirio Argentina
C/ Panaderos, 14   Nirvana Libros S.A. de C.V.   C/ Paracas 59
29005-Málaga   Camino a Minas, 501   1275- Capital Federal
España   Bodega nº 8, Col. Arvide   Buenos Aires
                         Del.: Alvaro Obregón   (Argentina)
                         México D.F., 01280

www.editorialsirio.com
E-Mail: sirio@editorialsirio.com

Diseño de portada: Editorial Sirio, S.A.

Impreso por Novoprint, S.A.
Energía 53
Sant Andreu de la Barca (Barcelona)

Fotocomposición: books4pocket

I.S.B.N.: 978-84-92516-60-5
Depósito Legal: B-8929-09

Impreso en España - *Printed in Spain*

AL LECTOR

Considero necesario dar una explicación sobre el origen de este libro.

Una casa editorial cinematográfica de los Estados Unidos me pidió hace un año una novela para convertirla en "film", recomendándome que fuese muy «interesante» y se despegase por completo de los convencionalismos y rutinas que hasta ahora vienen observándose en las historias presentadas por medio del cinematógrafo.

Yo admiro el arte cinematográfico —llamado con razón el «séptimo arte»—, por ser un producto legítimo y noble de nuestra época. Como todo progreso, ha encontrado numerosos enemigos, que fingen despreciarlo; especialmente entre los escritores faltos de las condiciones necesarias para servir a este arte, aunque lo deseasen. La llamada República de las Letras es un estado conservador y misógino, que se subleva instintivamente ante toda novedad y la repele con sarcasmos que cree aristocráticos.

Cuando se inventó la imprenta, una gran parte de los literatos de entonces también la consideraron como algo populachero y ordinario, que nunca podría gustar a los espíritus escogidos. Fue preciso el transcurso de algunas decenas de años para que todos se convenciesen de que el libro impreso, aunque menos hermoso que el códice escrito a mano y con letras capitulares artísticamente iluminadas, servía mejor a la difusión de las ideas y al mejoramiento intelectual de la humanidad.

Dentro de un siglo las gentes se asombrarán tal vez al enterarse de que hubo escritores que presenciaron el nacimiento de la cinematografía y no hicieron caso de ella, apreciándola como una diversión pueril y frívola, buena únicamente para el vulgo ignorante.

Conozco todas las objeciones contra el cinematógrafo y su creciente difusión. Son las mismas que todavía a estas horas formulan algunas devotas, en el fondo de las provincias, contra la novela y contra el teatro, creyéndolos la perdición de la humanidad y la causa de todas las inmoralidades existentes.

Si la cinematografía no hubiese de dar en el curso de su desarrollo otras cosas que el sainete grotesco e inverosímil que hace reír con payasadas de "clown", o las historias de ladrones y detectives, yo abominaría de ella, como lo hacen muchos. Pero el nuevo arte está todavía en los primeros vagidos de su infancia; no tiene más allá de veinticinco años de existencia —que equivalen a veinticinco minutos en la historia de un invento útil—, y nadie sabe hasta dónde pueden llegar el desarrollo de su juventud y el esplendor de su madurez.

También la novela dio en distintos períodos de su vida una floración de libros que tuvieron por héroes a bandidos «simpáticos» o tenebrosos y a policías «providenciales», y a nadie se le ocurre decretar por ello la supresión de dicho género literario. Al lado de la novela psicológica y de observación directa existirá siempre la novela de folletín. Y lo mismo puede decirse del teatro. Juntos con el drama y la comedia, atraerán siempre a una gran parte del público el melodrama espeluznante o la farsa grotesca.

La cinematografía no iba a librarse de esta división impuesta por los dos gustos diversos y antitéticos que se reparten la gran masa del público. Como ocurre en la infancia de todo arte, el primer producto del cinematógrafo ha sido el melodrama terrorífico y la farsa que hace reir hasta desquijararse, géneros que con más rapidez atraen a las multitudes. Pero ahora, después de dos docenas de años de existencia, los que nos preocupamos del desarrollo cinematográfico vamos viendo cómo se afina el gusto del público en las naciones más instruidas y cómo al lado de las historias para reír y las tragedias detectivescas surgen las primeras manifestaciones de la verdadera novela cinematográfica, con caracteres extraídos de la realidad, observaciones psicológicas y una fábula que mantiene despierto al mismo tiempo el interés del espectador.

Yo creo próximo el nacimiento de muchas novelas cinematográficas que serán al mismo tiempo grandes obras literarias. Pero estas novelas resultan de más difícil producción que una novela en forma de libro, ya que en ellas no es posible lo que en la jerigonza literaria llamamos el «relleno».

La cinematografía no es el teatro mudo, como creen muchos; es una novela expresada por medio de imágenes y frases cortas.

El teatro tiene convencionalismos de lugar y de tiempo, impuestos por los breves límites de un escenario, y de los cuales no puede librarse. En cambio, la acción de la novela no reconoce limites; es infinita, como la del cinematógrafo, y puede componerse de tres o cuatro historias diversas, que se desarrollan a la vez, y al final vienen a confundirse en una sola; puede tener por escenario los lugares más diversos de nuestro planeta.

Una obra teatral llegará, cuando más, hasta siete actos y cambiará sus decoraciones quince o veinte veces: pero le es imposible ir más allá. Una novela, lo mismo que una historia cinematográfica, puede disponer de tantos escenarios como capítulos, tener por fondo los más diversos paisajes y por actores verdaderas muchedumbres.

Repito que el «séptimo arte» es novela y no teatro, y tal vez por esto todas las obras teatrales célebres que fueron trasladadas al cinematógrafo pasaron inadvertidas, mientras las novelas famosas, al ser filmadas, obtuvieron grandes éxitos, agrandándose el interés de su fábula con la plasticidad de los personajes que el lector sólo había podido imaginarse vagamente a través de las líneas impresas.

Hoy empieza a aumentar considerablemente en todas las naciones el número de los novelistas que nos preocupamos del arte cinematográfico.

La multiplicidad de los idiomas con que expresan los hombres su pensamiento representa para el artista literario un obstáculo que no conocen el pintor, el escultor, ni el músico. Es cierto que los traductores se encargan de salvar este obstáculo; pero por grande que sea su pericia y la conciencia con que realicen su trabajo, ¡resulta siempre tan diversa la novela traducida de la novela original, y se pierden tantas cosas en el traslado de una a otra!...

En cambio, la expresión cinematográfica puedo proporcionar a la novela la universalidad de un cuadro, de una estatua o de una sinfonía. Los rótulos del "film" y la necesidad de traducirlos representan poca cosa en esta clase de obras. Lo importante es la imagen vivida, la acción interpretada por seres humanos, valiéndose del gesto, que ignora el estrecho molde de las sílabas.

Gracias a este nuevo medio de expresión, el novelista que por su nacimiento pertenece a un país determinado puede tener por patria intelectual la tierra entera y ponerse en comunicación con los hombres de todos los colores y todas las lenguas, hasta con los que viven en los límites de un salvajismo recién abandonado. Por medio del «séptimo arte», un autor puede en la misma noche contar su historia imaginada a los públicos de Nueva York, Londres y París, a las muchedumbres cosmopolitas de los grandes puertos del Pacífico a los árabes que llegan a caballo al aduar del desierto donde funciona el modesto aparato del cinematografista errante, a los marineros que invernan en una isla del Océano Glacial y entretienen sus noches interminables con el relato mudo de las novelas luminosas.

Yo puedo decir que una de mis mayores satisfacciones literarias la tuve hace dos años, estando en California, al conversar con un japonés que había viajado por toda Asia.

Este hombre me habló de una de mis novelas, contándome su «argumento» del principio al desenlace para convencerme de que la conocía bien. No la había leído, por no estar traducida aún al idioma de su país, y pensaba comprar la versión inglesa.

Pero la había «visto» en un cinema de Pekín.

Además hay que hacer una confesión. La novela está en crisis actualmente en todas las naciones.

El siglo XIX fue el siglo de la música y de la novela. Resulta tan enorme la producción novelesca de los últimos cien años y tan diversas las actividades de sus novelistas, que autores y público viven ahora como desorientados.

Es casi imposible encontrar un camino virgen de huellas. Cuando el novelista cree seguir un sendero completamente inexplorado, se entera a los pocos pasos de que otros avanzaron por el mismo sitio antes que él. Todos los resortes de la maquinaria novelesca parecen flojos y mortecinos de tanto funcionar; todas las situaciones emocionantes, todos los caracteres salientes, todos los tipos de humanidad, están casi agotados. La originalidad novelesca va siendo cada vez más ilusoria. Por eso sin duda, muchos autores violentan la serena sencillez de su idioma, obligándole a producir una florescencia atormentada, de invernáculo, y hacen de ello su mayor mérito. Buscan ocultar de tal modo, bajo la frondosidad forzada del lenguaje, la anémica pobreza de la historia que cuentan.

Los novelistas se agitan infructuosamente en busca de novedad; el público exige igualmente novedad; pero la novela actual, cuando pretende en Francia y otros países ser verdaderamente nueva, no tiene nada de novela, y aburre al lector.... Y en esta crisis, que es universal, nadie columbra la solución.

Yo no afirmo que el cinematógrafo sea un remedio único y decisivo; reconozco además como indiscutible que la novela impresa será siempre superior a la novela expresada por el gesto, pues esta última no puede disponer con la misma amplitud que la otra de la sugestión inmaterial del «estilo»; pero creo que si los novelistas empiezan a intervenir directamente en el desarrollo del «séptimo arte», monopolizado hasta hace poco por personas sin competencia literaria, su esfuerzo servirá cuando menos para reanimar la novela, comunicándola una segunda juventud y haciendo más extensos sus dominios actuales.

Sin embargo, no a todos los países les es fácil adaptarse con éxito al nuevo medio de expresión literaria.

La cinematografía depende del desarrollo industrial de un país y de su riqueza.

El libro también necesita sujetarse a la influencia de estos dos factores; pero un editor de novelas impresas puede establecerse en cualquier parte donde existan imprentas y almacenes de papel, y le bastan unos cuantos miles de pesetas para publicar sus primeros volúmenes.

Las casas editoriales de cinematografía necesitan capitales de millones y crear por su propia cuenta inmensos talleres. Además, les es indispensable tener a sus espaldas la grandeza de una de esas naciones que son primeras potencias industriales, para encontrar con facilidad energías eléctricas gigantescas, fábricas capaces de producir nuevas maquinarias: en una palabra, para disponer de poderosos aliados y servidores.

Por este motivo, el más enorme de los pueblos americanos es y será siempre el primer productor cinematográfico de la tierra. Francia, que inventó la cinematografía, figura actualmente como una simple importadora de "films" facturados desde Nueva York.

El cinematógrafo ocupa en los Estados Unidos el quinto lugar entre los productos nacionales. Avanza a continuación del acero, el trigo y otros artículos indispensables para la vida.

Hay en aquella República veinticinco mil salas de cinematógrafo, algunas de ellas con lugar para más de seis mil espectadores.

En los miles de ciudades donde viven agrupados sus ciento veinte millones de habitantes, los teatros se mantienen en una situación estacionaria, mientras los cinemas son cada vez más numerosos.

De una obra cinematográfica americana de éxito en el mundo entero llegan a venderse por término medio doscientas copias. Es lo que se llama, en lenguaje de librería, «una mediana tirada». De estas copias Francia compra tres o cuatro para «pasarlas» en sus diversos cinemas; España tres; Italia tres o dos, etc. La Gran Bretaña, que es la mayor compradora de Europa, adquiere once o quince para la metrópoli y sus colonias.

En total: de las doscientas copias, los Estados Unidos consumen ellos solos ciento veinte, y las ochenta restantes son para los demás pueblos de la tierra. Así se comprende que los cinematografistas americanos, sin salir de su país, puedan cubrir todos sus gastos, que son inauditos, y realizar ganancias. El producto del resto del mundo es para ellos a modo de una propina.

Después de saber esto, reconocerá el lector que el cinematógrafo sólo puede ser americano, y que la suprema aspiración de todo novelista que desee triunfos en el «séptimo arte» consiste en abrirse paso allá... si es que puede, pues la empresa no resulta fácil.

Pero volvamos a la explicación del origen de este libro.

Como mi novela *Los cuatro jinetes del Apocalipsis* ha sido convertida en *film* —más extenso y costoso de todos los que se conocen hasta el presente, y el cual obtiene en los Estados Unidos un éxito que durará años—, recibí de Nueva York, como ya he dicho, el encargo de escribir un relato novelesco que pudiera servir para una obra cinematográfica de «interés y novedad».

Así produje EL PARAÍSO DE LAS MUJERES.

Esta historia fantástica, que se despega por completo de mis novelas anteriores, no ha nacido verdaderamente ahora, pues data de los tiempos de mi infancia.

Desde que leí, siendo niño, los *Viajes de Gulliver*, el recuerdo de Liliput y sus pequeños habitantes se fijó para siempre en mi memoria. Muchas veces me pregunté, en aquellos años ya remotos: «¿Qué habrá ocurrido en Liliput después que se marchó el héroe de Swift?...» Y me entretenía imaginando a mi modo los diversos episodios de la historia contemporánea de los pigmeos.

Ahora, en la madurez de mi vida, he intentado otra vez rehacer la historia moderna de Liliput, pero como puede realizarlo la fantasía de un hombre, menos optimista y generosa que la de un niño.

Esto de imaginarse una humanidad más pequeña que la nuestra, con nuestros mismos defectos y preocupaciones, como si fuese contemplada a través de un microscopio, es algo que halaga la vanidad de los hombres, y por lo mismo resulta tan antiguo como su existencia.

Swift, el humorístico deán irlandés, fue el creador de Gulliver y del reino de Liliput; pero cien años antes, Rabelais, que indudablemente le sirvió de modelo, había descrito con no menor humor las costumbres de enanos y gigantes.

Tengo la certeza de que en todas las literaturas antiguas fueron muchos los relatos sobre países de pigmeos y países de colosos. ¿Qué pueblo no contó historias de gnomos minúsculos, de vida misteriosa, y gigantes que para contemplar a uno de nuestra especie necesitan colocarlo sobre la palma de una mano?... Voltaire se inspiró en Swift para crear su *Micromegas*, y sería muy largo el relato de todos los novelistas y cuentistas que imitaron más o menos directamente este género de fantasías.

Yo escribí la presente novela creyendo que únicamente iba a servir para la producción de una cinta cinematográfica, y jamás aparecería en forma de libro. En realidad, la casa editorial de Nueva York no me pidió una novela, sino lo que llaman en lenguaje cinematográfico un «escenario», un relato escueto y de pura acción, para que sirva de guía al director de escena, a los encargados de las tramoyas y a los actores que interpretan los personajes.

Pero excitado por la novedad del trabajo y a impulsos también de mis hábitos de novelista, empecé a escribir y a escribir, sin darme cuenta de que en vez de un «escenario» producía una novela, y en veintiuna tardes terminé EL PARAÍSO DE LAS MUJERES.

Nunca he trabajado tan aprisa y con tanto fervor. Creo que si me pusiera ahora a hacer una copia del presente libro emplearía más tiempo.

Repito que jamás pensé que mi novela cinematográfica pudiera convertirse en volumen impreso; y mi sorpresa fue grande al ver que el «escenario» era un libro al que algunos pretendían encontrar cierta intención filosófica y política. Hasta en los Estados Unidos—país donde las mujeres ejercen una enorme y legítima influencia—creen algunos, equivocadamente, que mi novela es a modo de una sátira del feminismo norteamericano.

Como EL PARAÍSO DE LAS MUJERES ha sido traducida ya a varios idiomas, me decido a publicarla igualmente en español, aunque no pensase en ello cuando la escribí.

Será una obra más dentro del marco de la novela española, la cual desde hace algunos años no peca ciertamente por exceso de variedad. Los más de los novelistas marchan en fila india, uno tras otro, y sólo de tarde en tarde se les ocurre saltar un poco fuera del sendero. Mientras tanto, en los otros países la novela procura renovarse y los autores cambian con frecuencia su manera de ver la vida y de expresar sus impresiones, para que no los «encasille» el público, adivinando de antemano lo que pueden decir. Además, la novela es un género de variedad infinita, y allí donde todos los novelistas describen lo mismo, con un lenguaje semejante, la novela corre peligro de muerte.

Tal vez el presente libro sea considerado por muchos como una «equivocación» al compararlo con mis anteriores obras; pero yo prefiero equivocarme yendo en busca de novedad, a conseguir aciertos fáciles, que muchas veces no son mas que simples repeticiones de triunfos anteriores. De todos modos, me anima la esperanza de que este relato ligero tal vez resulte más entretenido para el lector que muchas novelas de moda reciente, en las que se emplean trescientas páginas sólo para preparar el encuentro a puerta cerrada de dos personas de distinto sexo, llegando así a la escena «culminante» de la obra, que es simplemente una escena de «libro verde», escrita con las precauciones necesarias para bordear el Código y que el volumen pueda exponerse sin peligro en los escaparates de las librerías.

Del *film* que dio origen a esta novela diré que aún está por nacer. Según parece, fui amontonando en él tales dificultades do ejecución, que los ingenieros norteamericanos que inventan nuevas «magias» para esta clase de obras todavía están haciendo estudios y no han podido encontrar el modo de que aparezcan en el lienzo luminoso, a un mismo tiempo y sin trampa visible, la enormidad del Gentleman-Montaña y la bulliciosa pequeñez de las muchedumbres que pueblan la Ciudad-Paraíso de las Mujeres.

VICENTE BLASCO IBAÑEZ
Villa Fontana Rosa Mentón
(Alpes Marítimos) Febrero 1922

1. Frente a la Tierra de Van Diemen

Edwin Gillespie, joven ingeniero de Nueva York, llevaba varias semanas de navegación a bordo de uno de los paquebotes ingleses que hacen la carrera entre San Francisco y Australia.

Nunca había conocido un viaje tan triste. Recordaba con dulce nostalgia su navegación de tres años antes, desde los Estados Unidos a las costas de Francia, cuando era oficial del ejército americano e iba a guerrear contra los alemanes. Aquella travesía resultaba peligrosa; reinaba a bordo una continua vigilancia por miedo a los submarinos y a las minas flotantes; pero Gillespie tenía entonces como inseparables compañeros la alegría de una juventud ansiosa de aventuras y el entusiasmo del que va a exponer su vida por un ideal generoso.

Ahora llevaba como invisibles camaradas de viaje la desesperación y el aburrimiento, y cuando conseguía huir de uno, caía en los brazos del otro. Se había embarcado apresuradamente, creyendo encontrar la fortuna lejos de los Estados Unidos; pero se sentía cada vez más triste así como iba alejándose de su tierra natal.

Era el amor el que le había aconsejado esta resolución desesperada.

A su vuelta de la gran guerra había visto el mundo transfigurado. Todo le parecía más hermoso; las cosas adoptaban nuevas formas; el aire cantaba junto a sus oídos, agitado por las vibraciones de una sinfonía interminable. Y todo esto era porque acababa de conocer a miss Margaret Haynes, una persona primaveral, cuyos diez y nueve años, alegres y graciosos, se desbordaban en risas, palabras musicales y gestos encantadores.

Gillespie olvidó de golpe todo su pasado al hablar con esta adorable criatura. Creyó que su vida anterior había sido un ensueño. Recordaba con esfuerzo, como si fuesen pálidas visiones, su ida a Europa; los combates junto a Saint-Mihiel, de los que salió herido; la ceremonia guerrera durante la cual a él y a otros compañeros les colocaron sobre el pecho la roja cinta de la Legión de Honor.

Para Edwin Gillespie la única realidad era miss Margaret, y los días que no la veía, aunque sólo fuese por unos momentos, se imaginaba que el cielo era otro y que se desarrollaban en su inmensidad tremendos cataclismos de los que no podían enterarse los demás mortales.

Toda una primavera se encontraron en los tes de los hoteles elegantes de Nueva York. Después, durante el verano, siguieron conversando y bailando en las playas del Atlántico más de moda.

Miss Margaret era la hija única del difunto Archibaldo Haynes, que había reunido una fortuna considerable trabajando con éxito en diversos negocios. La sonriente *miss* iba a heredar algún día varios millones; y esto no representaba para ella ningún impedimento en sus simpatías por Gillespie, buen mozo, héroe de la guerra y excelente bailarín, pero que aún no contaba con una posición social.

El ingeniero se tuvo durante medio año por el hombre más dichoso de su país. Miss Haynes fue la que se encargó de envalentonar su timidez con prometedoras sonrisas y palabras tiernas. En realidad, Edwin no supo con certeza si fue él quien se atrevió a declarar su amor, o fue ella la que con suavidad le impulsó a decir lo que llevaba muchos meses en su pensamiento, sin encontrar palabras para darle forma.

Margaret aceptó su amor, fueron novios, y desde este momento, que debía haber sido para Gillespie el de mayor felicidad, empezó a tropezar con obstáculos. Seguro ya del cariño de la hija, tuvo que pensar en la madre, que hasta entonces sólo había merecido su atención como una dama de aspecto imponente, muy digna de respeto, pero que siempre se mantenía en último término, cual si deseara ignorar la existencia del ingeniero. Mistress Augusta Haynes era una señora de gran estatura y no menos corpulencia, breve y autoritaria en sus palabras, y que contemplaba el deslizamiento de la vida a través de sus lentes, apreciando las personas y las cosas con la fijeza altiva del miope. Dotada de un meticuloso genio administrativo, sabía mantener íntegra la fortuna de su difunto esposo y acrecentarla con lentas y oportunas especulaciones.

Amaba a su hija única, tanto como detestaba a la juventud actual por su carácter frívolo y su inmoderada afición al baile. En las reuniones buscaba siempre a las personas graves, lamentándose con ellas de la ligereza y la corrupción de los tiempos presentes. Se había fijado en la asiduidad con que el ingeniero seguía a su hija, en su afición a bailar juntos y en sus conversaciones aparte. Además, tenía noticias de varios encuentros, demasiado casuales, en los paseos de la ciudad.

Como si su instinto le avisase la certeza de un amor que hasta entonces sólo había sospechado, mistress Augusta

Haynes, al llegar el invierno, decidió pasarlo lejos de Nueva York, y fue a instalarse con su hija en un lujoso hotel de Pasadena. Creyó, sin duda, con egoísta ilusión, que un hombre que había ido de América a Europa para hacer la guerra era incapaz de trasladarse igualmente de Nueva York a California detrás de su amada; pero pronto pudo convencerse de su error.

Una semana después, al bajar por la mañana al parque del hotel, vio a Margaret jugando al *tenis* con un *gentleman* de pantalón blanco, brazos arremangados y camisa de cuello abierto: el ingeniero Gillespie.

Miss Haynes, que había hecho el viaje malhumorada y nerviosa, sonreía ahora como si viese revolotear escuadrillas de ángeles por encima de los naranjos californianos. En cambio, la madre recobró su gesto inquisitorial, acogiendo con helada cortesía las grandes demostraciones de afecto del ingeniero.

—Ha sido para mí una agradable sorpresa –dijo el joven–. Yo no sabía que estaban ustedes aquí....

Y por debajo de la naricita sonrosada de miss Margaret revoloteaba una sonrisa que parecía burlarse de tales palabras.

Desde entonces, la majestuosa viuda empezó a pensar en lo urgente que era librarse de este aspirante a la dignidad de yerno suyo. La gallardía física del buen mozo, su aventura militar, que tanto entusiasmaba a las jóvenes, y sus destrezas de danzarín, eran para la señora Haynes otros tantos títulos de incapacidad.

Ella apreciaba en los hombres cualidades más positivas. ¿A cuánto ascendía su fortuna? ¿Qué es lo que había hecho hasta entonces de serio en su existencia?...

Era ingeniero; pero esto no representaba mas que un simple diploma universitario. Había prestado sus servicios en unas cuantas fábricas, ganando lo preciso para vivir, y cuando llegaba el momento de la guerra, en vez de quedarse en América para trabajar en un gran centro industrial e inventar algo que le hiciese rico, prefería ser soldado, debiendo sólo a un capricho de la suerte el no quedar tendido para siempre sobre la tierra de Europa.

Su marido había sido otro hombre, y ella deseaba para Margaret un esposo igual, con una concepción práctica de la existencia, y que supiese aumentar los millones de la cónyuge aportando nuevos millones producto de su trabajo.

La viuda no ahorró medios para hacer ver al ingeniero su hostilidad. Evitaba ostensiblemente el invitarlo a sus fiestas; fingía no conocerle; estorbaba con frecuentes astucias que su hija pudiera encontrarse con él.

Miss Margaret se mostraba triste cuando de tarde en tarde conseguía hablar con Edwin, lejos de la agresividad de su madre y de la animadversión de todas las familias amigas, igualmente hostiles a él.

Un día, Gillespie, con un esfuerzo supremo de su voluntad y más conmovido que cuando avanzaba en Francia contra las trincheras alemanas, visitó a la majestuosa viuda para manifestarle que Margaret y él se amaban y que solicitaba su mano.

Aún se estremecía en el buque al recordar el tono glacial y cortante con que le había contestado la señora. Su hija era heredera de una respetable fortuna, y bien merecía que su esposo aportase, cuando menos, otro tanto a la asociación matrimonial.

—Además —dijo la viuda—, yo deseo un yerno que sea persona seria y trabaje con provecho. Nunca me han gustado los hombres que pasan el tiempo soñando despiertos, leyendo libros o escribiendo cosas que nada producen.

Gillespie tuvo que reconocer que la viuda estaba bien enterada de su existencia; tal vez por la indiscreción de un amigo infiel, tal vez por las informaciones de algún detective particular. En realidad, este ingeniero era algo dado al ensueño, gustaba mucho de la lectura, y en sus cajones, junto con los planos y los cálculos de su profesión, guardaba varios cuadernos de versos.

Margaret le amaba; pero el amor de una señorita de buena familia y excelente educación, acostumbrada a las comodidades que proporciona una gran fortuna, debe tener sus límites forzosamente. No iba ella a abandonar a su madre y a reñir con todas las familias amigas para casarse con un novio pobre, dedicado por completo a su amor e ignorante del camino que debía seguir en el presente momento. Estas resoluciones desesperadas sólo se ven en las novelas.

Tenía además cierta confianza en el porvenir y consideraba oportuno dejar pasar el tiempo. Su madre tal vez cediese al ver que transcurrían los años sin que ella amase a otro hombre. Edwin podía estar seguro de su fidelidad. Mientras tanto, la Fortuna tal vez se fijase de pronto en Gillespie, como se había fijado en mister Haynes. Acostumbrada a ver en los salones de su casa a muchos hombres que habían empezado su carrera siendo pobres y ahora eran millonarios, se imaginó que esta era inevitablemente la historia de todos los humanos y que a Edwin le llegaría su turno.

Pero la madre velaba, y cortó con una enérgica resolución esta rebeldía mansa. La señora y la señorita Haynes desaparecieron de su hotel. El ingeniero, después de disimuladas averiguaciones entre las familias amigas de ellas residentes en Pasadena y en Los Ángeles, llegó a saber que se habían trasladado a San Francisco. fue allá, y consiguió una tarde hablar con Margaret en el Gran Parque, cuando paseaba con su maestra de español.

La entrevista resultó grata para el joven, porque le dio la seguridad de que Margaret le amaba siempre; mas no por eso sacó de ella un resultado positivo.

Miss Haynes era una buena hija y no se declararía nunca en rebelión contra su madre. Pero como en sus afectos sólo podía mandar ella, juró a Edwin que le esperaría un año, dos, tres, todos los que fuesen necesarios, hasta que él encontrase una situación verdaderamente lucrativa o un medio indiscutible de hacer fortuna. Con esto era seguro que la madre cejaría en su resistencia.

El ingeniero juró también con el entusiasmo de una juventud enérgica. Él conseguiría esta fortuna. Ignoraba completamente, al formular su juramento, de qué modo puede obtenerse la riqueza; pero una nueva voluntad, más fuerte que la que hasta entonces le había guiado en la vida, empezaba a despertar en su interior.

—¡Adiós, Margaret! Antes de un año seré rico, y nos casaremos....

Luego, al verse solo, sin la dulce embriaguez que parecía invadirle cuando estaba al lado de su novia, volvió a contemplar la realidad tal como era, hostil y repelente. ¿Cómo puede un hombre ganar unos cuantos millones en un año cuando los necesita para casarse con la mujer que ama?... Quiso ver otra vez a Margaret, para que su voluntad adquiriese nuevas fuerzas, pero no pudo encontrarla. La viuda de Haynes, que sin duda había tenido noticias de esta entrevista por la profesora de español, se marchó de San Francisco con su hija, y esta vez Edwin no pudo averiguar nada acerca de su paradero.

Le era preciso, después de esto, tomar una resolución. Su vida en Los Ángeles, siguiendo los pasos de una muchacha millonaria, había disminuido considerablemente los contados miles de dólares que representaban todo su capital. Necesitaba lanzarse cuanto antes a un nuevo trabajo para no verse en la indigencia.

Creyó, como todos, que la fortuna únicamente puede esperarnos en un lugar de la tierra muy apartado de aquel en que nacimos, casi en los antípodas, y por eso aceptó con verdadera fe los informes de un amigo que le aconsejaba ir a Australia, ofreciéndole para allá varias cartas de recomendación.

Gillespie acabó embarcándose con rumbo a Melbourne, pero antes escribió a una amiga de Margaret para que ésta conociese su resolución y el lugar de la tierra adonde le encaminaba su nueva aventura.

La larga navegación fue muy triste para él. La soledad voluntaria en que se mantuvo entre los pasajeros sirvió para excitar sus recuerdos dolorosos. Durante la primera escala en Honolulu tuvo la esperanza, sin saber por qué, de recibir un cablegrama de Margaret animándole a perseverar en su resolución. Pero no recibió nada.

Luego vino la interminable travesía hasta Nueva Zelanda, siguiendo la curva de más de una mitad del globo terráqueo, a través de los numerosos archipiélagos esparcidos en el Pacífico. En Auckland tampoco le salió al encuentro ningún cablegrama.

Varias familias de Nueva Zelanda tomaron pasaje para ir a Sidney o a Melbourne. El joven americano evitaba toda amistad con los compañeros de viaje. Prefería la melancolía de sus recuerdos, entregándose a ellos ya que no le era posible el placer de la lectura. Durante la larga travesía había leído todos los volúmenes que llevaba con él y los de la biblioteca del buque, que por cierto no eran nuevos ni abundantes.

Una tarde, cuando el paquebote debía hallarse cerca de la antigua Tierra de Van Diemen, el ingeniero, que dormitaba tendido en un sillón del puente de paseo, vio un libro abandonado en el sillón inmediato. Le bastó la primera ojeada para darse cuenta da que debía pertenecer a los niños de una familia subida al buque en Nueva Zelanda.

La cubierta del libro era en colores, y el dibujo de ella le hizo conocer su título antes de leerlo. Vio un hombre con sombrero de tres picos y casaca de largos faldones, que tenía las piernas abiertas como el coloso de Rodas y las manos apoyadas en las rótulas. Por entre las dos columnas de sus pantorrillas desfilaba, a pie y a caballo, llevando tambores al frente y banderas desplegadas, todo un ejército de enanos tocados con turbantes y plumeros, a estilo oriental.

—Las *Aventuras de Gulliver* –murmuró el ingeniero–. El gracioso libro de Swift... ¡Cuánto tiempo hace que no he leído esto!... ¡Qué feliz era yo en los años que podía interesarme tal lectura!...

Y Gillespie, tomando el volumen, lo abrió con una curiosidad risueña y algo desdeñosa. Primeramente fue mirando las distintas láminas; después empezó la lectura de sus páginas, escogidas al azar, dispuesto a abandonarla, pero retardando el momento a causa de su curiosidad, cada vez más excitada. Al fin acabó por entregarse sin resistencia al interés de un libro que resucitaba en su memoria remotas emociones.

Pero esta lectura, empezada contra su voluntad, fue interrumpida violentamente.

Tembló el piso de la cubierta bajo sus pies. Todo el buque se estremeció de proa a popa, como un organismo herido en mitad de su carrera, que se detiene y acaba por retroceder a impulsos del golpe recibido.

El ingeniero vio elevarse sobre la proa un gran abanico de humo negro y amarillento atravesado por muchos objetos oscuros que se esparcían en semicírculo. Esta cortina densa tomó un color de sangre al cubrir el horizonte enrojecido por la puesta del sol.

Sonó una explosión inmensa, ensordecedora, y después se hizo un profundo silencio en la dulce serenidad de la tarde, como si el infinito del mar y el horizonte hubiesen absorbido hasta la última vibración del atronador desgarramiento. Pero el silencio fue corto. A continuación, todo el buque pareció cubrirse de aullidos de dolor, de gritos de sorpresa, de carreras de gentes enloquecidas por el pánico, de órdenes enérgicas. Por las dos chimeneas del paquebote se escaparon torrentes mugidores de humo negro, al mismo tiempo que debajo de la cubierta empezaba un jadeo ruidoso, igual al estertor de un gigante moribundo.

A partir de este momento, el ingeniero creyó haber caído en un mundo irreal, en una vida completamente distinta de la ordinaria. Los hechos se sucedieron con una rapidez desconcertante.

Se vio hablando con un oficial que corría a lo largo de la cubierta dando gritos a los marineros para que echasen los botes al agua.

—Hemos tocado con la proa una mina flotante –dijo contestando a las preguntas de Gillespie–. Y si no es una mina, será un torpedo abandonado por alguno de los corsarios alemanes que navegaron en el Pacífico.

Respondió el ingeniero con un gesto de incredulidad. ¿Cómo podían las corrientes oceánicas arrastrar una mina flotante hasta Australia?... ¿Por qué raro capricho de la suerte iban ellos a chocar con un torpedo abandonado por un corsario en la inmensidad del Pacífico?... Oyó que le hablaban; pero esta vez era un pasajero con el que sólo había cambiado algunos saludos durante el viaje.

—No creo en la mina ni en el torpedo –dijo este hombre–. Deben haber embarcado dinamita en Nueva Zelanda o alguna otra materia explosiva. Lo cierto es que nos vamos a pique irremediablemente.

Gillespie se dio cuenta de que decía verdad. El buque empezaba a hundir su proa y a levantar la popa lentamente. Las olas invadían ya la parte delantera del buque, llevándose los objetos rotos por la explosión y los cadáveres despedazados.

Los tripulantes echaban los botes al agua. Los oficiales, ayudados por algunos pasajeros, todos con su revólver en la diestra, iban reglamentando el embarco de la gente. Las mujeres y los niños ocupaban con preferencia las grandes balleneras; luego embarcaban los hombres por orden de edad.

Se abstuvo Gillespie de unirse a los grupos que esperaban sobre la cubierta el momento de huir del buque. Sabía que él, por su juventud y su vigor, debía ser de los últimos. Un tranquilo fatalismo guiaba ahora sus acciones. La muerte se le aparecía como algo dulce y triste que podía solucionar todas las contrariedades de su existencia.

Automáticamente se metió en su camarote, tomando muchos objetos de un modo instintivo, sin que su razón pudiese definir por qué hacía esto.

Al volver a la cubierta, ya no vio a los grupos de pasajeros. Todos estaban en los botes. Sólo quedaban algunos tripulantes, y el mismo oficial que le había hablado corría ahora de una borda a otra, dando órdenes en el vacío.

—¿Qué hace usted aquí? –le preguntó severamente–. Embárquese en seguida. El buque se hundirá en unos minutos.

Así era. La proa había desaparecido enteramente; las olas barrían ya la mitad de la cubierta; el interior del paquebote callaba ahora con un silencio mortal. Las máquinas estaban inundadas. Un humo denso y frío, de hoguera apagada, salía por sus chimeneas.

Gillespie tuvo que subir a gatas por la cubierta en pendiente, lo mismo que por una montaña, hasta llegar a un sitio designado por el oficial, del que colgaba una cuerda. Se deslizó a lo largo de ella con una agilidad de deportista acostumbrado a las suertes gimnásticas, hasta que tuvo debajo de sus plantas el movedizo suelo de madera de un bote.

Unos pies golpearon su cabeza, y tuvo que sentarse para dejar sitio al oficial, que descendía detrás de él.

El bote no era gran cosa como embarcación. Lo habían despreciado, sin duda, los demás tripulantes y pasajeros que llenaban varias balleneras vagabundas sobre la superficie azul. Todas estas embarcaciones se alejaban a vela o a remo del buque agonizante.

Por fortuna, este bote, en el que podían tomar asiento hasta ocho personas, sólo estaba ocupado por tres: Gillespie, el oficial y un marinero.

El paquebote, acostándose en una última convulsión, desapareció bajo el agua, lanzando antes varias explosiones, como ronquidos de agonía. La soledad oceánica pareció agrandarse después del hundimiento de esta isla creada por los hombres. Las diversas embarcaciones, pequeñas como moscas, se fueron perdiendo de vista unas de otras en la penumbra del crepúsculo. El mar, que visto desde lo alto del buque sólo estaba rizado por suaves ondulaciones, era ahora una interminable sucesión de montañas enormes de angustioso descenso y de sombríos valles, en los que el bote parecía que iba a quedarse inmóvil, sin fuerzas para emprender la ascensión de la nueva cumbre que venía a su encuentro.

Los tres hombres remaron varias horas. Luego la fatiga pudo más que su voluntad, y acabaron tendiéndose en el fondo de la embarcación.

La lobreguez de la noche abatió sus energías. ¿Para qué seguir remando a través de las sombras, sin saber adonde iban? Era mejor esperar la luz de la mañana, economizando sus fuerzas.

Acabó Gillespie por dormirse con ese sueño pesado y profundo, de una densidad animal, que sólo conocen los hombres cuando están en vísperas de un peligro de muerte.

Le pareció que este sueño y la misma noche sólo habían durado unos minutos. Una impresión cáustica en la cara y en las manos le hizo despertar.

Era la caricia del sol naciente. El bote se agitaba con movimientos más suaves que en la noche anterior. El cielo no tenía sobre sus ojos una nube que lo empañase; todo él estaba impregnado de oro solar. Las aguas se extendían más allá de las bordas del bote, formando una llanura de azul profundo y mate que parecía beber la luz.

Se incorporó, y al tender su vista de un extremo a otro de la embarcación, no pudo retener un grito de sorpresa. Se llevó una mano a los ojos, restregándoselos para ver mejor.

Estaba solo.

2. Noche de misterios
y despertar asombroso

No pudo comprender la desaparición de sus compañeros. Es más: presintió que este misterio no lo aclararía nunca. Tal vez se habían precipitado sin quererlo en el mar, al hacer una maniobra de la que él no se dió cuenta durante su sueño. Luego pensó que, al encontrarse en el curso de la noche con alguna de las grandes balleneras procedentes del paquebote, el oficial y el marinero habían querido pasar a ella por considerarla más segura, abandonando a Edwin a su suerte para no cargar a la repleta embarcación con un pasajero más.

El joven olvidó pronto esta felonía. Necesitaba trabajar para salir de su angustiosa situación. Durante algunas horas remó y remó, siguiendo el rumbo que le aconsejaba su instinto.

Se había sentido en muchas ocasiones orgulloso de su vigor corporal, pero jamás sus fuerzas se mostraron tan poderosas e incansables como en la presente aventura. De vez en cuando se ponía de pie, esparciendo su vista por todo el círculo del horizonte, sin distinguir la más pequeña embarcación. Los fugitivos del naufragio estaban ya muy lejos, o los había tragado el mar durante la noche.

A mediodía descansó para comer. En el bote había abundantes provisiones, así como numerosos y diversos objetos en disparatado amontonamiento. Era una suerte que sus compañeros no hubiesen pensado en llevarse tantas cosas preciosas.

Algunas horas después, Edwin presintió la proximidad de la tierra. El mar tranquilo, sin más alteración que algunas leves ondulaciones, mugía sordamente en el horizonte, formando una línea de espumas. Debía ser una barrera de obstáculos submarinos, en torno a los cuales se revolvían las aguas, hirviendo en incesantes espumarajos.

El ingeniero remó directamente hacia estos escollos, adivinando que eran las crestas de invisibles murallas formadas por el coral. Más allá existirían tal vez tierras firmes. Avanzó con precaución a través de las aguas alborotadas, sufriendo violentas sacudidas sobre tres líneas de olas, que casi le hicieron zozobrar. Pero una vez pasado tal obstáculo, se vio en un inmenso y tranquilo circo de agua.

En todo lo que abarcaba su vista, el mar ofrecía la tersura de un lago, teniendo por orla la línea de rompientes, y por el lado opuesto, una sucesión de tierras bajas que debían ser islas.

Edwin siguió bogando. Varias veces hundió un remo verticalmente en el agua con la esperanza de tocar fondo. No pudo conseguirlo; pero adivinó que su bote se deslizaba sobre una extensión acuática que sólo tenía algunos metros de profundidad.

Media hora después, al volver a hundir el remo, creyó tocar una roca; pero siguió avanzando mucho tiempo, sin que la quilla del bote rozase ningún obstáculo. Empezaba a ocultarse el sol cuando llegó cerca de tierra, y fue siguiendo su contorno a unos cincuenta metros de distancia. Iba en busca de una bahía pequeña o de la desembocadura de un riachuelo para poder desembarcar, conservando su bote.

Como empezaba a anochecer, aceleró su exploración antes de que se extinguiese por completo la incierta luz del crepúsculo. Vio que la costa avanzaba formando un pequeño cabo y que, en torno de su punta, las aguas se mantenían tranquilas, con una pesadez que denunciaba cierta profundidad. Llegó a tocar con la proa esta tierra, relativamente alta entre las tierras inmediatas. Apoyando sus manos en el reborde de la orilla, dio un salto y quedó de pie sobre el reducido promontorio.

Lo primero que pensó fue buscar una piedra, un árbol, algo donde atar la cuerda del bote, que sostenía con su diestra. Tuvo miedo de que durante la noche la resaca se llevase mar adentro esta embarcación, que representaba su única esperanza.

Buscando en la penumbra, dio con un grupo de arbustos vigorosos cuyas ramas llegaban a la altura de su cabeza. Fijándose en ellos, pudo ver que tenían la forma de árboles altísimos, contrastando su aspecto con su relativa pequeñez.

Pero no creyó oportuno perder el tiempo en la contemplación de este fenómeno vegetal, y se limitó a pasar la cuerda en derredor de tres de los árboles enanos, dejando sujeto de este modo su bote para que no se alejase de la costa. Después siguió adelante por el promontorio, metiéndose tierra adentro.

La noche había cerrado ya completamente, y Gillespie tuvo que desistir a la media hora de continuar esta marcha sin rumbo determinado. No se veía una luz ni el menor vestigio de habitación humana. Tampoco llegó a descubrir la existencia de animales bajo la maleza, en la que se hundía a veces hasta la cintura.

Quiso volver atrás, convencido de la inutilidad de su exploración. Prefería pasar la noche en el bote, por ofrecerle mayores comodidades para su sueño que esta tierra desconocida. Pero al poco tiempo de marchar en varias direcciones se dio cuenta de que estaba completamente desorientado. Aquel mar tranquilo como una laguna, sin rompientes y sin olas, no podía guiarle con el ruido de sus aguas al chocar contra la orilla.

Un silencio absoluto envolvió a Edwin. La profunda calma de la noche solamente se turbaba con el crujido de los arbustos, que tenían forma de árboles. Sus ramas, al partirse bajo sus pies, lanzaban chasquidos de madera vigorosa.

Al salir a una llanura abierta en la selva enana, se sentó en el suelo, admirando la suavidad del césped. Lo mismo era pasar allí la noche que en la embarcación. No hacía frío, y además él estaba abrumado por el cansancio y por las tremendas emociones sufridas en el mar. Comió varias galletas y un pedazo de chocolate encontrados en sus bolsillos y acabó por tenderse, reconociendo que este lecho algo duro no le privaría del sueño.

Iba a dormirse, cuando notó algo extraordinario en torno de él. Adivinaba la proximidad invisible de pequeños animales de la noche, atraídos sin duda por la novedad de su presencia. Bajo los matorrales inmediatos sonaba un murmullo de vida comprimida y susurrante, igual a un revoloteo de insectos o un arrastre de reptiles.

—Deben ser ratas –pensó el ingeniero.

Al extender, desperezándose, uno de sus brazos, dio contra los matorrales más próximos, e inmediatamente sonó bajo el ramaje un rumor medroso de fuga.

Gillespie sonrió, satisfecho de no estar solo en esta tierra misteriosa. No se había equivocado: eran ratas ú otros roedores del bosque de arbustos.

De nuevo empezaba a adormecerse, cuando un zumbido, que parecía sofocado voluntariamente, pasó varias veces sobre su rostro. Al mismo tiempo le abanicó las mejillas cierta brisa dulce, semejante a la que levantan unas alas agitándose con suavidad.

—Algún murciélag –volvió a decirse.

Sus ojos creyeron ver en la lobreguez algo más oscuro aún que pasaba, flotando en el aire, por encima de su rostro. De este pájaro de la noche surgieron repentinamente dos puntos de luz, dos pequeños focos de intensa blancura, iguales a unos ojos hechos con diamantes. Un par de rayos sutiles pero intensísimos se pasearon a lo largo de su cuerpo, iluminándole desde la frente hasta la punta de los pies. El ingeniero, asombrado por el supuesto murciélago, levantó un brazo, abofeteando al vacío. Instantáneamente, el misterioso volador apagó los rayos de sus ojos, alejándose con un chillido de velocidad forzada que le hizo perderse a lo lejos en unos cuantos segundos.

Esta visita quitó el sueño a Edwin, obligándole a sentarse sobre la pequeña pradera que le servía de cama. Sus ojos pudieron ver entonces por encima de los matorrales varios puntos de luz que se movían con una evolución rítmica, cambiando la intensidad y el color de sus resplandores.

—Indudablemente son luciérnagas –murmuró–; luciérnagas de este país, distintas a todas las que conozco.

Las había de una blancura ligeramente azul, como la de los más ricos diamantes; otras eran de verde esmeralda, de topacio, de ópalo, de zafiro. Parecía que sobre el terciopelo negro de la noche todas las piedras preciosas conocidas por los hombres se deslizasen como en una contradanza. Volaban formando parejas, y sus rayos, al cruzarse, se esparcían en distintas direcciones.

Gillespie encontraba cada vez más interesante este desfile aéreo; pero de pronto, como si obedeciesen a una orden, todos los fulgores se extinguieron a un tiempo. En vano aguardó pacientemente. Parecía que los insectos luminosos se hubiesen enterado de su presencia al tocar con algunos de sus rayos la cabeza que surgía curiosa sobre los matorrales.

Pasó mucho tiempo sin que la oscuridad volviera a cortarse con la menor raya de luz, y Edwin sintió el desencanto de un público cuando se convence de que es inútil esperar la continuación de un espectáculo. Volvió a tenderse, buscando otra vez el sueño; pero, al descansar la cabeza en la hierba, oyó junto a sus orejas unos trotecillos medrosos y unos gritos de susto. Hasta sintió en su cogote el roce de varios animalejos que parecían haberse librado casualmente por unos milímetros de morir aplastados.

—Voy a pasar la noche en numerosa compañía –se dijo Edwin–. ¡Y yo que me imaginaba esta tierra como un desierto!... Mañana, indudablemente, presenciaré cosas extraordinarias y podré explicarme los misterios de esta noche. ¡Ahora, a dormir!

Y como si hubiese perdido toda curiosidad, fue sumiéndose en el sueño.... Pero antes de dormirse completamente sintió un pinchazo en una muñeca, algo semejante a la mordedura de un colmillo único, una incisión que pareció llegar hasta el torrente de su sangre.

Quiso mover el brazo en que había recibido esta herida y no pudo. Una torpeza creciente se fue difundiendo por sus músculos y sus nervios, paralizando toda acción.

Pensó que tal vez había serpientes bajo los matorrales y que acababa de recibir su mordedura venenosa. Fue a mover el otro brazo, y, en el momento que intentaba levantarlo del suelo, recibió una segunda picadura, igualmente paralizante.

—Ya no hay remedio –se dijo–. Me han mordido las víboras.

Y cayó vencido por el sueño, como si se esparciese por todo su cuerpo el sopor de un narcótico.

Cuando despertó, tuvo inmediatamente la certidumbre de habar dormido muchas horas. El sol estaba alto, y al abrir los ojos se vio obligado a cerrarlos inmediatamente. Ladeó la cabeza, huyendo de la causticidad de su luz, y poco a poco fue entreabriendo el ojo más inmediato a la tierra, mientras conservaba cerrado el otro.

Al extenderse esta visión única casi a ras del suelo, fue tal la sorpresa experimentada por él, que volvió por segunda vez a juntar sus párpados. Debía estar durmiendo aún. Lo que acababa de ver era una prueba de que se hallaba sumido todavía en el mundo incoherente de los ensueños. Dejó transcurrir algún tiempo pura resucitar en su interior las facultades que son necesarias en la vida real. Después de convencerse de que no dormía, de que se hallaba verdaderamente despierto, volvió a abrir sus párpados lentamente, y se estremeció con la más grande de las sorpresas viendo que persistía el mismo espectáculo.

Todo el lado de la pradera que llegaba a abarcar con su ojo abierto, así como la linde de la masa de matorrales y la tierra que quedaba entre sus troncos, estaban ocupados por una muchedumbre de seres humanos, idénticos en sus formas a los componentes de todas las muchedumbres. Pero lo que él creía matorrales eran árboles iguales a todos los árboles y formando un bosque que se perdía de vista. Lo verdaderamente extraordinario era la falta de proporción, la absurda diferencia entre su propia persona y cuanto le rodeaba. Estos hombres, estos árboles, así como los caballos en que iban montados algunos de aquellos, hacían recordar las personas y los paisajes cuando se examinan con unos gemelos puestos al revés, o sea colocando los ojos en las lentes gruesas, para ver la realidad a través de las lentes pequeñas.

Gillespie abrió y cerró su ojo repetidas veces, y al fin tuvo que convencerse de que estaba rodeado de un mundo extraordinariamente reducido en sus dimensiones. Los hombres eran de una estatura entre cuatro o cinco pulgadas. Personas, animales y vegetales, partiendo reducido tipo minúsculo, guardaban entre ellos las mismas proporciones que en el mundo de los hombres ordinarios.

—¡Igual que le ocurrió a Gulliver! —se dijo el ingeniero—. Debo estar soñando, a pesar de que me creo despierto.

Y para convencerse de que no dormía, quiso mover su brazo derecho. Aún perduraba en él la torpeza sufrida en la noche anterior. Se acordó de las picaduras y de la parálisis que se había extendido luego por sus miembros. Al principio, el brazo se negó a reflejar el impulso de su voluntad; pero finalmente consiguió despegarlo del suelo con un gran esfuerzo. Iba a continuar este movimiento, cuando notó que una fuerza exterior, violenta e irresistible, tiraba de su brazo hasta colocarlo horizontalmente, y lo mantenía de este modo en vigorosa tensión. Al mismo tiempo sintió en su muñeca un dolor circular, lo mismo que si un anillo frío oprimiese y cortase sus carnes.

Una explosión de regocijo estalló en torno de la cabeza de Gillespie, un huracán de gritos, carcajadas y aclamaciones. La muchedumbre enana reía al verle con el brazo en alto, inmovilizado por el tirón de esta fuerza incomprensible para él.

Abrió Edwin los dos ojos para mirar su brazo, erguido como una torre, fijándose en la muñeca, donde continuaba el agudo anillo de dolor. Vio que de esta muñeca salía un hilo sutil y brillante, que hacía recordar los filamentos al final de los cuales se balancean las arañas. También al extremo de este hilo, que parecía metálico, había una especie de araña enorme y susurrante. Pero no pendía del hilo, sino que, al contrario, flotaba en el espacio tirando de él.

Era del tamaño de un palomo, pero desarrollaba una fuerza impropia de su volumen, fuerza que mantenía el hilo de plata con la tensión vibrante de una cuerda de piano, no permitiendo que el hombre contrajera su brazo.

Edwin se fijó en que esta ave extraordinaria tenía las formas fantásticas de los dragones alados que imaginaron los escultores de la Edad Media al labrar los capiteles y gárgolas de las catedrales. Su cuerpo estaba revestido de escamas metálicas y tenía en su parte delantera una cabeza de monstruo quimérico, con dos globos de faro a guisa de ojos. Sus alas eran a modo de cartílagos erizados de púas. Sobre el lomo del horripilante aeroplano, cuatro hombrecitos iguales a los que se movían en la pradera asomaban sus cabezas cubiertas con un casco dorado, al que servía de remate una pluma larguísima.

Montados en su máquina, que permanecía inmóvil encima de los ojos de Gillespie, a unos tres metros de altura, estos aviadores acogieron con un regocijo pueril el gesto de asombro que puso el gigante al sentir el tirón que aprisionaba e inmovilizaba su brazo. Pero luego adivinaron en el prisionero una expresión de dolor. Sentía el hilo metálico hundido en su muñeca como el filo de un cuchillo, y al mismo tiempo un fuerte dolor en la articulación del hombro.

Para evitar este tormento, los hombrecillos del aeroplano soltaron una cantidad de cable sutil, lo que permitió a Edwin descender su brazo hasta el suelo.

Sólo entonces se dio cuenta de que alrededor de la otra muñeca, así como en torno de sus tobillos, debía tener amarrados unos filamentos semejantes. Tendido de espaldas como estaba y mirando a lo alto, alcanzó a ver otros tres aeroplanos en forma de animales fantásticos, que se mantenían inmóviles al extremo de otros tantos hilos de plata, a una altura de pocos metros. Comprendió que todo movimiento que hiciese para levantarse daría por resultado un tirón doloroso semejante al que había sufrido. Era un esclavo de los extraños habitantes de esta tierra, y debía esperar sus decisiones, sin permitirse ningún acto voluntario.

Mientras permanecía inmóvil fue examinando lo que le rodeaba. La muchedumbre era cada vez más numerosa en torno de su cuerpo y en las profundidades del bosque. El zumbido de sus palabras y sus gritos iba en aumento. Se presentía la llegada incesante de nuevos grupos. Por entre los cuatro aeroplanos inmóviles al extremo de sus cables volaban otros completamente libres, que se complacían en pasar y repasar sobre la nariz del prisionero. Eran dragones rojos y verdes, serpientes de enroscada cola, peces de lomo redondo, todos con alas, con escamas de diversos colores y con ojos enormes. Gillespie adivinó que eran las luciérnagas que en la noche anterior lanzaban mangas de luz por sus faros, ahora extinguidos.

Una de las naves aéreas detuvo su vuelo para bajar en graciosa espiral, hasta inmovilizarse sobre el pecho del coloso. Asomaron entre sus alas rígidas los cuatro tripulantes, que reían y saltaban con un regocijo semejante al de las colegialas en las horas de asueto.... Al mismo tiempo otros monstruos de actividad terrestre se deslizaron por el suelo, cerca del cuerpo de Gillespie. Eran a modo de juguetes mecánicos como los que había usado él siendo niño: leones, tigres, lagartos y aves de aspecto fatídico, con vistosos colores y ojos abultados. En el interior de estos automóviles iban sentadas otras personas diminutas, iguales a las que navegaban por el aire.

Parecían venir de muy lejos, y la muchedumbre pedestre abría paso respetuosamente a sus vehículos. Estos recién llegados también reían al ver al gigante, con un regocijo pueril, mostrando en sus gestos y sus carcajadas algo de femenino, que empezó a llamar la atención de Gillespie.

Iba ya transcurrida una hora, y el prisionero empezaba a encontrar penosa su inmovilidad, cuando se hizo un profundo silencio. Procurando no moverse, torció a un lado y a otro sus ojos para examinar a la muchedumbre. Todos miraban en la misma dirección, y Gillespie se creyó autorizado para volver la cabeza en idéntico sentido. Entonces vio, como a dos metros de su rostro, un gran vehículo que acababa de detenerse. Este automóvil tenía la forma de una lechuza, y los faros que le servían de ojos, aunque apagados, brillaban con un resplandor de pupilas verdes.

Dentro del vehículo, un personaje rico en carnes estaba de pie, teniendo ante su boca el embudo de un portavoz. Al fin alguien iba a hablarle. Por esto sin duda acababa de hacerse un profundo silencio de curiosidad y de respeto en la muchedumbre.

Sonó la voz del abultado personaje, que era dulce y temblona como la de una dama sentimental, pero con el agrandamiento caricaturesco de la bocina.

—Gentleman: queda usted autorizado para mover la cabeza, para levantarla, si es que puede, y para cambiar de postura con cierta suavidad, sin poner en peligro a la muchedumbre justamente curiosa que le rodea. En cuanto a mover los brazos o las piernas, le aconsejo una completa abstención hasta nueva orden. Ya habrá visto usted que su primer intento dio mal resultado. Le ruego que no insista.

De todas las sorpresas experimentadas por Gillespie desde que despertó, ésta fue la más estupenda. El exiguo personaje hablaba su mismo idioma, pero con un tono afectado, con un esfuerzo por conseguir la corrección, detallando las sílabas, lo mismo que hablan ciertos profesores.

—¿Cómo sabe usted el inglés? –preguntó Edwin–. ¿Dónde ha podido aprenderlo?...

Una risa aflautada del gordo personaje fue la primera respuesta. Luego pareció arrepentirse de su falta de corrección al contestar con risas a las preguntas, y dijo gravemente:

—¡Oh, Gentleman-Montaña!... ¡Va usted a encontrar en mi patria tantas cosas extraordinarias dignas de su asombro!...

3. De cómo Edwin Gillespie
fue llevado a la capital de la República

Hubo un largo silencio. El ingeniero, absorto por el carácter inverosímil de su aventura, no supo qué decir. ¡Eran tan numerosos los pensamientos que bullían en su cabeza y las preguntas que iba amontonando su curiosidad!...

El personaje subido en la lechuza rodante interpretó este silencio como una muestra de timidez.

—Puede usted hablar sin miedo, Gentleman-Montaña. De todos los miles de seres que están aquí presentes, los únicos que conocen el inglés somos usted y yo. Los demás sólo hablan el idioma de nuestra raza.... Y para aplacar su curiosidad, le diré cuanto antes que el inglés es la lengua particular de nuestros sabios; algo semejante a lo que fue el latín, según mis noticias, durante algunos siglos, en los países habitados por los Hombres-Montañas. Yo soy el profesor de inglés en la Universidad Central de nuestra República.

Edwin quedó silencioso ante esta revelación.

—Entonces, ¿estoy verdaderamente en Liliput? –dijo al fin–. ¿No es esto un sueño?

La risa del profesor volvió a sonar con la misma vibración femenil, considerablemente agrandada por el portavoz.

—¡Oh, Liliput! —exclamó—. ¿Quién se acuerda de ese nombre? Pertenece a la historia antigua; quedó olvidado para siempre. Si usted pudiese hablar nuestro idioma, preguntaría por Liliput a los miles de seres que nos escuchan en este momento sin entendernos, y ninguno comprendería el significado de tal palabra. Nuestra tierra se ha transformado mucho.

Calló un momento para reflexionar, y luego dijo con orgullo:

—Antes éramos nosotros los que nos asombrábamos al recibir la visita de un Hombre-Montaña. Ahora son los Hombres-Montañas los que deben asombrarse al visitar nuestro país. Hemos hecho triunfar revoluciones que ellos seguramente no han intentado aún en su tierra.

Gillespie sintió desviada su curiosidad por estas palabras del profesor.

—Pero ¿han venido aquí otros hombres después de Gulliver?

—Algunos –contestó el sabio–. Recuerde usted que la visita de ese Gulliver fue hace muchos años, muchísimos, un espacio de tiempo que corresponde, según creo, a lo que los Hombres-Montañas llaman dos siglos. Imagínese cuántos naufragios pueden haber ocurrido durante un período tan largo; cuántos habrán venido a visitarnos forzosamente de esos hombres gigantescos que navegan en sus casas de madera más allá de la muralla de rocas y espumas que levantaron nuestros dioses para librarnos de su grosería monstruosa.... Nuestras crónicas no son claras en este punto. Hablan de ciertas visitas de Hombres-Montañas que yo considero apócrifas. Pero con certeza puede decirse que llegaron a esta tierra unos catorce seres de tal clase en distintas épocas de nuestra historia. De esto hablaremos más detenidamente, si el destino nos permite conversar en un sitio mejor y con menos prisa. El último gigante que llegó lo vi cuando estaba todavía en mi infancia; el único que hemos conocido después del triunfo de la Verdadera Revolución. Era un hombre de manos callosas y piel con escamas de suciedad. Bebía un líquido blanco y de hedor insufrible, guardado en una gran botella forrada de juncos. Este líquido ardiente parecía volverle loco. Nuestros sabios creen que era un simple esclavo de los que trabajan en los buques enormes de los mares sin límites. Como el tal líquido despertaba en él una demencia destructiva, mató a varios miles de los nuestros, nos causó otros daños, y tuvimos que suprimirle, encargándose nuestra Facultad de Química de disolver y volatilizar su cadáver para que tanta materia en putrefacción no envenenase la atmósfera. Creo necesario hacerle saber que desde entonces decidimos suprimir todo Hombre-Montaña que apareciese en nuestras costas.

Gillespie, a pesar de la tranquilidad con que estaba dispuesto a aceptar todos los episodios de su aventura, se estremeció al oír las últimas palabras.

—Entonces, ¿debo morir? –preguntó con franca inquietud.

—No, usted es otra cosa –dijo el profesor–; usted es un gentleman, y su buen aspecto, así como lo que llevamos inquirido acerca de su pasado, han sido la causa de que le perdonemos la vida… por el momento.

Las palabras del sabio le fueron revelando todo lo ocurrido en esta tierra extraordinaria desde el atardecer del día anterior. Los escasos habitantes de la costa le habían visto aproximarse, poco antes de la puesta del sol, en su bote, más enorme que los mayores navíos del país. La alarma había sido dada al interior, llegando la noticia a los pocos minutos hasta la misma capital da la República. Los miembros del Consejo Ejecutivo habían acordado rápidamente la manera de recibir al visitante inoportuno, haciéndole prisionero para suprimirlo a las pocas horas. Los aparatos voladores del ejército salían a su encuentro una vez cerrada la noche. El Hombre-Montaña pudo vagar a lo largo de la costa sin tropezarse con ningún habitante, porque todos los ribereños se habían metido tierra adentro por orden superior.

Al verle tendido en el suelo, empezó el asedio de su persona. El manotazo a la primera máquina volante que le había explorado con sus luces, así como la curiosidad de Gillespie, que le permitió descubrir por encima del bosque todas las evoluciones de la flotilla luminosa, aconsejaron la necesidad de un ataque brusco y rápido.

Dos sabios de laboratorio y su séquito de ayudantes, llegados de la capital en varios automóviles, se encargaron del golpe decisivo, pinchándole en las muñecas y en los tobillos con las agudas lanzas de unas mangas de riego. Así le inocularon el soporífico paralizante.

—Es verdaderamente extraordinario –continuó el profesor– que haya conocido usted el nuevo sol que ve en estos instantes. Estaba acordado el matarle, mientras dormía, con una segunda inyección de veneno, cuyos efectos son muy rápidos. Pero los encargados del registro de su persona se apiadaron al enterarse de la categoría a que indudablemente pertenece usted en su país. Le diré que yo tuve el honor de figurar entre ellos, y he contribuido, en la medida de mi influencia, a conseguir que las altas personalidades del Consejo Ejecutivo respeten su vida por el momento. Como la lengua de todos los Hombres-Montañas que vinieron aquí ha sido siempre el inglés, el gobierno consideró necesario que yo abandonase la Universidad por unas horas para prestar el servicio de mi ciencia. Ha sido una verdadera fortuna para usted el que reconociésemos que es un gentleman.

Gillespie no ocultó su extrañeza ante tan repetida afirmación.

—¿Y cómo llegaron ustedes a conocer que soy un gentleman? –preguntó, sonriendo.

—Si pudiera usted examinarse en este momento desde los bolsillos de sus pantalones al bolsillo superior de su chaqueta, se daría cuenta de que lo hemos sometido a un registro completo. Apenas se durmió usted bajo la influencia del narcótico, empezó esta operación a la luz de los faros de nuestras máquinas volantes y rodantes. Después, el registro lo hemos continuado a la luz del sol. Una máquina-grúa ha ido extrayendo de sus bolsillos una porción de objetos disparatados, cuyo uso pude yo adivinar gracias a mis estudios minuciosos de los antiguos libros, pero que es completamente ignorado por la masa general de las gentes. La grúa hasta funcionó sobre su corazón para sacar del bolsillo más alto de su chaqueta un gran disco sujeto por una cadenilla a ·un orificio abierto en la tela; un disco de metal grosero, con una cara de una materia transparente muy inferior a nuestros cristales; máquina ruidosa y primitiva que sirve entre los Hombres-Montañas para marcar el paso del tiempo, y que haría reír por su rudeza a cualquier niño de nuestras escuelas.

También he registrado hasta hace unos momentos el enorme navío que le trajo a nuestras costas. He examinado todo lo que hay en él; he traducido los rótulos de las grandes torres de hoja de lata cerradas por todos lados, que, según revela su etiqueta, guardan conservas animales y vegetales. Los encargados de hacer el inventario han podido adivinar que era usted un gentleman porque tiene la piel fina y limpia, aunque para nosotros siempre resulta horrible por sus manchas de diversos colores y los profundos agujeros de sus poros. Pero este detalle, para un sabio, carece de importancia. También han conocido que es usted un gentleman porque no tiene las manos callosas y porque su olor a humanidad es menos fuerte que el de los otros Hombres-Montañas que nos visitaron, los cuales hacían irrespirable el aire por allí donde pasaban. Usted debe bañarse todos los días, ¿no es cierto, gentleman?... Además, el pedazo de tela blanca, grande como una alfombra de salón, que lleva usted sobre el pecho, junto con el reloj, ha impregnado el ambiente de un olor de jardín.

Se detuvo el profesor un instante para agregar con alguna malicia:

—Y yo pude afirmar además, de un modo concluyente, que es usted un verdadero gentleman, porque he ordenado a dos de mis secretarios que volviesen las hojas de un libro más grande que mi persona, con tapas de cuero negro, que nuestra grúa sacó de uno de sus bolsillos. He podido leer rápidamente algunas de dichas hojas. En la primera, nada interesante: nombres y fechas solamente; pero en otras he visto muchas líneas desiguales que representan un alto pensamiento poético. Indudablemente, el Gentleman-Montaña ha pasado por una universidad. En nuestro país, sólo un hombre de estudios puede hacer buenos versos. Los de usted, gigantesco gentleman, me permitirá que le diga que son regulares nada más y por ningún concepto extraordinarios. Se resienten de su origen: les falta delicadeza; son, en una palabra, versos de hombre, y bien sabido es que el hombre, condenado eternamente a la grosería y al egoísmo por su propia naturaleza, puede dar muy poco de sí en una materia tan delicada como es la poesía.

Gillespie se mostró sorprendido por las últimas palabras. Sus ojos, que hasta entonces habían vagado sobre la enana muchedumbre, atraídos por la diversa novedad del espectáculo, se concentraron en el profesor, teniendo que hacer un esfuerzo para distinguir todos los detalles de su minúscula persona.

Llevaba en la cabeza un gorro cuadrangular con dorada borla, igual al de los doctores de las universidades inglesas y norteamericanas. El rostro carilleno y lampiño estaba encuadrado por unas melenillas negras y cortas. Los ojos tenían el resguardo de unos cristales con armazón de concha. Cubrían el resto de su abultada persona una blusa negra apretada a la cintura por un cordón, que hacía más visible la exagerada curva de sus caderas, y unos pantalones que, a pesar de ser anchos, resultaban tan ajustados como la malla de una bailarina.

—¡Pero usted es una mujer! —exclamó Gillespie, asombrado de su repentino descubrimiento.

—¿Y qué otra cosa podía ser? –contestó ella–. ¿Cómo no perteneciendo a mi sexo habría llegado a figurar entre los sabios de la Universidad Central, poseyendo los difíciles secretos de un idioma que sólo conocen los privilegiados de la ciencia?

Calló, para añadir poco después con una voz lánguida, dejando a un lado la bocina:

—¿Y en qué ha conocido usted que soy mujer?

El ingeniero se contuvo cuando iba a contestar. Presintió que tal vez corría el peligro de crearse un enemigo implacable, y dijo evasivamente:

—Lo he conocido en su aspecto.

La sabia quedó reflexionando para comprender el verdadero sentido de tal respuesta.

—¡Ah, si! –dijo al fin con cierta sequedad–. Lo ha conocido usted, sin duda, en mis abundancias corporales. Yo soy una persona seria, una persona de estudios, que no dispone de tiempo para hacer ejercicios gimnásticos, como las muchachas que pertenecen al ejército. La ciencia es una diosa cruel con los que se dedican a su servicio.

—Lo he conocido también –se apresuró a añadir Edwin– en la dulzura de su voz y en la hermosura de sus sentimientos, que tanto han contribuido a salvar mi vida.

La profesora acogió estas palabras con una larga pausa, durante la cual sus anteojos de concha lanzaron un brillo amable que parecía acariciar al gigante. Pensaba, sin duda, que este hombre grosero y de aspecto monstruoso era capaz de decir cosas ingeniosas, como si perteneciese al sexo inteligente, o sea el femenino. Bajó los ojos y añadió con una expresión de tierna simpatía:

—Por algo he encontrado tantas veces en sus versos la palabra Amor con una mayúscula más grande que mi cabeza.

Después pareció sentir la necesidad de cambiar el curso de la conversación, recobrando su altivo empaque de personaje universitario. Aunque ninguno de los presentes pudiera entenderla, temía haber dicho demasiado.

—Usted se irá dando cuenta, Gentleman-Montaña –continuó–, de que ha llegado a un país diferente a todos los que conoce, una nación de verdadera justicia, de verdadera libertad, donde cada uno ocupa el lugar que le corresponde, y la suprema dirección la posee el sexo que más la merece por su inteligencia superior, desconocida y calumniada desde el principio del mundo.... Deje de mirarme a mí unos instantes y examine la muchedumbre que le rodea. Tiene usted permiso para moverse un poco; así hará su estudio con mayor comodidad. Espere a que dé mis órdenes.

Y recobrando su portavoz, empezó a lanzar rugidos en un idioma del que no pudo entender el americano la menor sílaba. La máquina volante que descansaba sobre su pecho levantó el vuelo, y los otros cuatro aeroplanos aflojaron los hilos metálicos sujetos a sus extremidades. La muchedumbre se arremolinó, iniciando a continuación un movimiento de retroceso.

Gillespie vio que unos grupos de jinetes repelían al gentío para que se alejase. Otros soldados acababan de descender de varias máquinas rodantes que tenían la forma de un león. Estos guerreros jóvenes eran de aire gentil y graciosamente desenvueltos.

Uno de ellos pasó muy cerca de sus ojos, y entonces pudo descubrir que era una mujer, aunque más joven y esbelta que la profesora de inglés. Los otros soldados tenían idéntico aspecto y también eran mujeres, lo mismo que los tripulantes de las máquinas voladoras. Sus cabelleras cortas y rizadas, como la de los pajes antiguos, estaban cubiertas con un casco de metal amarillo semejante al oro. No llevaban, como los aviadores, una larga pluma en su vértice. El adorno de su casco consistía en dos alas del mismo metal, y hacía recordar el casco mitológico de Mercurio.

Todos estos soldados eran de aventajada estatura y sueltos movimientos. Se adivinaba en ellos una fuerza nerviosa, desarrollada por incesantes ejercicios. Pero, a pesar de su gimnástica esbeltez de efebos vigorosos, la blusa muy ceñida al talle por el cinturón de la espada y los pantalones estrechamente ajustados delataban las suaves e insinuantes curvas de su sexo. Iban armados con lanzas, arcos y espadas, lo que hizo que Gillespie se formase una triste idea de los progresos de este país, que tanto parecían enorgullecer a la profesora de inglés.

El cordón de peones y jinetes empujó a la muchedumbre hasta los linderos del bosque, dejando completamente limpia la pradera. Entonces, la doctora, desde lo alto de su carro-lechuza, volvió a valerse del portavoz.

—Gentleman Montaña, puede usted incorporarse.

El ingeniero se fue levantando sobre un codo, y este pequeño movimiento derribó varias escalas portátiles que aún estaban apoyadas en su cuerpo y habían servido para el registro efectuado horas antes. Tres enanos que vagaban sobre su vientre, explorando por última vez los bolsillos de su chaleco, cayeron de cabeza sobre la tupida hierba de la pradera y trotaron a continuación dando chillidos como ratones. Sin dejar de huir se llevaban las manos a diferentes partes de sus cuerpos magullados, mientras una carcajada general del público circulaba por los lindes de la selva.

Al fin Gillespie quedó sentado, teniendo como vecinos más inmediatos a la profesora y sus secretarios, que ocupaban el automóvil-lechuza, y por otro lado a los tripulantes de las cuatro máquinas aéreas, las cuales se movían dulcemente al extremo de sus hilos metálicos, flácidos y sin tensión.

En esta nueva postura Gillespie pudo ver mejor a la muchedumbre. Sus ojos se habían acostumbrado a distinguir los sexos de esta humanidad de dimensiones reducidas, completamente distinta a la del resto de la tierra. Los soldados;

los personajes universitarios, mudos hasta entonces, pero que se habían ocupado en adormecerle y registrarle; los empleados, los obreros, todos los que se movían dando órdenes o trabajando en torno de él, llevaban pantalones y eran mujeres.

Edwin vio que de un automóvil en forma de clavel que acababa de llegar descendían unas figuras con largas túnicas blancas y velos en la cabeza. Eran las primeras hembras que encontraba semejantes a las de su país. Debían pertenecer a alguna familia importante de la capital; tal vez era la esposa de un alto personaje acompañada de sus tres hijas. Concentró su mirada en el grupo para examinarlas bien, y notó que las tres señoritas, todas de apuesta estatura, asomaban bajo los blancos velos unas caras de facciones correctas pero enérgicas. Sus mejillas tenían el mismo tono azulado que la de los hombres que se rasuran diariamente. La madre, algo cuadrada a causa de la obesidad propia de los años, prescindía de esta precaución, y por debajo de la corona de flores que circundaba sus tocas dejaba asomar una barba abundante y dura.

Un oficial de los del casco alado corrió galantemente a proteger a las recién llegadas, con el interés que merece el sexo débil, y las tres señoritas acogieron con gesto ruboroso las atenciones del militar.

Gillespie se dio cuenta de que la doctora seguía sus impresiones con ojos atentos, sonriendo de su asombro.

—Ya le dijo, gentleman, que vería usted grandes cosas. No olvide que este es el país de la Verdadera Revolución.

Todavía pudo hacer Edwin nuevas observaciones. Vio con estupefacción entre el público, repelido y mantenido a distancia por la fuerza armada, mujeres menos lujosas que la familia recién venida de la capital, pero igualmente con largas túnicas.... Y sin embargo parecían hombres a causa de sus barbas o de sus rostros azulados por el afeitado. En cambio, todos los individuos de aspecto civil que llevaban pantalones y mostraban ser trabajadores del campo, obreros de la ciudad o acaudalados burgueses, venidos para conocer al gigante, tenían el rostro lampiño y las formas abultadas de la mujer.

Encontró, sin embargo, algunas excepciones, que sirvieron para desorientarlo en sus juicios. Vio verdaderos hombres, cuyo aspecto vigoroso no se prestaba a equívocos, y que, sin embargo, marchaban sin el embarazo de las faldas. Estos hombres iban casi desnudos, al aire su fuerte musculatura, y sin más vestimenta que un corto calzoncillo. Todos ellos mostraban la pasividad resignada, la fuerza brutal y sin iniciativa de las bestias de labor. Algunos acababan de desengancharse de pesadas carretas, de las cuales habían venido tirando hasta el lindero del bosque, y se limpiaban el sudoroso cuerpo. Otros lavaban y secaban los grandes aparatos que habían servido para la narcotización y el registro del gigante.

Vio además Gillespie que la mayor parte de los jinetes que mantenían en respeto a la muchedumbre eran hombres igualmente; hombres enormes y barbudos, con una expresión de estupidez disciplinada, de brutalidad automática, reveladora de su situación inferior. A pesar de que iban armados con grandes cimitarras, su traje era una túnica igual a la de las mujeres. Todos ellos parecían simples soldados. Varias muchachas de bélica elegancia, llevando sobre sus cortas melenas el casco alado, hacían caracolear sus caballos entre las de estos guerreros inferiores, dándoles órdenes con un laconismo de jefes.

La doctora volvió a interrumpir las reflexiones del prisionero.

—Antes de que emprendamos la marcha a la capital, creo oportuno que tome usted un ligero refrigerio. Mi gusto hubiese sido prepararle un desayuno al estilo de nuestro país, pero no hemos tenido tiempo para ello, pues, como lo dije, su vida estaba en peligro, y nadie piensa en dar de almorzar a un muerto. Podía haber hecho traer algunas de las latas de conserva que guarda usted en su embarcación, pero se halla ya muy lejos.

La noticia hizo perder su calma al gigante.... ¡Verse privado de un bote que representaba la única probabilidad de volver al mundo de sus semejantes!...

—Poco después de la salida del sol –continuó la traductora– se han encargado de remolcarlo hasta el puerto de la capital los navíos de nuestra escuadra del Sol Naciente.

Gillespie necesitó mostrar su mal humor con palabras ofensivas.

—¿Y qué navíos son esos?... ¿Cómo unos barquitos iguales a juguetes, con sólo la fuerza de sus velas, van a poder remolcar mi bote, dentro del cual cabe amontonada toda esa escuadra del Sol Naciente?...

—Gentleman –dijo la profesora con sequedad–, nuestros buques no tienen velas; eso fue en tiempos remotos. Nuestros navíos navegan a voluntad sobre el agua y por debajo del agua. La misma energía que mueve nuestras máquinas terrestres y aéreas agita las colas de ellos con igual fuerza que las de los peces más veloces.... De su tamaño no creo necesario hablar. El tamaño no significa nada. Nosotros hemos llegado a poseer navíos más grandes que el que le trajo a usted, y los suprimimos por inhábiles para defenderse.

Hubo un largo silencio después de las palabras poco cordiales cruzadas entre los dos. Pero la doctora no parecía tenaz en sus rencores y siguió hablando:

—He tenido que improvisar un ligero desayuno con lo que encontré más a mano. Perdone usted su frugalidad y su monotonía. Cuando estemos en la capital (si es que los altos señores del Consejo Ejecutivo quieren concederle la vida a perpetuidad, o sea hasta que perezca usted de muerte ordinaria), estoy seguro de que comerá mejor.

Sin separarse el altavoz de la boca, empezó a rugir otra vez una serie de palabras desconocidas, que despertaron gran actividad en los linderos del bosque.

Un grupo de aquellos hombres bestiales y semidesnudos, fuerzas ciegas y sometidas como los constructores de las Pirámides faraónicas, avanzó por la pradera tirando de un enorme cilindro vertical. Era una bomba rematada por un largo pistón. Esta bomba la acababan de limpiar los vigorosos siervos, pues había servido durante la noche para inyectar al gigante su dosis de narcótico. Poco después empezaron a salir de la selva rebaños de vacas bien cuidadas, gordas y lustrosas. Parecían enormes junto a los hombrecillos que las guiaban, pero no tenían en realidad para Gillespie mayor tamaño que una rata vieja. A los pocos momentos eran centenares; al final llenaron la mayor parte de la pradera, siendo más de mil.

Numerosos enanos, que por sus trajes parecían hombres de campo y en realidad eran mujeres, silbaron y agitaron sus cayados para ordenar y agrupar a estos animales.

—Es todo lo que hemos podido reunir —dijo la profesora—. El *Comité de recibimiento del Hombre-Montaña*, nombrado anoche por el gobierno, no ha tenido tiempo para preparar mejor las cosas. Sin embargo, en pocas horas nuestras máquinas terrestres y aéreas han llegado a requisar todas las vacas existentes en un radio de diez millas, como diría usted.

Y ahora, gentleman, vuelva a tenderse; adopte su primera postura para tomar un poco de leche.

Pero Gillespie estaba pensativo desde mucho antes. Se dispuso a obedecer la orden y luego se detuvo para mirar con una expresión interrogante a la universitaria.

—Una palabra nada más, y en seguida me tiendo.

La doctora le hizo ver con un gesto que estaba dispuesta a escucharle. El americano mostró con un dedo los automóviles que le rodeaban, después las máquinas aéreas inmóviles en el espacio, y finalmente las esbeltas muchachas del casco alado, armadas con lanzas, arcos y sables.

—No comprendo, profesora....

—Llámeme profesor –interrumpió la dama universitaria–. Profesor Flimnap.

—Está bien –continuó el americano–. Digo, profesor Flimnap, que no puedo comprender todas esas armas primitivas al lado de tanta máquina terrestre y aérea, que me parecen perfectas, y de esa escuadra del Sol Naciente de que me ha hablado antes.

El doctor hembra sonrió con superioridad.

—Ya le dije que los Hombres-Montañas deben asombrarse cuando nos visitan, así como nosotros nos asombrábamos al verles en otros tiempos. Hay cosas que no comprenderá usted nunca si no le damos una explicación preliminar. Y esta explicación sólo la recibirá usted si los altos señores del Consejo Ejecutivo quieren que viva. En cuanto a la desproporción entre nuestras armas y nuestras máquinas, no debe usted preocuparse de ella. Vivimos organizados como queremos, como a nosotros nos conviene.

El joven no quiso mostrarse vencido por el aire de superioridad con que fueron dichas tales palabras, y añadió:

—Entre los objetos que han sacado de mis bolsillos habrá visto usted seguramente una máquina de hierro formada por un tubo largo y un cilindro con otros seis tubos más pequeños, dentro de los cuales hay lo que llamamos una cápsula, que se compone de una porción de sustancia explosiva y un pedazo de acero cónico. Tengan mucho cuidado al mover la tal máquina, porque es capaz de hacer volar a uno de los navíos de su escuadra del Sol Naciente. Con varias máquinas de la misma clase ustedes serían mucho más fuertes que lo son ahora.

La universitaria abandonó el portavoz para reír con una serie da carcajadas que le hicieron llevarse las manos a las dos curvas superpuestas de su pecho y de su abdomen.

—¡Cuántas palabras –dijo al extinguirse su risa–, cuántas palabras para describirme un revólver! ¡Pero si yo conozco eso tan bien como usted!... Las gentes que hoy han visto el suyo (los cargadores y los marineros) seguramente que no saben lo que es; pero para nosotros, las personas estudiosas, esa máquina del tubo grande y de los seis tubos con sus cápsulas explosivas resulta una verdadera antigualla. Además, la consideramos repugnante e indigna de todo recuerdo. No intente, gentleman, deslumbrarnos con sus descubrimientos. Aquí sabemos más que usted. Prescinda de nuevas observaciones y acuéstese prontito a tomar su leche.

El americano tuvo que obedecer, avergonzado de su derrota. Las vacas, en fila incesante, subían y bajaban por una dobla rampa situada junto a la bomba. Cuando estaban en lo alto, al lado da la boca del receptáculo, los siervos forzudos las ordeñaban rápidamente con un aparato, arrojando la leche en el interior del enorme vaso de metal. Varios hombres tomaron el doble balancín del pistón para subirlo y bajarlo, impeliendo el líquido del interior. Mientras tanto, otros de los siervos desnudos desarrollaban los flexibles anillos de una manga de riego ajustada a la bomba.

—Abra usted la boca, Gentleman-Montaña –ordenó el profesor hembra.

Gillespie obedeció, e inmediatamente le introdujeron entre los labios una barra de metal ampliamente perforada, de la que surgía un chorro de leche más grueso que el brazo musculoso de cualquiera de aquellos atletas. Gillespie bebió durante mucho tiempo este hilillo de líquido dulzón, algo más claro que la leche de otros países.

—¿Quiere usted más? –preguntó la traductora–. No tema ser importuno. Nuestros agentes continúan en este momento su requisa de vacas por todos los distritos inmediatos.

Pero el gigante se mostraba ahíto del amamantamiento por manga de riego, e hizo un gesto negativo.

Volvió a rugir el portavoz dando órdenes, y huyeron las vacas hacia la selva, perseguidas por los gritos, las pedradas y los garrotes en alto de sus conductores. Desapareció igualmente la máquina que había servido el desayuno, y los siervos atletas empezaron a trabajar en torno del cuerpo de Gillespie.

En un momento le libraron de las ligaduras que sujetaban sus muñecas y sus tobillos. Al desliarse el enroscamiento de los hilos metálicos, las máquinas voladoras tiraron de estos cables sutiles, haciéndolos desaparecer. Pero no por esto se alejaron. Las cuatro permanecieron inmóviles en el mismo lugar del espacio, como si esperasen órdenes.

—Gentleman –volvió a decir Flimnap–, ha llegado el momento más difícil para mí. Vamos a partir para la capital, y necesito recordarle que la continuación de su existencia no es aún cosa segura. Falta saber qué opinión formarán de usted las altas personalidades del Consejo Ejecutivo. Pero yo tengo cierta confianza, porque el corazón justo y fuerte de las mujeres es siempre piadoso con la debilidad y la ignorancia del hombre. Además, cuento con la buena impresión que producirá su aspecto.

»Usted es muy feo, gentleman; usted es simplemente horrible. Su piel, vista por nuestros ojos, aparece llena de grietas, de hoyos y de sinuosidades. Como usted no ha podido afeitarse en dos o tres días, unas cañas negras, redondas y agujereadas empiezan a asomar por los poros de su piel, creciendo con la misma rigidez que el hierro. Pero si le miran a usted con una lente de disminución, si le ven empequeñecido hasta el punto de que se borren tales detalles, reconozco que tiene usted un aspecto simpático y hasta se parece a algunas de las esposas de las altas personalidades que nos gobiernan. Yo pienso llegar a la capital mucho antes que usted, para rogar al Consejo Ejecutivo que le mire con lentes de tal clase. Así, su juicio será verdaderamente justo....

»Y ahora, perdóneme lo que voy a añadir. Yo no figuro en el gobierno; no soy más que un modesto profesor de Universidad. Si de mí dependiese, le llevaría hasta la capital sin precaución alguna, como un amigo. Pero el gobierno no le conoce a usted y guarda un mal recuerdo de la grosería de los Hombres-Montañas que nos visitaron en otros tiempos. Teme que se le ocurra durante el camino derribar alguna casa de un puntapié o aplastar a las muchas personas que acudirán a verle. Puede usted perder la paciencia; la curiosidad del público es siempre molesta; hay hombres que ríen con la ligereza y la verbosidad propias de su sexo frívolo; hay niños que arrojan piedras, a pesar de la buena educación que se les da en las escuelas. El sexo masculino es así. Por más que se pretenda afinarle, conserva siempre un fondo originario de grosería y de inconsciencia. En fin, gentleman, tenemos orden de llevarle atado hasta nuestra capital, pero marchando por sus propios pies.

»Nada de fabricar una enorme carreta y de amarrarle sobre ella, siendo arrastrado por centenares de caballos. Esto resultaría interminable y haría durar su viaje varios días. Además, es indigno de nuestro progreso, a pesar de que usted nos cree bárbaros porque hemos querido olvidar la existencia de la pólvora. En tres horas llegaremos a la capital. Usted podrá marchar a grandes pasos, sin salirse del camino, y le escoltarán a gran velocidad nuestras máquinas terrestres y voladoras. Pero como nuestros gobernantes no le conocen y temen una humorada como las de aquel Hombre-Montaña que se enloquecía bebiendo un líquido cáustico, será usted sometido a las siguientes precauciones:

»Una máquina voladora irá delante, después de haber enroscado un cable a su cuello. Otra volará detrás, con su cable amarrado a las dos manos de usted cruzadas sobre la espalda. Puede avanzar sin miedo. Los tripulantes de nuestros voladores conservarán siempre flojos estos lazos metálicos. Pero por si usted intentase (lo que no espero) alguna travesura, le advierto que los guerreros del aire tienen orden de dar un tirón inmediatamente con toda la fuerza de sus máquinas, y que los tales cables metálicos cortan lo mismo que una navaja de afeitar.... Y ahora, gentleman, póngase de pie con cierta precaución, para no causar graves daños en torno de su persona. Debemos separarnos por unas horas; yo marcho delante. Además, la comunicación va a quedar interrumpida entre nosotros desde el momento que usted recobra la posición vertical, aislándose en su grandeza inútil.

El ingeniero quiso protestar, algo ofendido por las precauciones a que se le sometía.

—Ni una palabra más –insistió el doctor–. Le advierto que anoche casi demolió usted en la oscuridad una de nuestras máquinas voladoras al dar un zarpazo en el aire. Faltó poco para que cayese al suelo desde una altura enorme, matándose sus tripulantes. Después de esto, reconocerá que nuestro gobierno obra prudentemente al no tratarle con una confianza ciega.

Se apartó el vehículo-lechuza, sin que por esto la traductora, dejase de dar órdenes a través de su bocina.

Gillespie, después de convencerse de que no quedaban cerca de él personas ni animales a los que pudiera aplastar, empezó a incorporarse. Sus piernas, tras una inmovilidad de tantas horas, estaban entumecidas y se resistían a obedecerle. Al fin se puso de pie después de largas vacilaciones, y al recobrar su posición vertical, los árboles más altos quedaron a la altura de su pecho. Todo su busto sobrepasaba la centenaria vegetación, y la muchedumbre de enanos, casi invisible bajo el ramaje, saludó con un largo rugido la cabeza del gigante al surgir ésta por encima del bosque. Podían apreciar ahora la grandeza del Hombre-Montaña mejor que cuando le veían tendido en el suelo.

Los tripulantes de las máquinas voladoras se unieron a esta ovación haciendo evolucionar sus quiméricas bestias en torno del rostro de Gillespie. Pasaban tan cerca, que éste tuvo que echar atrás su cabeza por dos veces, temiendo que le cortase la nariz una de aquellas alas escamosas con sus puntas agudas como cuchillos. Las muchachas del casco dorado y larga pluma saludaban con risas los movimientos inquietos del gigante. Pero una orden venida de abajo acabó con estos juegos, restableciendo el silencio. Todavía la traductora rugió su última orden, antes de partir.

—Gentleman-Montaña, ¡las manos atrás! Gillespie lo hizo así, y, apenas hubo cruzado sus manos sobre la espalda, sintió en torno de las muñecas algo que parecía vivo y se enrollaba con una prontitud inteligente. Era el cable metálico de la máquina que iba a volar detrás de él. Al mismo tiempo, otro monstruo del aire descendió con toda confianza al verle con las manos sujetas, y quedó flotando cerca de sus ojos.

Ahora pudo ver bien a sus tripulantes: cuatro jóvenes rubias, esbeltas y de aire amuchachado. Gillespie hasta les encontró cierta semejanza con miss Margaret Haynes cuando jugaba al tenis. Estas amazonas del espacio le saludaron con palabras ininteligibles, enviándole besos. Él sonrió, y al oír las carcajadas de ellas pudo adivinar que su sonrisa debía parecerles horriblemente grotesca. Estos seres pequeños veían todo lo suyo ridículamente agrandado.

La consideración de su caricaturesca enormidad le puso triste, pero las guerreras aéreas volvieron a enviarle besos, como un consuelo, y hasta una de ellas dirigió contra su nariz dos rosas que llevaba en el pecho. Querían pedirle, sin duda, perdón por lo que iban a hacer con él cumpliendo órdenes superiores.

Del fondo de la máquina voladora partió, silbando, un hilo plateado, que, después de dar varias vueltas en el aire como una serpiente delgadísima, se metió por la cabeza de Gillespie, no parando hasta sus hombros. El ingeniero se sintió cogido lo mismo que las reses de las praderas americanas a las que echan el lazo. Un pequeño alejamiento del avión, que tenía la forma y los colores de un lagarto alado, estrechó en torno del cuello de Edwin el cable metálico.

Bajando sus ojos pudo examinarlo de cerca. Parecía hecho de un platino flexible y era inútil todo intento de romperlo. Por el contrario, un movimiento violento bastaría para que se introdujese en su carne lo mismo que una navaja de afeitar, como había dicho el profesor hembra.

Las tripulantes del lagarto aéreo tiraron ligeramente de este hilo metálico, y Gillespie, comprendiendo el aviso, dio el primer paso. Ningún obstáculo terrestre se oponía a su marcha. La pradera estaba ahora limpia de gente, lo mismo que los linderos del bosque. Todas las máquinas rodantes, así como las tropas de a pie y a caballo, habían abierto la marcha, empujando a la muchedumbre para que se apartase del camino.

Guiado por la máquina voladora que iba delante y dirigido igualmente por la máquina de atrás, que funcionaba a modo de timón, Gillespie sólo tenía que fijarse en el suelo para ver dónde colocaba sus pies.

Empezó a marchar por un camino de gran anchura para aquellos seres diminutos, pero que a él le pareció no mayor que un sendero de jardín. Durante media hora avanzaron entre bosques; luego salieron a inmensas llanuras cultivadas, y pudo ver cómo se iba desarrollando delante de él, a una gran distancia, la vanguardia de su cortejo, compuesta de máquinas rodantes y pelotones de jinetes. A su espalda levantaban una segunda nube de polvo las tropas de retaguardia, encargadas de contener a los curiosos.

Sólo algunos audaces, contraviniendo las órdenes, se atrevían a llegar a los bordes del camino. En torno de los pueblos de agricultores hervía el vecindario, gritando y agitando sus gorras al pasar el gigante. Su estatura permitía que lo viesen a larguísimas distancias.

Le obligaron a marchar sin descanso, porque el Consejo Ejecutivo deseaba conocerle antes de que anocheciese. A las dos horas distinguió por encima de una sucesión de gibas del camino, penosamente remontadas por la vanguardia del cortejo, una especie de nube blanca que se mantenía a ras de tierra.

Estaba envuelta en el temblor vaporoso de los objetos indeterminados por la distancia. Sólo él podía abarcar con su mirada una extensión tan enorme. Los tripulantes del lagarto volador examinaban la misma nube, pero con el auxilio de aparatos ópticos.

Una de las amazonas aéreas le gritó algunas palabras en su idioma, al mismo tiempo que señalaba con un dedo la remota mancha blanca. El gigante le contestó con una sonrisa indicadora de su comprensión.

A partir de este momento la nube fue tomando para él contornos fijos. Salieron poco a poco de la vaporosa vaguedad grandes palacios blancos, torres con cúpulas brillantes, toda una metrópoli altísima, en la que los edificios parecían de proporciones desmesuradas, sin duda porque sus pequeños habitantes, por la ley del contraste, sentían el ansia de lo enorme.

Esta capital de la República de los pigmeos se llamaba Mildendo en otros tiempos. ¿Cómo se titularía en el presente, después de haber ocurrido lo que el profesor Flimnap llamaba la Verdadera Revolución?...

4. Las riquezas del Hombre-Montaña

El antiguo palacio imperial, construido por los soberanos de la penúltima dinastía, ocupaba el centro de la ciudad y era la residencia de los altos señores del Consejo Ejecutivo.

Incendiado repetidas veces en el curso de los siglos y bombardeado durante las guerras, había sufrido numerosas reconstrucciones; pero la más grande y vistosa databa de pocos años después de la Verdadera Revolución, suceso que había iniciado un nuevo período histórico. Los cinco señores del Consejo Ejecutivo vivían en el centro del palacio; en una ala estaba la Cámara de diputados, y en la opuesta, el Senado.

A la mañana siguiente de la entrada de Edwin en la capital, este palacio, que era como el corazón de la República, reanudó su vida más temprano que en los días anteriores. Fueron llegando los altos empleados del gobierno y casi todos los diputados y senadores, a pesar de que las sesiones parlamentarias sólo empezaban a celebrarse después de mediodía.

En sus inmediaciones se aglomeró una muchedumbre de curiosos para ver cómo centenares de siervos, con la ayuda de varias grúas, iban descargando de una fila de camiones-automóviles enormes y misteriosos objetos, cuya aparición era saludada con largos murmullos de asombro. Todo el pueblo recordaba el espectáculo extraordinario de la tarde anterior, cuando llegó el Hombre-Montaña a los alrededores de la ciudad. El Consejo Ejecutivo había determinado darle alojamiento en la antigua Galería de la Industria, recuerdo de una Exposición universal celebrada diez años antes.

Esta Galería era la obra más audaz y sólida que habían realizado los ingenieros del país. El Hombre-Montaña iba a pasearse por dentro de ella sin que su cabeza tocase el techo. Diez gigantes de su misma estatura podían acostarse en hilera de un extremo a otro de la grandiosa construcción. Su ancho equivalía a cuatro veces la longitud del coloso.

Situada sobre una altura vecina a la ciudad, el prisionero podía contemplar, sin moverse de su alojamiento, toda la grandiosa metrópoli extendida a su pies, así como el puerto con sus numerosos navíos al ancla y los campos y pueblecillos cercanos, llegando con su vista hasta la cordillera que cerraba el horizonte, en la que había cumbres de ciento ochenta metros, solamente exploradas por algunos sabios capaces de morir como héroes al servicio de la ciencia.

Una fuerte guardia impedía que los curiosos subiesen hasta la vivienda del gigante, donde se estaban realizando grandes trabajos para su cómoda instalación. El público, ya que no podía verle, concentraba su curiosidad en todo lo que era de su pertenencia, y por esto desde el amanecer se aglomeró en torno del palacio del gobierno para contemplar la llegada de los objetos extraídos del navío del Hombre-Montaña, que los buques de la escuadra del Sol Naciente habían remolcado el día anterior.

Sólo los amigos del gobierno y los personajes oficiales tenían permiso para entrar en el palacio y ver de cerca tales maravillas. El enorme patio central, donde podían formarse a la vez varios regimientos y en el que se desarrollaban las más solemnes ceremonias patrióticas, fue el lugar destinado para tal exhibición. Mientras llegaba el momento, los invitados entraban a saludar a los altos y poderosos señores del Consejo Ejecutivo y a los dos presidentes de la Cámara de diputados y del Senado, que vivían igualmente en el inmenso edificio.

Los guerreros de la Guardia gubernamental, hermosas amazonas de aire desenvuelto y gallardo, defendían el acceso a las habitaciones reservadas o se paseaban en grupos por el patio al quedar libres de servicio. Estos militares privilegiados, que gozaban la categoría de oficiales, pertenecían a las primeras familias de la capital. Iban vestidos de la garganta a los pies con un traje muy ceñido y cubierto de escamas de plata. Su casco, del mismo metal, estaba rematado por un ave quimérica. Apoyaban la mano izquierda en la empuñadura de su espada, mirando a todas partes con una insolencia de vencedores, o se inclinaban galantemente ante las familias de los altos personajes que iban llegando para la ceremonia. Algunas mamás, severas y malhumoradas, encontraban atrevida la expresión de sus ojos. Otras matronas, cuya barba empezaba a poblarse de canas, quedaban pensativas y melancólicas a la vista de estos hermosos guerreros, que parecían despertar sus recuerdos. Las señoritas que ya estaban en edad de afeitarse fingían rubor ante sus miradas audaces; pero las que no se veían objeto de la belicosa admiración se mostraban nerviosas, envidiando a sus compañeras.

Pasó por entre estos guerreros, con toda la austeridad de su carácter universitario y sus opiniones antimilitaristas, el profesor Flimnap. La inesperada aparición del Gentleman-

Montaña había dado una importancia extraordinaria a la traductora de inglés. En unas cuantas horas se había convertido en el personaje más interesante de la República. El gobierno le llamaba para conocer sus opiniones; el rector de la primera de las universidades, que hasta entonces le había considerado como un triste catedrático de una lengua muerta y de problemática utilidad, se dignaba sonreírle, y hasta en la noche anterior, después del recibimiento del Hombre-Montaña, lo había invitado a cenar para que en presencia de su familia contase todo lo ocurrido.

Los periodistas de la capital iban detrás de él pidiéndole entrevistas, y hasta lo adulaban, hablando con entusiasmo de varios libros profesionales que llevaba publicados y nadie había leído. Personas que le miraban siempre con menosprecio hacían detener en la calle su automóvil universitario en figura de lechuza.

—Mi querido profesor Flimnap —gritaban—, siempre he sentido una gran admiración por su sabiduría y soy de los que creen que la patria no le ha dado hasta ahora todo lo que merece por su gran talento. Cuénteme algo del Hombre-Montaña. ¿Es cierto que se alimenta con carne humana, como van diciendo por ahí los hombres en sus charlas y chismorreos?...

Pero el profesor Flimnap tenía demasiado que hacer para detenerse a contestar las preguntas de las ciudadanas curiosas. Apenas había dormido en la noche anterior. Después de su cena con el jefe supremo de la Universidad se trasladó a la Galería de la Industria para convencerse de que el Gentleman-Montaña podía dormir provisionalmente sobre trescientas cuarenta y dos carretadas de paja que la Administración del ejército había facilitado a última hora. Poco después de amanecer ya estaba en pie el buen profesor, conferenciando con todos sus compañeros del *Comité de recibimiento del Hombre-Montaña*. Estos, divididos en varias subcomisiones, iban a dirigir a quinientos carpinteros encargados de fabricar, antes de que llegase la noche, una mesa y una silla apropiadas a las dimensiones del gigante, y a una tropa igualmente numerosa de colchoneros, que en el mismo espacio de tiempo fabricarían una cama digna del recién llegado.

El profesor Flimnap se proponía entrar ahora en las habitaciones particulares de uno de los altos señores del Consejo Ejecutivo, que momentáneamente era el presidente del supremo organismo. Cada uno de los cinco individuos del Consejo lo presidía durante un mes, cediendo su sillón al compañero a quien tocaba el turno.

Estos cinco gobernantes eran mujeres, así como todos los que desempeñaban un cargo en la Administración pública, en la Universidad, en la industria o en los cuerpos armados. Pero como durante los luengos siglos de tiranía varonil todos los cargos y todas las funciones dignas de respeto habían sido designadas masculinamente, la Verdadera

Revolución creyó necesario después de su victoria conservar las antiguas denominaciones gramaticales, cambiando únicamente el sexo a que se aplicaban. Así, las cinco damas encargadas del gobierno eran denominadas «los altos y poderosos señores del Consejo Ejecutivo», y las otras mujeres directoras de la Administración pública se titulaban «ministros», «senadores», «diputados», etc. Por eso Flimnap había protestado al oír que el gigante le llamaba profesora en vez de profesor. En cambio, los hombres, derribados de su antiguo despotismo y sometidos a la esclavitud dulce y cariñosa que merece el sexo débil, eran dentro de su casa la «esposa» o la «hija», y en la vida exterior, la «señora» o la «señorita».

Flimnap había creído necesario, teniendo en cuenta su nueva importancia oficial, llevar bajo el brazo una gran cartera de cuero, semejante a la que ostentaban los altos funcionarios del Estado cuando iban a despachar con los señores del Consejo Ejecutivo. En esta cartera guardaba las actas de las tres sesiones que había celebrado el *Comité de recibimiento del Hombre-Montaña*, así como los presupuestos de gastos, presentes y futuros, para la manutención de tan costoso huésped. Además llevaba una traducción, en idioma del país, que había hecho de los versos escritos por el Gentleman-Montaña en su cuaderno de notas.

El buen profesor Flimnap estaba inquieto por la suerte de su protegido. Gillespie le inspiraba un interés que jamás había experimentado por ningún hombre de su propia tierra. Dedicado por completo a los trabajos lingüísticos e históricos, solamente había tratado con mujeres, y éstas eran todas profesores malhumorados y de austeras costumbres. Sentía una temblorosa timidez siempre que el rector le invitaba a alguna de sus tertulias, donde había hombres jóvenes en edad de casamiento, ansiosos de que alguien los sacase a bailar o que entonaban romanzas sentimentales acompañándose con el arpa.

Además, en su afecto sincero por el recién llegado había algo de egoísmo. Gracias al Gentleman-Montaña, acababa de conocer instantáneamente todas las dulzuras de la celebridad, siendo el personaje más popular de la República en los presentes momentos. Después de la fama de Gillespie venía la suya. ¡Qué derrumbamiento tan doloroso en la sombra si el gobierno acordaba la muerte de su gigante!...

La tarde anterior había corrido hacia la capital a toda velocidad del automóvil-lechuza, prestado por su jefe el rector. Los altos señores del gobierno estaban sobre un estrado junto al camino para ver llegar al prisionero, teniendo a sus espaldas todo el vecindario de la capital, un gentío tan enorme que se perdía de vista. Estos poderosos personajes lo recibieron con grandes muestras de consideración que no correspondían a su humilde rango de profesor. El les hizo los mayores elogios de la intelectualidad del gentleman gigantesco, declarándole distinto a todos los colosos llegados antes al país. Insinuó la conveniencia de guardarlo por mucho tiempo, hasta saber, gracias a su cultura, los adelantos realizados en el mundo de los hombres monstruosos, y copiar lo que resultase aprovechable, si es que realmente había algo digno de imitación, lo que le parecía algo problemático.

—Es lástima que este Hombre-Montaña no sea una mujer....

Los señores del Consejo miraron con interés a Flimnap después de sus últimas palabras, apreciándolo como un profesor de mérito que había vegetado injustamente en el olvido, y merecería en adelante su alta protección. También halagó los gustos del rector, poderoso personaje cuyos consejos eran siempre escuchados por los señores del organismo ejecutivo.

El Padre de los Maestros —pues tal era su título honorífico— gustaba mucho de los poetas, y hasta hacía versos cuando no estaba preocupado por sus averiguaciones históricas. Todos los escritores de la República alababan sus poesías como obras inimitables, siendo tales elogios el medio más seguro de alcanzar un buen empleo en la Enseñanza pública.

Al verlo Flimnap en el estrado de los señores del gobierno, se apresuró a darle la noticia de que el gigante era también poeta, aunque «a su modo», con toda la grosería y la torpeza propias de su sexo, pero añadiendo que, a pesar de tales defectos, propios de su origen, parecía poseer cierto talento.

—¡Oh Padre de los Maestros! –dijo–. Mañana tendré el honor de entregarle una traducción hecha en nuestro idioma de los versos que he encontrado en el cuaderno de bolsillo del Gentleman-Montaña. Sería deplorable que los altos señores del Consejo decidiesen su muerte. Mi gusto sería traducir al inglés algunas de las inmortales obras de nuestro admirable Padre de los Maestros, para que ese pobre gigante se entere de que nuestra poesía ha llegado a una altura que jamás conocerá él, no obstante la grandeza material de su organismo.

Sonrió el Padre de los Maestros con modestia; pero esta sonrisa dio la seguridad al profesor de que la vida del gigante estaba asegurada y que éste tendría ocasión de leer los versos del rector traducidos al inglés.

Luego, Flimnap recomendó a todos los ocupantes del estrado gubernamental que mirasen al monstruo con los lentes de disminución que había traído un compañero suyo de la Universidad, profesor de Física, pues así podrían apreciarle tal como era.

Al entrar al día siguiente en el despacho del jefe mensual del gobierno, vio con alegría que el doctor Momaren, el Padre de los Maestros, estaba hablando con el supremo magistrado. Flimnap, antes de dar cuenta al presidente de todos sus trabajos, ofreció a Momaren varias hojas de papel con la traducción de los versos de Gillespie. El Padre de los Maestros, colocándose ante los ojos unas gafas redondas, empezó su lectura junto a una ventana. Cuando Flimnap acabó su informe sobre los trabajos para la instalación del gigante, el personaje universitario se aproximó conservando los papeles en su diestra.

—Algo flojitos –dijo con una severidad desdeñosa–. Son indiscutiblemente versos de hombre, y de hombre enorme. Pero sería injusto negarle cierta inspiración, y hasta me atrevo a decir que aquí entre nosotros aprenderá mucho, si es que llega a ejercitarse en el idioma nacional.

—Para eso, ¡oh Padre de los Maestros! –dijo Flimnap–, será preciso que el pobre gigante viva.

—Mi opinión es que debe vivir –interrumpió el presidente–. Mi esposa y mis niñas lo encontraron ayer muy simpático al verle entrar en la ciudad. Un hijo mío, que es del ejército del aire y montaba una de las máquinas que lo condujeron, me ha contado cosas muy graciosas de él. Todos los muchachos de la Guardia gubernamental lo encuentran igualmente muy agradable, y hasta algunos afirman que es hermoso.... Tuvo usted una buena idea, profesor Flimnap, al aconsejar que lo mirásemos con lentes de disminución.... Yo opino que debemos dejarle vivir, aunque sea únicamente por una temporada corta. Resultará carísimo, pero la República puede permitirse este lujo, lo mismo que mantiene a los animales raros de su Jardín Zoológico. Y usted ¿qué opina de esto, ilustre amigo Momaren?

El Padre de los Maestros, convencido de que para el jefe del gobierno resultaba infalible la menor de sus palabras, se limitó a decir con lentitud:

—Opino lo mismo.

—Entonces –continuó el presidente–, si usted manifiesta esa opinión a mis compañeros de Consejo, como todos ellos respetan mucho su alta sabiduría, la vida del gigante queda segura.

El profesor Flimnap, deseoso de ocultar la satisfacción que le producían estas palabras, se apresuró a pedir la venía de los dos altos personajes para abandonar el salón. Llegaba hasta él un rumor creciente de muchedumbre. El gran patio del palacio debía estar ya repleto de invitados. Una música militar sonaba incesantemente.

Escapó Flimnap por unos pasillos poco frecuentados, temiendo tropezarse con los periodistas, que iban a la zaga de él desde el día anterior pidiéndole noticias frescas. Dos diarios de la capital, siempre en escándalos a rivalidad, publicaban cada tres horas una edición con detalles nuevos sobre el Hombre-Montaña y sus costumbres, poniendo en boca del pobre sabio mentiras y disparates que le hacían rugir de indignación. Uno de los diarios defendía la conveniencia de respetar la vida del gigante, y esto había bastado para que la publicación contraria exigiese su muerte inmediata, por creer que la voracidad tremenda de tal huésped acabaría por sumir al país en la escasez, siendo causa de que miles y miles de compatriotas pereciesen de hambre.

El profesor odiaba por igual a los dos periódicos y a las demás publicaciones, que enviaban sus redactores detrás de él como si fuesen perros perseguidores de un ciervo asustado.

Deseoso de pasar inadvertido, subió a los pisos superiores con la esperanza de encontrar un asiento en las galerías que daban al patio, y estaban ocupadas esta mañana por las esposas y las hijas de todos los personajes de la República.

Su galantería de mujer bien educada le obligó a permanecer de pie, para no privar de asiento a los seres débiles y masculinos de larga túnica y amplio manto que habían venido a presenciar la fiesta. La gloria del profesor iba acompañada de una nueva visión de la existencia. Nunca le había parecido la vida tan hermosa y atrayente. Todas aquellas matronas de barba canosa y brazos algo velludos, graves y señoriles, con la majestad de la madre de familia, no podían conocerle por la razón de que él había rehuido hasta entonces las dulzuras y placeres de la vida social. Nadie podía adivinar en su persona al célebre profesor Flimnap, tan alabado por todos los periódicos. Después hizo memoria de que en la misma mañana los diarios más importantes habían publicado su retrato, y procuró ocultar el rostro cada vez que un hombre se echaba atrás el velo para mirarle con vaga curiosidad.

Se fue tranquilizando al notar que las damas sólo se fijaban en el fondo del patio, ocupado únicamente por las mujeres. Los guerreros de la Guardia, siempre con una mano en la empuñadura de la espada y acariciándose con la otra sus rizosas melenas, miraban a lo alto, sonriendo a las señoritas, emocionadas bajo sus guirnaldas de flores y sus velos. Algunas de ellas, que ya se consideraban en edad de matrimonio por haberles apuntado la barba, contestaban a estas miradas con guiños, que equivalían a frases amorosas, evitando el ser vistas por las ceñudas matronas sentadas a su lado. Este espectáculo frívolo, que un día antes habría sido despreciado por Flimnap, le emocionaba ahora con honda sensación de ternura.

—¡Oh, amor!... ¡amor! —murmuró el sabio.

La vida es hermosa, y él reconocía que guarda dulzuras y misterios no sospechados por la Universidad.

Para vencer esta emoción inoportuna, se fue fijando en los personajes que llenaban el patio. Un estrado, todavía desierto, era para el Consejo Ejecutivo, los ministros y demás dignatarios. En otros estrados, ya casi llenos, estaban los padres y los esposos de las damas que ocupaban las galerías. Flimnap conocía a muchos por los retratos aparecidos en los periódicos. Eran personajes parlamentarios, famosos por sus discursos. Algunos habían pertenecido al Consejo Ejecutivo y deseaban volver a él, apelando a toda clase de intrigas para conseguirlo.

Guiado por la curiosidad y los comentarios de varias damas barbudas, acabó por fijarse el profesor en una de las mujeres que ocupaban el estrado de los senadores. Era Gurdilo, el célebre jefe de la oposición al actual gobierno: una hembra alta, desprovista de carnes, con el cutis avellanado como si fuese de correa, y unos tendones gruesos y tirantes que se marcaban en el cuello, en los brazos y en las demás partes visibles de su cuerpo. Los ojos tenían una agudeza fija e imperiosa, y su gesto era avinagrado, como de persona eternamente indignada contra todo lo que no es obra suya.

El profesor, que por vivir dedicado a sus raros y profundos estudios concedía escasa atención a las cuestiones de actualidad, no se había fijado nunca en este personaje; pero ahora le miró con gran interés. Adivinaba en él a un enemigo del Gentleman-Montaña. Bastaría que el gobierno decidiese el indulto de Edwin para que Gurdilo aconsejase su muerte, como si de esto dependiese la felicidad nacional. Además, el diario que pedía la supresión del Hombre-Montaña había ya reproducido en una de sus ediciones ciertas palabras inquietantes del temible jefe de la oposición.

Vio el profesor cómo agitaba los brazos con violencia al hablar a sus compañeros del Senado, al mismo tiempo que fruncía el entrecejo y torcía la boca con un gesto de escandalizada severidad. Esto le hizo creer que estaba protestando de la ceremonia presente, de que el pobre gigante hubiese sido conducido a la capital; en una palabra, de todo lo hecho por el Consejo Ejecutivo y de cuanto pensase hacer.

Pero las observaciones del profesor fueron interrumpidas repentinamente por el principio de la ceremonia. La música militar, que seguía tocando en el patio, quedó ensordecida por el redoble de una gran banda de tambores que se aproximaba viniendo del interior del palacio.

Los altos y poderosos señores del Consejo Ejecutivo sólo podían presentarse en las ceremonias oficiales rodeados de gran pompa.

Entraron en el patio los tambores, que eran unos treinta, y detrás de ellos igual número de trompeteros. A continuación desfiló una tropa del ejército de línea, o sea de aquellas muchachas con casco de aletas que Gillespie había visto al despertar. Los soldados iban armados, unos con arcos y otros con alabardas. Después pasaron los guardias porta-espada, llevando con la punta en alto y sostenidos por sus dos manos cerradas sobre el pecho unos mandobles enormes que brillaban lo mismo que si fuesen de plata.

De los tiempos del Imperio quedaba aún el ceremonial absurdamente ostentoso de que se rodean los déspotas. Varios pajecillos pasaron moviendo altos abanicos de plumas blancas para que ningún insecto viniese a molestar a los cinco magistrados supremos de la República. Después fueron desfilando éstos uno por uno, pero no a pie, sino en cinco literas llevadas a hombros por hijos de personajes influyentes, pues tal honor representaba el principio de una gran carrera administrativa. Las muchachas portadoras de las literas del Consejo eran enviadas después a gobernar alguna provincia lejana.

Pasaron igualmente las literas de los presidentes del Senado y de la Cámara de diputados, y a continuación la del rector de la Universidad, que tenía la forma de una lechuza y era llevada a brazos por cuatro profesores auxiliares. Finalmente, cerraban la marcha, pero a pie, los ministros, los altos funcionarios y un destacamento de la Guardia gubernamental con largas lanzas.

Cuando los cinco del Consejo Ejecutivo y el Padre de los Maestros con sus respectivos séquitos se instalaron en el estrado de honor, cesaron de sonar las trompetas, los tambores y la música, haciéndose un largo silencio. Iba a empezar el desfile de las cosas maravillosas que formaban el equipaje del Hombre-Montaña.

Un alto funcionario del Ministerio de Justicia, del cual dependían todos los notarios de la nación, avanzó con un portavoz en una mano y ostentando en la otra un papel que contenía las explicaciones facilitadas por el doctor Flimnap, después de haber traducido los rótulos de numerosos objetos pertenecientes al gigante. Estas explicaciones arrancaron muchas veces largas carcajadas a la muchedumbre pigmea, que sentía compasión por la ignorancia y la grosería del coloso. En otros momentos, el enorme concurso quedaba en profundo silencio, como si cada cual, ante las vacilaciones del inventario, buscase una solución para explicar la utilidad del objeto misterioso.

Lo que todos comprendieron, gracias a las explicaciones del profesor de inglés, fue el contenido y el uso de unas torres brillantes como la plata, que fueron pasando por el patio colocada cada una de ellas sobre un vehículo automóvil. Estos torreones tenían cubierto todo un lado de sus redondos flancos con un cartelón de papel, en el que había trazados signos misteriosos, casi del tamaño de una persona.

La ciencia de Flimnap había podido desentrañar este misterio gracias a la interpretación de los rótulos. Eran latas de conservas. Pero aunque el traductor no hubiese prestado sus servicios científicos, el olfato sutil de aquellos pigmeos habría descubierto el contenido de los enormes cilindros, a pesar de que estaban herméticamente cerrados. Para su agudeza olfativa, el metal dejaba pasar olores casi irresistibles por lo intensos. Todos aspiraban con fuerza el ambiente, desde los cinco jefes del gobierno hasta los pajecillos porta-abanicos.

El paso de cada torreón deslumbrante era acogido con un grito general: «¡Esto es carne!...» Poco después decían a coro: «¡Esto es tomate!...» Transcurridos unos minutos, afirmaban a gritos: «¡Ahora son guisantes!» y todos se asombraban de que un ser en figura de persona, aunque fuese un coloso, pudiera alimentarse con tales materias que esparcían un hedor insufrible para ellos, casi igual al que denuncia la putrefacción.

Deseosos de suprimir cuanto antes esta molestia general, los organizadores del desfile hicieron aparecer en el patio a una veintena de siervos desnudos, llevando entre ellos, muy tirante y rígida, una especie de alfombra cuadrada, de color blanco, con un ribete suavemente azul, y que ostentaba en uno de sus ángulos un jeroglífico bordado, que, según la declaración del profesor Flimnap, se componía de letras entrelazadas.

Aquí la ciencia del universitario se extendía en luminosa digresión para explicar a sus compatriotas la existencia del pañuelo entre los Hombres-Montañas, el uso incoherente que le dan y las cosas poco agradables que depositan en él. Pero, como ocurre siempre en las grandes solemnidades, el público no prestó atención a las explicaciones del hombre de ciencia, prefiriendo examinar directamente lo que tenía ante sus ojos.

Un perfume de jardín que parecía venir de muy lejos empezó a esparcirse por el patio, haciendo olvidar los densos hedores exhalados por las torres plateadas. Las señoras y señoritas de las galerías se agitaron aspirando con deleite esta esencia desconocida. Las mamás hablaban entre ellas, buscando semejanzas y similitudes con los perfumes de moda entre el sexo masculino. Algunas concentraban su atención para poder explicar en el mismo día a los perfumistas de la capital la rara esencia del Hombre-Montaña, y que la fabricasen, costase lo que costase.

Luego entraron más siervos desnudos llevando a brazo nuevos objetos. Seis de ellos sostenían como un peso abrumador el libro de notas cuyas hojas había traducido Flimnap. Después otros atletas pasaron, rodando sobre el suelo, lo mismo que si fuesen toneles, varios discos de metal, grandes, chatos y exactamente redondos, encontrados en los bolsillos del gigante.

Estos discos eran de diversos tamaños y metales, llevando todos ellos de relieve en sus dos caras un busto de mujer gigantesco y un ave de rapiña con las alas abiertas. Según la explicación del sabio Flimnap, servían en el país de los Hombres-Montañas como signos de cambio, y estaban todos ellos comprendidos bajo el título general de «moneda».

Algunos eran de plata, y sólo llegaban a las rodillas del siervo atlético que se inclinaba sobre ellos para hacerlos rodar. Otros eran de cobre, y poco más o menos del mismo tamaño. El público, algo aburrido por estos objetos sin interés, sólo mostró cierta curiosidad al ver cuatro discos movidos cada uno por dos hombres. Los tales discos llegaban casi a la cintura de sus guías, y eran de oro macizo, teniendo por adorno el relieve de una gran águila con las alas desplegadas y una especie de escudo con rayas y con estrellas.

Volvió a decaer el interés mientras iban desfilando otros esclavos por parejas. Cada dos hombres llevaban entre ellos, lo mismo que si fuese un cartelón anunciador, una faja de papel impreso mucho más larga que alta. Todos estos carteles tenían una capa de grasa y de suciedad, en la que la vista microscópica de los pigmeos veía rebullir pequeñísimos monstruos del mundo microbiano. Los papeles estaban ornados de retratos de Hombres-Montañas completamente desconocidos por el profesor Flimnap. Todos ellos ostentaban la palabra «Banco» y una cifra seguida de la palabra *dollar*.

El sabio profesor osaba emitir en su informe la teoría de que los tales papeles tal vez representasen algo semejante a la moneda, pero sin poder comprender su funcionamiento y su utilidad, y extrañándose además de que hubiese gentes que los aceptasen en lugar de los discos metálicos.

Tampoco el público se fijó mucho en tales explicaciones. Deseaban todos que terminase cuanto antes el desfile de los cartelones grasientos. Entre las delicadas criaturas que ocupaban las galerías altas hubo ciertos conatos de desmayo. Las matronas sacaban sus frasquitos de sales para reanimar el dolorido olfato. En el estrado de los senadores se oyó la voz del terrible Gurdilo.

—Sólo una humanidad inferior –gritó– puede llevar en sus bolsillos semejantes porquerías. No creo que tengan empeño los Hombres-Montañas, si gozan de sentido común, en adquirir tales suciedades. Esto debe ser simplemente un vicio, una mala costumbre del gigante que ha venido a perturbarnos con su presencia.

Pero una nueva aparición borró el malestar del público, imponiendo silencio al tribuno.

Varios hombres de fuerza avanzaron llevando sobre sus hombros una especie de cofre cuadrado y muy plano. Parecía de plata, y sobre su cara superior había grabado un jeroglífico igual al que adornaba una punta del pañuelo.

El profesor Flimnap ignoraba lo que existía dentro de esta caja enorme. No se había creído autorizado para violar su secreto. El jefe de los mecánicos de la flota aérea estaba allí con varios de sus ayudantes para abrir el cofre, cuyo cierre había estudiado durante toda la mañana.

Colocaron los esclavos esta caja en el suelo verticalmente, mientras el ingeniero y sus acólitos empezaban a forcejear en la cerradura, sin resultado. Un martillazo dado por inadvertencia en una arista saliente hizo que las dos enormes valvas de plata se abriesen de pronto, lo mismo que una concha gigantesca, lanzando un crujido metálico. Los hombres de fuerza se apresuraron a tirar de ellas, temiendo que se cerrasen, y quedó visible su interior.

A ambos lados, sostenidos por una faja elástica, había en línea como una docena de cilindros de papel blanco, estrechos y prolongados, cuyo interior estaba lleno de una hierba oscura. Estos cilindros tenían recubierto el papel en su parte inferior con un zócalo de oro.

Varios hombres de fuerza, con la inconsciencia propia, de su brutalidad, tiraron de una de las fajas de goma que estaba casi desprendida de la pared de plata. Inmediatamente seis de los cilindros de papel vinieron al suelo, partiéndose sobre las espaldas de los atrevidos que habían provocado el accidente, y al partirse esparcieron densas nubes de polvo rojo y picante.

El ingeniero, sus acólitos y todos los hombres de fuerza sintieron que sus ojos se humedecían. Luego, llevándose las manos a la garganta, empezaron a estornudar.

Esto fue contagioso, pues inmediatamente estornudaron también las hermosas muchachas de la Guardia, los pajes de los abanicos, los conductores de las literas de honor, y, como si las ondas del aire transmitiesen la epidemia con la rapidez de un huracán, estornudaron igualmente todos los diputados y senadores de las tribunas, así como los altos personajes del estrado del gobierno. Finalmente, el sexo débil de las galerías superiores se unió al estornudo general, cubriéndose con los velos para ocultar las muecas a que le obligaba este gesto.

Durante mucho tiempo sólo se oyeron estornudos. Hasta el infatigable Gurdilo, que intentó aprovecharse de una ocasión tan propicia para protestar contra el gobierno, no pudo conseguir su propósito. Cada vez que intentaba un apóstrofe oratorio tenía que cortarlo para dar salida a un estornudo.

Adivinó el profesor Flimnap este misterio al recordar algunas crónicas remotas sobre la llegada de otros gigantes. Los tales cilindros de papel contenían, sin duda alguna, cierta materia que los colosos llamaban «tabaco». En otros tiempos lo guardaban en polvo dentro de cajas de concha; ahora lo comprimían en forma de cabelleras vegetales bajo una envoltura de papel.

Vio cómo el rector, que indudablemente tenía también noticias de esto, daba explicaciones a los señores del Consejo. El presidente, que parecía furioso por haber estornudado grotescamente en presencia del jefe de la oposición, se apresuró a ordenar que se llevaran el cofre y arrojasen su contenido fuera del puerto, como nocivo para la salud pública y la tranquilidad de la patria.

Los esclavos hicieron desaparecer la cigarrera, mientras otros cargaban con los fragmentos de los cilindros de papel y barrían el temible polvo esparcido en el suelo.

Poco a poco cesaron los estornudos y pudo reanudarse el desfile. A partir de este incidente, pareció que el público había perdido todo interés por los objetos del gigante. Avanzaron dos portadores, uno tras del otro, llevando un fuerte palo sobre sus hombros y colgando de tal sostén el reloj de bolsillo del Hombre-Montaña. Los oyentes más cultos no necesitaron las explicaciones del inventario. Cuantos habían leído la historia del país estaban enterados de cómo era esta máquina primitiva de medir el tiempo que todos los colosos traían en sus visitas.

Otra máquina de uso misterioso para los más de los presentes hizo su entrada en el patio después que desapareció el cronómetro de oro.

Más de treinta cargadores sostenían el revólver extraído de un bolsillo de Gillespie. Se notó cierta emoción en la tribuna del gobierno. Los señores del Consejo Ejecutivo no pudieron contener su sorpresa en el primer instante. Luego consiguieron dominar sus nervios y quedaron impasibles, en una forzada indiferencia.

Los cinco gobernantes, obedeciendo a la ley que reglamentaba las ceremonias públicas, iban vestidos con un lujo deslumbrador. Se envolvían en mantos bordados de oro, y sobre sus cabezas llevaban unas tiaras del mismo metal con adornos de piedras preciosas. Querían imitar el esplendor de los últimos emperadores del país, para que el pueblo se convenciese de que los elegidos de la República no eran menos importantes que los antiguos déspotas. Bajo su uniforme esplendoroso los cinco afectaron una actitud de hipócrita indiferencia, mirando sin expresión alguna la máquina que acababa de entrar en el patio. El rector Momaren también hizo un gesto igual, y hasta Gurdilo permaneció inmóvil, imitando la actitud del odiado gobierno. Todos fingían no conocer el mecanismo de acero ni sentir interés por averiguar su uso.

Las señoras y señoritas empezaron a bostezar de aburrimiento en las galerías altas. Las cosas de la industria pertenecían a las mujeres. ¿Cómo podía interesar a los hombres un armatoste metálico?...

En cambio, las muchachas de la Guardia se sentían atraídas de un modo irresistible por este objeto enorme y desconocido. Al verlo, latían en su interior confusos instintos, y fue tan fuerte su curiosidad, que hasta olvidaron la disciplina. Varios porta-espada, dejando en el suelo su brillante mandoble, se confundieron con los esclavos medio desnudos, deseosos de tocar y examinar de cerca el misterioso mecanismo.

Mientras tanto, el personaje encargado de la lectura del inventario recitaba a través de su portavoz los informes del profesor Flimnap. El sabio no vacilaba en declarar públicamente que le era totalmente desconocido el uso de esta máquina, sin que sus lecturas ni sus deducciones le permitieran suponer a qué era dedicada entre los gigantes.

—¡Muy bien! –dijo por lo bajo el presidente del Consejo Ejecutivo.

Y el Padre de los Maestros manifestó con una grave sonrisa el mismo contento.

Estos personajes, en el primer instante, habían sentido indignación viendo entrar en el patio a la tal máquina. Consideraron esto como una torpeza del *Comité de recibimiento del Hombre-Montaña*, que casi equivalía a un delito contra la seguridad del Estado. Pero cuando pensaban ya en qué castigo deberían imponer a Flimnap y sus compañeros, los párrafos oscuros y descorazonantes del profesor hicieron resurgir su optimismo y su bondad.

Una de las varias muchachas de la Guardia que curioseaban en torno del revólver se había quitado el casco para asomarse a la negra boca del cañón del arma. Al fin acabó por meter toda su cabeza en el tubo oscuro, sacándola poco después completamente desfigurada. Su rostro aparecía tiznado de negro y sus melenas sucias de hollín.

El accidente hizo reír a los graves personajes de las tribunas, y el sexo débil de las galerías se unió a la hilaridad general.

Mientras tanto, el profesor Flimnap, por medio del texto del inventario, formulaba una opinión decisiva. Este aparato debía guardarse para siempre en la Universidad, a fin de que los sabios se dedicasen a su estudio, si lo juzgaban interesante. Por eso la Comisión había creído oportuno traerlo a este acto en vez de dejarlo a bordo de la flota, donde sólo podía servir para suposiciones erróneas y perturbadoras.

—¡Muy bien! ¡Muy bien! –volvieron a decir por lo bajo los señores del gobierno y sus allegados.

A partir de este momento, el desfile de objetos perdió decididamente todo interés. Empezaron a abrirse grandes claros en las filas de hombres con faldas que ocupaban las galerías. El sexo débil demostraba su fastidio marchándose. También se abrieron vacíos cada vez mayores en el público de las tribunas parlamentarias. Hasta Gurdilo había desaparecido, adivinando que su oposición nada podía ya encontrar de aprovechable en esta ceremonia.

Pasó un automóvil con dos torres negras unidas por un doble puente de acero del mismo color y que tenían en su parte alta dos lentejas de cristal a guisa de tejados. El inventario explicaba que estas torres gemelas eran un aparato óptico por medio del cual los Hombres-Montañas podían ver a largas distancias. Pero los profesores de la Universidad Central sabían en tal materia mucho más que los gigantes.

Apareció otro vehículo llevando uno de aquellos torreones metálicos que habían aparecido al principio del desfile. En el cartelón de éste había pintados unos frutos gigantescos. Un olor de melocotón y de azúcar líquido se esparció por el patio.

Pero, a pesar de que el olor no era molesto, el público empezó a marcharse.

—¡Ya hay bastante! –decían todos.

Al desvanecerse su curiosidad, se acordaban de las ocupaciones que habían abandonado, sintiendo por ellas nuevo interés.

El presidente del Consejo llamó al lector del inventario para pedirle sus papeles, examinándolos. Todos los objetos que aún no habían sido vistos resultaban semejantes a los otros y carecían de novedad. Se pusieron de pie los altos señores del gobierno, y cada uno de ellos, llevando detrás a una niña-paje encargada de sostener la cola de su manto, fue en busca de su correspondiente litera. Redoblaron los tambores, sonaron las trompetas y la banda de música, mientras volvía a formarse el majestuoso cortejo, saliendo del patio en el mismo orden que había entrado.

El profesor Flimnap abandonó las galerías altas, siguiendo los pasillos solitarios que conducían a las habitaciones del presidente del Consejo Ejecutivo.

En un salón encontró a Momaren, que acababa de despojarse de la vestidura de gran ceremonia, yendo simplemente con su toga de diario y el gorro de doctor. Este gorro, en vez de una borla llevaba cuatro, para dar a entender la magnitud sin límites de su sabiduría.

Al ver a Flimnap sonrió protectoramente.

—Los altos señores del gobierno –dijo– están muy satisfechos de su discreción y su cordura. Acaban de perdonarle la vida al gigante, y quieren que sea usted el encargado de todo lo referente a su enseñanza y su alimentación.

El profesor hizo una reverencia para manifestar su gratitud, y creyó necesario añadir:

—Lo que yo siento es que este nuevo empleo me impedirá por algunos meses trabajar en la obra de justicia histórica femenina que emprendimos bajo la gloriosa dirección de nuestro Padre de los Maestros. Tengo a punto de terminar el volumen cincuenta y cuatro.

Pero el Padre de los Maestros sonrió modestamente al oír mencionar la empresa más gloriosa de su existencia, y dijo a Flimnap:

—Tiempo le quedará, profesor, para dedicarse a ese trabajo patriótico. Por el momento, creo conveniente que explique a su Gentleman-Montaña lo que fue la Verdadera Revolución y todo lo que ha venido después de ella. Esta lección de Historia resultará útil.

5. La lección de Historia
del profesor Flimnap

Gillespie, que había puesto en duda la civilización avanzada de estos pigmeos, tuvo que reconocer que sabían hacer las cosas aprisa y bien.

Al aparecer el segundo sol después de su entrada en aquella Galería recuerdo de una feria universal, todo lo más primario de su instalación estaba ya hecho. Una tropa de carpinteros manejó incesantemente sus martillos, subiendo y bajando por escalas y cuerdas con agilidad simiesca.

Así tuvo el segundo día un taburete en que sentarse, apropiado a su estatura, y una mesa, cuyos tablones, aunque no más anchos que las piezas de un entarimado fino, estaban ensamblados con tal exactitud que apenas si se distinguían las rayas divisorias.

Cada pata de la mesa sostenía en torno de ella un camino en espiral, por el que podían subir y bajar los servidores. Uno de estos caminos hasta tenía la anchura y el suave declive necesarios para que ascendiesen por sus revueltas los portadores de literas.

En el fondo de la Galería se habían improvisado varias cocinas para la alimentación del gigante, sus guardianes y su servidumbre. Eran cocinas portátiles pertenecientes al ejército. Los alimentos del Hombre-Montaña exigían un trabajo extraordinario. Dos bueyes formaban un simple plato para su apetito colosal. Atravesados por fuertes asadores, estos animales daban vueltas sobre enormes hogueras hasta quedar dorados y a punto de ser comidos. Los cuadrúpedos más pequeños, así como las aves, entraban a docenas en la confección de cualquiera de los platos.

Uno de aquellos vehículos automóviles, veloces y sin ruido, que tenían forma de animales, servía para trasladar los alimentos del Hombre-Montaña desde las cocinas hasta los pies de su mesa.

En cada viaje sólo llevaba un plato. Al llegar, su motor lanzaba tres rugidos, e inmediatamente descendía de lo alto un cable con dos ganchos que sujetaban automáticamente el plato. Una grúa fija en el borde de la mesa subía el enorme redondel de metal repleto de viandas humeantes. Varios hombres de fuerza se agarraban a sus bordes al verlo aparecer, empujándolo hasta las manos del coloso.

Gillespie tuvo la esperanza de que esta alimentación abundante sería acompañada con algún vino del país; pero en las tres comidas que llevaba hechas, la grúa sólo subió un tonel, que podía servirle de vaso, lleno de agua. Al ver su gesto de extrañeza, la mujer que prestaba servicios de mayordomo hizo subir un segundo tonel, pero sólo contenía leche.

Todas las funciones de su vida estaban previstas y atendidas por la comisión encargada de su cuidado. Detrás de la eminencia en cuya cumbre había sido construida la Galería de la Industria se deslizaba un río que iba a desembocar cerca del puerto. En este río anchísimo, que para el gigante era un riachuelo, podía lavarse y satisfacer otras necesidades corporales.

Por el frente de la Galería gozaba a todas horas de un hermoso espectáculo. Los organizadores de su existencia habían echado abajo la vidriera que servía de fachada, convirtiéndola en una puerta siempre abierta.

Gillespie admiró en las horas de sol la blanca arquitectura de la capital, a la que podía llegar con sólo varios saltos, y durante la noche sus espléndidas iluminaciones. Veía entrar y salir en el puerto los buques, que parecían juguetes de estanque, y llegar por el aire, sobre la llanura oceánica o sobre las montañas, innumerables máquinas voladoras llevando sobre sus lomos y sus pintarrajeadas alas pasajeros y mercancías procedentes de misteriosos países.

Estos navíos aéreos anunciaban su llegada nocturna con los rayos de sus ojos, entrecruzándolos con los rayos de otros aviones, así como de los vehículos terrestres, de las torres de la ciudad y de los navíos del puerto.

Cuando sentía cansancio, después de esta contemplación nocturna, se iba al fondo del edificio para tenderse en un blando colchón formado con dos mil ochocientos colchones del país. También podía envolverse en una manta cuyo grueso estaba formado con cinco de las que empleaban las muchachas del ejército cuando salían de maniobras. Esta envoltura había consumido el material de abrigo de tres regimientos.

Vivía en una aparente libertad. Todos los pigmeos instalados en la Galería para su servicio procuraban evitarle molestias, y hasta pretendían adivinar sus deseos cuando estaba ausente el traductor. Pero le bastaba ir más allá de la puerta para convencerse de que sólo era un prisionero. Día y noche permanecían inmóviles en el espacio, sobre la vivienda del gigante, dos máquinas voladoras, que se relevaban en este servicio de monótona vigilancia.

Si intentaba ir hacia la capital, o si avanzaba por el lado opuesto más allá del río, sentiría inmediatamente en su cuello el enroscamiento de uno de aquellos hilos de platino que le amenazaban con la decapitación. Imposible también salir durante la noche, pues los ojos de las bestias aéreas partían incesantemente la sombra con sus cuchillos luminosos.

La única satisfacción de Gillespie era ver aparecer sobre un borde de su mesa el abultado cuerpo, la sonrisa bondadosa, los anteojos redondos y el gorro universitario del profesor Flimnap. Era el único pigmeo que hablaba correctamente el inglés y con el que podía conversar sin esfuerzo alguno. Los otros personajes, así los universitarios como los pertenecientes al gobierno, conocían su idioma como se conoce una lengua muerta. Podían leerlo con más o menos errores; pero, cuando pretendían hablarlo, balbuceaban a las pocas frases, acabando por callarse.

El profesor temía las escaleras y las cuestas a causa de su obesidad de sedentario dedicado a los estudios; pero, a pesar de esto, acometía valerosamente cualquiera de las rampas en torno a las patas de la mesa, llegando arriba congestionado y jadeante, con su honorífico gorro en una mano, mientras se limpiaba con la otra el sudor de la frente, echando atrás la húmeda melena.

De buena gana hubiese ordenado la instalación de un ascensor; pero el pensamiento de que sus cuentas podían ser examinadas y discutidas en pleno Senado le hizo desistir de tal deseo.

Al fin se decidió a emplear en sus visitas la grúa montadora de alimentos. Silbaba desde abajo para que los trabajadores hiciesen descender el cable, y sentándose en uno de los platos más pequeños empleados en el servicio, subía sin fatiga hasta la gran planicie donde apoyaba sus codos el gigante amigo.

Éste la vio llegar en la mañana del segundo día de su instalación acompañada de varios objetos, que los siervos masculinos fueron sacando del plato-ascensor.

Después colocaron ante el Hombre-Montaña una mesita y un sillón, que sobre la mesa enorme parecían juguetes infantiles. También depositaron en la mesita muchos libros.

Llegaba el profesor vestido de ceremonia, con su mejor toga y su birrete de gran borla, lo mismo que si fuese a leer una tesis ante la Universidad en pleno.

—Gentleman –dijo–, hoy no vengo como amigo ni como administrador de su vida material. El gobierno me envía para que ilustre su entendimiento, y he creído del caso vestir mis mejores ropas universitarias y traer lo necesario para una buena explicación.

Ocupó solemnemente su pequeña poltrona, ordenó sobre la mesita los montones de libros y quedó mirando el rostro gigantesco de su amigo, que sólo estaba a un metro de distancia de ella.

No necesitaba Flimnap de bocina, como en otras ocasiones. Podía expresarse sin esforzar su voz, que era naturalmente armoniosa y contrastaba con su exterior algo grotesco.

—Le confieso, gentleman, que me turba ver su rostro de tan cerca. Me infunde espanto. Además, su fealdad aumenta por horas; las cañas de hierro que surgen de su piel son cada vez más grandes y rígidas. Habrá que ver cómo los barberos de la capital pueden suprimir esta vegetación horrible. Permítame que le mire un poco a través de mi lente, para verle con unas proporciones más racionales y justas, como si fuese un ser de mi especie.

El dulce profesor contempló al gigante largo rato a través de una lenteja de cristal sacada de su toga, mientras tenía los anteojos subidos sobre la frente. Su rostro se contrajo con una sonrisa de doncella feliz, como si estuviese contemplando algo celestial. Al fin se arrancó a este deleite de los ojos para cumplir sus deberes de maestro.

—Va usted a saber —dijo— lo que tanto desea desde que nos conocimos. Vengo para explicarle la historia de este país y lo que fue la Verdadera Revolución. Los misterios y secretos que le preocupan van a desvanecerse. Escuche sin interrumpirme, como hacen las jóvenes que asisten a mi cátedra. Al final me expondrá sus dudas, si es que las tiene, y yo le contestaré.

Después de este preámbulo, el profesor empezó su lección.

—Usted sabe, gentleman, quién fue el primer Hombre-Montaña que visitó este país. Hasta creo que el tal gigante dejó escrito un relato de su viaje, y usted debe haberlo leído, indudablemente.

Como ya le dije, otros gigantes vinieron detrás de él en diversas épocas; pero esto sólo tiene una relación indirecta con los sucesos que quiero relatarle. Ya sabe usted también, aunque sea de un modo vago, cómo era la vida de mi país en aquella época remota. Nuestro pueblo estaba gobernado por los emperadores, que se creían el centro del mundo y de una materia divina distinta a la de los otros seres. La vida de la nación se concentraba en la persona del soberano. Los más altos personajes saltaban sobre la maroma y hacían otros ejercicios acrobáticos para divertir al monarca del Imperio, que entonces se llamaba Liliput. La gran ambición de todo liliputiense era conseguir algún hilo de color de los que regalaba el déspota para cruzárselo sobre el pecho a guisa de condecoración. En resumen: mi país vivía sometido a una autoridad paternal pero arbitraria, y los hombres llevaban una existencia monótona y soñolienta, al margen de todo progreso. De las mujeres de entonces no hablemos. Eran esclavas, con una servidumbre hipócrita disimulada por el cariño egoísta del esposo y la falsa dulzura del hogar.

Así era el Imperio de Liliput, cuando siglo y medio después de la llegada del primer Hombre Montaña se inició la serie de acontecimientos históricos que acabaron por cambiar su fisonomía.

Un náufrago gigante que había pasado algún tiempo entre nosotros tuvo ocasión de volver a su tierra natal valiéndose de un bote en armonía con su talla que la marea arrastró hasta nuestras costas.

Al emprender su viaje de regreso no iba solo. Un liliputiense se marchó también; unos dicen que de acuerdo con el gigante; otros, y son los más, suponen que se escondió en la enorme barca con el deseo de conocer el mundo de los Hombres-Montañas.

Este viajero extraordinario es célebre en nuestra historia. Su nombre fue Eulame. Yo tengo compañeros en la Universidad que suponen que Eulame era una mujer, pues no pueden explicarse de otro modo tanta inteligencia y tanto heroísmo reunidos en una sola persona. Han escrito varios libros para probar que Eulame fingió ser hombre porque en aquellos tiempos sólo dominaban los hombres, y casi lo demuestran plenamente. Pero yo nunca me he apasionado por este misterio de nuestra historia. Bien puede Enlame haber sido hombre, como creyeron los de su época. Una excepción no altera la regla, y reconozco que el débil sexo masculino es capaz de producir de tarde en tarde algún personaje célebre, sin que esto le saque de su inferioridad....

Digo que Eulame se marchó al país de los gigantes y permaneció allá algunos años. También este período de su existencia ha dado lugar a muchos estudios históricos y críticos. Unos dicen que anduvo por aquel mundo monstruosamente grande, de feria en feria, siendo exhibido en circos y barracas como una curiosidad nunca vista, y que sus viajes le sirvieron para conocer los diversos pueblos en que se hallan divididos los colosos.

Otros autores afirman, basándose en el testimonio de personas que trataron a Enlame y pudieron oír sus confidencias, que el audaz liliputiense apenas fue conocido por la generalidad de los gigantes. Él y el marinero en cuyo bote se escapó fueron recogidos por un gran barco, y, al llegar a la tierra donde todo es monstruosamente enorme, los navegantes lo vendieron a un sabio, y con él vivió, en el ambiente de una soledad estudiosa, aprendiendo con rápidas síntesis todo lo que el ilustre gigante había buscado en los libros y en las experiencias de laboratorio durante muchos años.

Tampoco en esta cuestión me decido ni por unos ni por otros. En realidad, no se sabe nada sobre el primer período de la vida de Eulame, que fue tan misterioso como la juventud de muchos fundadores de religiones. Todo lo que dicen mis compañeros de Universidad y lo que dijeron igualmente muchos sabios anteriores está fundado en hipótesis.

Lo único cierto es que Eulame volvió a Liliput, pero no en una simple barca, como la que le trajo a usted, Gentleman-Montaña. Al otro lado de la gran barrera de rocas y espumas levantada por nuestros dioses quedó, según cuentan los cronistas de aquella época, un buque de proporciones inmensas, un verdadero navío de gigantes. Un simple bote salvó el obstáculo de la muralla divina, trayendo hasta nuestras costas a Eulame y a un Hombre-Montaña viejo, seco de cuerpo, con barba blanca, que supongo debió ser su estudioso protector.

Éste tenía el propósito de ir trayendo en la lancha hasta nuestra tierra todos los inventos de su mundo, de que venía repleto el navío enorme; pero nuestros dioses, como aman poco a los gigantes, agitaron el mar sin límites con una furiosa tempestad, y el buque se estrelló contra la barrera de rocas y de espumas.

Quedó entre nosotros el gigante viejo tan desamparado y falto de medios cual se ve usted ahora. Además, como sus años no le permitían vivir en un mundo tan nuevo para él y tan falto de las comodidades que necesita la vejez, murió al poco tiempo. Yo sospecho que los emperadores de la última dinastía se sintieron inquietos tal vez por la frecuencia con que llegaban a nuestras costas huéspedes de la misma talla, y trataron al viejo con brusquedad, sin considerar que el pobre venía atraído por los relatos de Eulame para establecer generosamente su civilización entre nosotros.

Su cadáver dio poco trabajo para ser anulado. Era un esqueleto recubierto de piel nada más, y sus huesos se emplearon como ricos materiales en numerosas obras de arte. Todavía conservamos en la Universidad varios libros de él, que me sirvieron muchísimo para el estudio de la lengua que usted habla y para el conocimiento de las costumbres de los Hombres-Montañas.

Pero volvamos a Eulame. Al verse solo, se lanzó a predicar entre sus compatriotas las ventajas de la civilización de los gigantes. Los descontentos del Imperio, que eran muchos, vieron en él un jefe que podía sustituir a la dinastía reinante. Los sabios le escucharon como un maestro divino, y todas las universidades fueron declarándose discípulas suyas. De entonces data la introducción del inglés en este país como idioma secreto y sagrado, que sirvió para entenderse a las personas de clase superior.

¡Las cosas que hizo Eulame en poco tiempo! Jamás se conoció en nuestra historia una actividad como la suya. El pueblo no pudo creer que fuese un hombre igual a los demás, y le tuvo por hijo de los dioses. Hasta la industria del país la modificó radicalmente en pocos meses. Implantó entre nosotros todos los progresos mecánicos que había visto en el mundo de los colosos. Nuestros ingenieros, que hasta entonces habían marchado a ciegas, moviéndose siempre dentro del mismo círculo, luego de escuchar las lecciones de Eulame vieron nuevos caminos abiertos ante sus ojos, y se lanzaron por ellos, haciendo descubrimientos con una rapidez vertiginosa, inventando casi instantáneamente lo que había costado tal vez largos años de meditación en el país de los gigantes.

El último emperador intentó asesinar al profeta; pero éste poseía la fuerza, y creyó llegado el momento de pasar de las palabras a la acción. Había traído del otro mundo los explosivos y las armas de fuego. Los ricos industriales partidarios del eulamelismo fabricaron secretamente un material de guerra igual al de los Hombres-Montañas, y bastó que mil discípulos con fusiles y cañones marchasen contra el palacio del emperador para que éste huyese, acabando en un momento la dinastía secular.

Las viejas tropas, armadas con arcos y lanzas, se desbandaron, dando vivas a Eulame, al recibir la primera granizada de balas de sus partidarios. El Regenerador fue elevado entonces a la dignidad imperial, y empezó el período más agitado, más sangriento e interesante de nuestra historia.

Debo advertir que como entonces dirigían los hombres la marcha del país, tuvieron el cinismo de dar el nombre de *época gloriosa* a un período en el que murieron millones de personas, siendo además incendiadas muchas ciudades, que aún no están reconstruidas, y devastadas provincias enteras.

Al verse Eulame en el poder, se creyó investido de una misión sobrehumana.

Esta misión consistía en llevar a todas las naciones próximas pobladas por seres de nuestra especie los beneficios de la civilización implantada por él. Además, como disponía de una fuerza superior, necesitaba usarla, lo mismo que el atleta, incapaz de vivir tranquilamente sin dar golpes contra algo para ejercitar sus músculos.

Las tropas irresistibles de Eulame marcharon contra Blefuscú, el pueblo que durante siglos había sido nuestro adversario. Resultó una guerra fácil por la gran desigualdad entre los respectivos armamentos; pero los de Blefuscú se defendieron con esa tenacidad irracional que la Historia llama heroísmo, dejándose matar en cantidades enormes.

Después de haber dominado a esta nación, el conquistador llevó sus armas a otra, y luego a otra, no quedando continente ni isla que dejase de reconocer su autoridad imperial. Pero la misma grandeza de su éxito pesó sobre él, acabando por aplastarle. Sus generales obedecieron a esa ley de los hombres según la cual todo discípulo, cuando se ve en lo alto, debe atacar a su maestro.

Llegó un día en que los belicosos caudillos que gobernaban por delegación las tierras conquistadas se sublevaron contra Eulame. Todo lo que éste había aprendido en el país de los gigantes lo comunicó confiadamente a sus allegados: los nuevos medios de destrucción eran ya del dominio común; sus adversarios sabían lo mismo que él; ya no era un semidiós, era un hombre como los otros. Y como sus enemigos resultaban mucho más numerosos, le vencieron en una batalla campal a las puertas de esta ciudad, que entonces se llamaba Mildendo, reuniéndose después en congreso diplomático para decidir su futura suerte.

No se atrevieron a matarle porque habían sido sus discípulos; pero como deseaban verse libres de su presencia, lo confinaron perpetuamente en una pequeña isla, en un peñón solitario y malsano, lejos de toda vida, en las inmediaciones de la muralla de rocas y espumas que muy pocos osan pasar.

El emperador murió a los pocos años en este destierro de un modo oscuro. Aún vivían las familias de los catorce o quince millones de seres que habían muerto a causa de sus guerras y sus ambiciones. Luego, con el transcurso de los años, el vulgo, que necesita para vivir el culto de los héroes y cuando no los tiene los inventa, ha glorificado a Eulame, convirtiendo sus matanzas en hazañas gloriosas y dando un carácter casi divino a su recuerdo.

Yo puedo enseñarle, gentleman, como unos cincuenta mil libros escritos para glorificar a Eulame y narrar sus hazañas. Sin embargo, su herencia no pudo resultar más fatal. Este fabricante de guerras hizo lo necesario antes de desaparecer para que nuestro mundo se viese condenado eternamente a la guerra.

El congreso reunido en Mildendo intentó un nuevo reparto de las naciones, dividiendo las antiguas conquistas de

Eulame; pero este arreglo fue un semillero de futuras peleas. Todos los vencedores hablaban de la paz a gritos, pero cada uno procuraba vivir más armado que los otros, y al sentirse con mayores fuerzas exigía una porción más considerable en el reparto.

Abreviaré mi relato, gentleman, pues me duele recordar este período, el más vergonzoso de nuestra historia. Los pueblos vivían regidos por los hombres; las armas estaban en manos de los hombres; el trabajo lo organizaban y reglamentaban los hombres... ¿qué otra cosa podía ocurrir?...

Los herederos del emperador organizaron cada uno a su placer el pedazo de tierra que les tocó en el reparto. Algunas naciones se constituyeron en República; otras fueron monarquías; unas cuantas, con el título de Imperios, restauraron la autoridad despótica y terriblemente paternal de los antiguos soberanos.

Nuestra nación, al recobrar sus primitivos límites, creyó oportuno quedarse con dos provincias de Blefuscú, fundándose en confusos derechos históricos. Durante varios años los de Blefuscú sólo pensaron en recobrar estas provincias, como si les fuese imposible la vida sin ellas. Las recordaban en sus cantos patrióticos; no había ceremonia pública en que no las llorasen; los muchachos, al entrar en la escuela, lo primero que aprendían era la necesidad de morir algún día para que las provincias cautivas recobrasen su libertad; los hombres organizaban su existencia con el pensamiento fijo de que eran soldados de una guerra futura. Y al fin vino la guerra, y los de Blefuscú nos quitaron las dos provincias.

Entonces nosotros les imitamos, y durante varios años los niños de nuestras escuelas aprendieron que había que morir para recobrar estos territorios, y hubo cánticos iguales a los del país enemigo, y los hombres fueron todos soldados, y surgió una segunda guerra, en cuyo transcurso recobramos las dos provincias....

Y los de Blefuscú se prepararon a su vez para una tercera guerra....

Al mismo tiempo había luchas sangrientas entre los demás países poblados por gentes de nuestra especie. Ninguna nación podía conformarse con sus límites actuales. A la adoración de los antiguos dioses había sucedido la idolatría de unos trapos de colores llamados banderas. Cada uno, con agresivo fetichismo, consideraba que el trapo de su nación era más hermoso que los otros y debía ondear triunfante sobre los países inmediatos. Las gentes separadas por un brazo de mar, un río, una montaña o un bosque, llamados fronteras, se odiaban de un modo feroz, sin haberse visto nunca.

Cada país calumniaba al otro, inventando sobre él las más absurdas mentiras, y estas mentiras las aceptaban las generaciones siguientes sin tomarse el trabajo de comprobarlas. De padres a hijos se perpetuaba la degollina por la simple razón de que los abuelos también se habían degollado entre ellos.

Nunca se realizaron inventos con tan asombrosa rapidez; pero todos ellos servían fatalmente para agrandar el arte de las matanzas. La ciencia se había hecho servidora de la guerra; los laboratorios temblaban de patriótico regocijo cuando un descubrimiento proporcionaba la seguridad de poder exterminar mayor número de hombres. Las fábricas más potentes eran las de materiales para la guerra. Todos los países rivalizaban en una carrera loca, buscando adelantarse los unos a los otros en los medios de destrucción. Los hombres se mataban sobre la tierra y sobre el mar, y hasta en el último momento llegaron a exterminarse en las silenciosas alturas de la atmósfera.

Las fortunas más grandes de cada país las poseían los fabricantes de armamento. La lucha industrial y los egoístas deseos de lucro tomaban un carácter de abnegación patriótica. Si un país inventaba un cañón enorme, al año siguiente el país adversario producía otro dos veces más grande. Sobre las olas todavía era más disparatada esta exageración de los medios ofensivos. Como Blefuscú y nosotros estamos separados por el mar, nos lanzamos a una rivalidad devoradora de nuestras riquezas y de nuestro trabajo.

Estudiábamos ansiosamente su flota para que nuestra flota resultase superior. Si ellos construían un navío grande, con numerosos cañones, nosotros al momento empezábamos en nuestros astilleros otros navíos más enormes, hasta llegar a proporciones inverosímiles, que parecían un reto al buen sentido y a todas las leyes físicas.

Baste decir, gentleman, que hemos tenido buques de guerra más grandes que la barca que le trajo a usted; navíos con cien piezas de artillería iguales al revólver que le sacamos del bolsillo, o tal vez mucho más grandes, y llevando tres mil o cuatro mil hombres de tripulación.... En fin, verdaderas islas flotantes.

Y lo peor fue que estas construcciones gigantescas y los gastos enormes que exigían, todo resultó inútil. El continuo invento de medios destructivos dio vida a nuevas embarcaciones no más grandes que algunos peces de nuestros mares, pero que, a semejanza de éstos, podían deslizarse por la profundidad submarina, atacando de lejos a los monstruos flotantes hechos de acero. A pesar de su humilde aspecto, muchas veces, en nuestros combates navales, echaron a pique a los navíos gigantescos, que representaban el valor de una ciudad.

Toda guerra resultaba más mortífera y costosa que la anterior. Las madres, al dar a luz a sus hijos, sabían que no fabricaban hombres, sino soldados.

No pretendo hacerle creer, gentleman, que la guerra era algo nuevo en nuestra historia y sólo la habíamos conocido después que Eulame trajo sus inventos del país de los gigantes. Habíamos tenido guerras desde las épocas más remotas, como creo que las tuvieron todos los grupos humanos. Pero eran guerras con pequeños ejércitos, que no alteraban la vida del país; guerras sostenidas por tropas de combatientes voluntarios y profesionales; una especie de lujo sangriento, de elegancia mortífera, que se permitían nuestros viejos emperadores de tarde en tarde. Pero después de la demencia ambiciosa de Eulame y del perfeccionamiento de los medios de destrucción, las guerras fueron de pueblo a pueblo, y toda la juventud de un país, abandonando campos y talleres, corría a matar la juventud vigorosa del otro país que había hecho lo mismo.

Cada guerra significaba un largo alto en el desenvolvimiento humano, y luego un retroceso. En la capital de cada país había un arco de triunfo para que desfilasen bajo su bóveda unas veces el ejército que volvía victorioso y otras los invasores triunfantes.

Después de toda guerra, el suelo abandonado parecía vengarse del olvido y de la bestialidad de los hombres restringiendo su producción. Las grandes empresas militares iban seguidas por el hambre y las epidemias. Los hombres se mostraban peores al volver a sus casas durante una paz momentánea. Habían olvidado el valor de la vida humana. Reñían con el menor pretexto; se encolerizaban fácilmente, matándose entre ellos; pegaban a sus mujeres. Además, todos eran alcohólicos. Durante sus campañas, los gobernantes les facilitaban en abundancia el vino y los licores fuertes, sabiendo que un hombre en la inconsciencia de la embriaguez teme menos a la muerte.

La riqueza pública ahorrada durante muchos años se derrochaba en unos meses, convirtiéndose en humo de pólvora, en acero hecho fragmentos, en escombros de poblaciones y de fábricas.

Cuando, al fin, llegaba la paz, era para que empezase una nueva miseria....

Los períodos tranquilos resultaban tan peligrosos como los tiempos de guerra. Siempre han existido descontentos de la organización social; siempre los que no tienen mirarán con odio a los que poseen. Pero después de las guerras la falta de concordia social aún era más violenta. La envidia que siente el de abajo resultaba más amarga. Como los pobres habían sido soldados a la fuerza, se consideraban con nuevos derechos a poseerlo todo. Cuando cesaban las guerras, los hombres se resistían al trabajo y hablaban de un nuevo reparto de la riqueza....

Esta situación absurda no podía durar.

Yo reconozco, como he dicho antes, que existen entre los hombres almas generosas y superiores, aunque con menos abundancia que entre las mujeres. Los crímenes originados por los hombres no podían menos de conmover a algunas de estas almas masculinas, y un gobernante de aquella época dio una especie de reglamento para la paz humana, dividido en catorce artículos.

Pero entre los hombres las mejores ideas se transforman y se corrompen. Hay en ellos un fondo de egoísmo que desfigura toda idea generosa apenas se encargan de implantarla.

No había un país que dejase de alabar la paz, pero esta paz debía hacerse de acuerdo con sus gustos y ambiciones. Todos querían que las cosas fuesen no como deben ser, sino con arreglo a sus conveniencias. Y los catorce artículos o puntos se vieron retorcidos y desfigurados de tal modo, que acabaron por convertirse prácticamente en otras tantas calamidades. Así ocurre siempre con las leyes hechas por los hombres y aplicadas por los hombres.

Los pueblos sintieron la necesidad de poner remedio a esta demencia general. Era preciso suprimir las guerras, resolver las cuestiones entre los países por medio de tribunales, como se resuelven las diferencias entre los individuos. Y cada Estado designó varios representantes, que se reunieron en esta ciudad, formando un organismo llamado Sociedad de las Naciones.

Mientras los oradores se limitaron a pronunciar elocuentes arengas en nombre de los más sublimes principios todo marchó bien; pero cuando la asamblea tuvo que hacer algo práctico, su trabajo resultó infructuoso y tan temible como el de los gobernantes guiados por la ambición.

Los congresistas, al rehacer el mapa, dieron más terrenos a unos países y se lo quitaron a otros, fundándose en antecedentes históricos, geográficos y étnicos. fue un trabajo de gabinete semejante a los que hacemos en la Universidad, e inspirado por la mejor buena fe. Pero los pueblos fuertes y rapaces se reían de sus consejos cuando los consideraban perjudiciales para su egoísmo, y en cambio los exhibían como obras maestras siempre que eran favorables a sus intereses. Por su parte, los pueblos adolescentes, ganosos de crecimiento, cuando tenían un vecino débil olvidaban a la Sociedad de las Naciones, apelando al eterno recurso de las armas.

Este período sirvió para demostrar que los hombres ya habían dado de sí todo lo que podía esperarse de ellos. El mundo estaba condenado a una guerra eterna. El egoísmo, la acometividad y la astucia se habían convertido en virtudes políticas, y los pueblos eran tanto más ilustres y gloriosos cuanto más cínicamente las ponían en práctica.

No quiero insistir en las miserias de aquel período. La humanidad estaba en una especie de callejón sin salida. Se realizaban grandes progresos materiales; pero el alma humana, merced a la enseñanza dada por los hombres, continuaba siendo un alma primitiva, un alma brutal, semejante a la de las fieras, y tal vez peor, ya que las fieras no conocen la hipocresía ni saben llorar sobre el cuerpo de sus víctimas.

Afortunadamente había en nuestro mundo algo más que hombres. Las guerras, con sus grandes matanzas y sus dolores colectivos, venían indignando a las mujeres.

No necesita usted de grandes esfuerzos mentales para formarse una idea aproximada de lo que éramos las mujeres en este país antes de que ocurriese la Verdadera Revolución. Por lo que he leído en algunos libros que trajo el viejo sabio compañero de Eulame, sé que las mujeres han llevado en la tierra de los gigantes, y tal vez llevan todavía, una existencia deplorable. Las rodean de grandes muestras de respeto y cariño, como si fuesen unos animales hermosos desprovistos de alma; los poetas cantan sus virtudes; pero los hombres se indignan y protestan en masa siempre que las mujeres piden una participación directa en el desarrollo y la dirección del país que habitan. ¡Mucho besar su mano y quedar ante ellas con la cabeza descubierta y acoger sus palabras con gestos galantes de protección o admiración!... Pero apenas representan un obstáculo para el egoísmo del hombre, éste las repele o las atropella, resucitando su animalidad de las épocas remotas.

Así, poco más o menos, éramos nosotras en el tiempo de los emperadores. Los hombres, para sostener su despotismo, ensalzaban los méritos de la mujer recluida en la casa, llevando una existencia de esclava y administrando con economía la fortuna del marido. Las mujeres con el alma soñolienta, sin iniciativas, sin voluntad, y que apenas sabían leer y escribir, resultaban el tipo perfecto de la dama honesta.

Indudablemente serían así las que vio a través de los ventanales del palacio imperial el primer Hombre-Montaña que vino a nuestro país. Pero el progreso, que transformó fulminantemente en los tiempos de Eulame la vida de los hombres, también cambió con no menos rapidez la mentalidad de las mujeres. Leyeron, salieron a la calle, se interesaron por los asuntos públicos, frecuentaron las universidades. Las que eran pobres quisieron ganar su vida y no deberla a la gratitud amorosa de un hombre, considerando el trabajo como un medio de libertad e independencia. No vieron ya un misterio en los estudios científicos, que habían sido patrimonio hasta entonces de los hombres, y se asociaron lentamente para una acción común todavía no bien determinada.

Conozco los trabajos de las mujeres en este período de gestación revolucionaria. Los conozco no solamente por los libros, sino por algo más directo y viviente. Mi abuela fue una de las agitadoras en este período difícil y glorioso.

Le confesaré, gentleman, que no todas las mujeres tenían una idea exacta del papel que les tocaba desempeñar.

Las había tímidas, contemporizadoras, sentimentales, de las que necesitan al hombre para vivir y consideran que el amor es la principal ocupación femenina.

No las critico ni las excuso; nadie puede decir con certeza quién tiene razón y quién no la tiene. ¡Cambiamos de creencias con tanta facilidad los seres humanos!... Antes de que usted viniese a este país yo pensaba de un modo, y ahora reconozco que veo las cosas de distinta manera.... Pero no nos salgamos de la lección.

Digo que eran muchísimas las mujeres convencidas de que los hombres gobernaban mal, pero que únicamente pretendían colaborar con ellos, participando de dicho gobierno. Se daban por contentas con que el tirano les dejase un hueco a su lado, cediéndoles una pequeña parte de su soberanía. Pero otras (y entre ellas mi valerosa abuela) odiaban al hombre, estaban convencidas de que éste había hecho todo lo que podía hacer, dando pruebas indudables de su incapacidad y su barbarie, y era inútil esperar que se corrigiese, empezando una nueva existencia. Mientras el hombre gobernase, las leyes serían injustas, la vida ordinaria una batalla de hipocresías y egoísmos, y la guerra la única solución de todas las cuestiones. Había que vencer al hombre, había que dominarlo, obligándole a bajar del pedestal que él mismo se había erigido. La única solución era tenerle en un estado dependiente é inferior, igual al de la mujer durante siglos y siglos.

Adivino en su rostro la curiosidad. Se pregunta usted cómo pudo realizarse esta maravillosa reversión en la preeminencia de los sexos.

Era empresa difícil... pero al fin triunfamos, como va usted a ver.

6. Donde el profesor Flimnap
termina su lección

El hombre no sólo monopolizaba el gobierno, la justicia, la enseñanza y todos los medios de producción; guardaba además las armas, como un privilegio de su sexo. ¿De qué modo vencer a los hombres, cuando disponían de instrumentos destructores como jamás se conocieron en nuestra historia?...

Sus cañones del tamaño de casas, sus fusiles y ametralladoras, que lanzaban plomo con la misma rapidez que una máquina de coser da puntadas, podían suprimir instantáneamente las manifestaciones femeninas, por numerosas que fuesen. Además, la mujer, acobardada por tantos siglos de servidumbre, tenía miedo a los procedimientos de violencia. Sólo las jóvenes que habían cultivado sus músculos en los deportes al aire libre se reían de estos temores de las señoras de salón. Todas se mostraban acordes al lamentar los crímenes de los hombres, pero la situación angustiosa parecía sin remedio....

Y de pronto surgió el hecho providencial y decisivo, un descubrimiento científico que casi puede ser calificado de milagro.

Una de las mujeres nuevas dedicadas a la ciencia orientó sus estudios hacia una finalidad práctica y humanitaria.

Quería terminar las guerras definitivamente, y el medio más seguro era conseguir la anulación de todos los descubrimientos industriales empleados por los hombres para exterminarse. Un día, para bien de la humanidad, inventó unos rayos prodigiosos, que debían haberse titulado «la aurora de la nueva vida», pero que la sabia mujer, poco dada a los términos imaginativos, designó áridamente con el nombre de «rayos negros».

Estos rayos, proyectados a largas distancias, hacían estallar todas las materias explosivas, aunque estuviesen preservadas por muros o por envolturas metálicas. Hasta en el fondo del agua conseguían su objeto los rayos maravillosos.

La sabia genial era en la vida corriente una mujer de cortos alcances, y sólo presintió en su invención un medio de llamar al orden a los humanos, impidiéndoles que insistiesen en sus guerras; como si esto fuese posible quedando en manos del hombre la dirección de la Historia. El *Comité supremo de las reivindicaciones feministas* vio más claro que esta química ilustre y simplona. Se fue enterando minuciosamente de sus trabajos, y a continuación la guardó presa, con toda clase de miramientos, en una cueva del Club Feminista, para que no pudiese revelar su secreto a los hombres.

¡Qué envidia siento al pensar en las mujeres que presenciaron la más estupenda de las revoluciones! ¡Cuánto me hubiese gustado ver lo que vio mi madre, que era entonces una niña!... Las muchachas más valerosas, acostumbradas a los deportes, montaron una mañana en varios aeroplanos, volando sobre toda la extensión del país. Cada avión llevaba un aparato de los inventados por la sabía providencial. Eran a la vista unas simples cajas de las que salían varios chorros de humo tenue y negro. Estas mangas, al descender del avión, iban pasando sobre la superficie de la tierra, y toda materia inflamable que tocaban, aunque estuviese defendida por paredes ú oculta bajo el suelo, hacía explosión inmediatamente. Así, en unas cuantas horas volaron todos los arsenales, polvorines y depósitos de municiones existentes en nuestro país.

Aquí, en la capital, el gobierno de los hombres, asustado por esta revolución catastrófica, intentó apresar al Comité feminista. Toda la guarnición marchó al asalto de nuestro Club. ¡Esfuerzo inútil! El Comité aguardaba tranquilamente en medio de la calle, armado de los famosos «rayos negros». Le bastó proyectarlos, para que una mitad de las tropas huyesen a la desbandada y la otra mitad quedase tendida en el suelo.

Los soldados vieron cómo sus fusiles estallaban entre sus manos antes de disparar y cómo se inflamaban las cápsulas en sus cartucheras, acribillándolos de heridas mortales. Los que estaban más lejos, espantados por el fenómeno, arrojaban las armas y se despojaban de sus bolsas de municiones, viendo en el propio equipo militar un peligro de muerte. Los oficiales, impulsados por el orgullo profesional, gritaban: «¡Adelante!», pero el revólver estallaba en su diestra, llevándoles la mano y el brazo. Los artilleros abandonaban las piezas para huir, en vista de que los armones llenos de proyectiles se inflamaban solos lo mismo que si fuesen volcanes, haciendo volar los miembros de los hombres despedazados.

Gracias a los «rayos negros», en unas cuantas horas se cambió el orden de la vida, y el Comité vencedor se instaló en el antiguo palacio imperial, decretando que había muerto para siempre el gobierno de los varones.

Mentiría si le dijese que este movimiento feminista fue unánime. Las prudentes, las contemporizadoras, las amigas del hombre, acudieron llorosas al Comité para suplicarle que no insistiese en su lucha contra los tiranos masculinos. Debo añadir que estas conservadoras, faltas de carácter y de dignidad sexual, eran en aquellos momentos la mayoría del país. Pero ¿qué revolución no ha sido hecha por una minoría y no se ha visto obligada a imponerse a la debilidad y el pensamiento miope de los más? El gobierno provisional del feminismo no prestó atención a estas tránsfugas que lamentaban la muerte de los varones de su familia o temían por la existencia de los que aún se mantenían vivos, prefiriendo su egoísmo particular a los intereses del sexo.

El Comité triunfador hizo bien en no oírlas. Las revoluciones no se miden por los dolores que originan, sino por los nuevos beneficios que aportan al bienestar y la libertad de los humanos.

No quiero entrar en los detalles de la Verdadera Revolución, pues esto alargaría mucho mis explicaciones. Baste decir que al día siguiente andaban fugitivos y aterrados por todo el territorio de la República los hombres, que horas antes se creían eternamente superiores. Era tal el terror infundido por los «rayos negros», que todo el que tenía armas se apresuraba a dejarlas abandonadas en medio de los campos. Los padres y los maridos miraron con nuevos ojos a las mujeres dentro de sus casas. Imploraban su protección para que intercediesen con el gobierno femenino.

Como usted adivinará, un movimiento de esta clase no podía quedar dentro de los límites de lo que se llamaba antiguamente Liliput. Las mujeres de Blefuscú enviaron una comisión por los aires para pedir a sus hermanas victoriosas que fuesen a libertarlas de una esclavitud de cuarenta siglos. Media docena de aparatos y un pelotón de voladoras resultaron suficientes para que el reino vecino quedase en poder de las mujeres, muriendo su monarca y los principales dignatarios.

En resumen: bastó una semana para que en todos los países triunfasen las mujeres, quedando los hombres en un servilismo igual al que habían infligido a nuestro sexo durante miles de años. Así fue lo que hemos convenido en llamar la Verdadera Revolución, tan distinta en sus resultados a las revoluciones hechas por los hombres.

Pero la muerte de la tiranía masculina no era suficiente. Había que organizar y gobernar la nueva existencia del mundo, y esto lo hicimos mucho mejor y con más rapidez que cuando reunían los hombres su inútil Sociedad de las Naciones para acabar con las guerras.

Como ya no quedaban armas explosivas, y las que se habían salvado de la destrucción resultaban inútiles gracias a los «rayos negros», no fue difícil evitar la reproducción de los exterminios humanos. No habiendo ya ejércitos de hombres, era imposible que resucitase la guerra.

He olvidado decirle que sobre el mar ocurrió lo mismo que en las ciudades. Los aviones del Comité, con sus temibles chorros de luz negra, suprimieron todas las islas movibles artilladas por los hombres. Apenas fueron volados unos cuantos de aquellos navíos colosales, las tripulaciones huyeron de los demás, dejándolos abandonados en los puertos. Algunos flotaron perdidos en el mar, pues los marineros, a la vista de uno de los aeroplanos femeniles, echaban al agua las embarcaciones menores, escapando del buque, que era para ellos un volcán próximo a hacer erupción. Los submarinos se apresuraron igualmente a ganar los puertos, vomitando toda su gente. Temían a los «rayos negros», capaces de buscarles en las mayores profundidades.

En una palabra, gentleman: acabó el ejército y la flota de los hombres en todas las naciones de nuestra raza. Murieron muchísimos al intentar la resistencia, y los supervivientes quedaron aterrados después de una derrota tan inesperada y completa.

La gran superioridad de nuestro sexo se hizo patente cuando el Comisé femenino, de acuerdo con las mujeres de los otros países, decretó la apertura de una Asamblea para reglamentar la victoria. Nunca se ha visto una reunión política en que se hablase menos y se adoptasen acuerdos prácticos con mayor rapidez.

Los hombres, que durante su larga tiranía se dejaron dominar siempre por oradores, creyendo que un varón de buena palabra sirve para todo y lo sabe todo, han tenido el cinismo de burlarse de las mujeres en muchas ocasiones, asegurando que somos habladoras.

Y sin embargo, nuestra Revolución se hizo sin discursos. Sólo después de pasados algunos años ha renacido la oratoria en este país.

Lo primero que acordaron las mujeres fue suprimir las naciones con todos sus fetichismos patrióticos provocadores de guerras. Ya no hubo Liliput, ni Blefuscú, ni Estado alguno que guardase sus antiguos nombres y diferencias. Todos se federaron en un solo cuerpo, que tomó el título de Estados Unidos de la Felicidad. La capital de esta confederación verdaderamente pacífica fue Mildendo, por haber partido de ella el movimiento libertador; pero se despojó de su nombre, que databa de los antiguos emperadores, para llamarse en adelante Ciudad-Paraíso de las Mujeres.

Al terminar la influencia de los hombres, disminuyó el descontento social y perdieron su fuerza amenazante las teorías sobre la supresión de la propiedad, el nuevo reparto de la riqueza y otras utopías. La mujer es profundamente conservadora y ama la propiedad y el orden. Ella ha sido la que, a pesar de su papel secundario, mantuvo al hombre en la razón durante miles de años y le impidió hacer tonterías irremediables. Sin ella no hubiese podido subsistir la sociedad. El hombre es tan vano y presuntuoso, que apenas discurre un disparate para remediar lo que tal vez no tiene remedio, intenta ponerlo en práctica, lo considera infalible por ser suyo, y se siente capaz de prender fuego al mundo entero a cambio de que triunfe su orgullo de autor.

Al gobernar las mujeres, solucionaron por el sentimentalismo y el instinto lo que los hombres no habían podido arreglar nunca valiéndose de su razón. Los más de los problemas sociales se resolvieron simplemente suprimiendo la envidia. Pero prescindo de entrar en detalles y vuelvo a lo que hicieron los primeros organizadores de la Verdadera Revolución.

Esta Asamblea, creadora de un mundo nuevo, se dio cuenta de que para consolidar su obra era preciso que las futuras generaciones ignorasen el pasado. Todo lo que hacía referencia al período de miles y miles de años durante el cual dominaron los hombres quedó suprimido. Se destruyeron los libros, los periódicos, los monumentos, todo lo que pudiera hacer sospechar a los varones del porvenir la autoridad despótica ejercida por sus antecesores. Únicamente en las bibliotecas de las universidades conservamos las obras de aquellos tiempos; pero sólo tienen permiso para leerlas los profesores de indiscutible lealtad que se dedican al estudio de la Historia.

Además, todos los que se habían considerado héroes y personajes importantes durante la dominación masculina fueron enviados a islas remotas, y murieron oscuramente, lo mismo que Eulame.

Quedaron en poder de las mujeres escuelas y universidades, y sólo se dió en ellas una instrucción de acuerdo con las órdenes del gobierno. Si usted pudiese hablar con las muchachas que frecuentan nuestros establecimientos de enseñanza, se convencería de que no tienen la menor sospecha de cómo fue el mundo antes de la Verdadera Revolución. Creen que las hembras han gobernado siempre y que los varones forman un sexo débil y tímido, necesitado de que lo protejan. De hablar usted nuestro idioma, el gobierno no me hubiese encargado que le contase la historia nacional, ni yo me habría atrevido a revelársela, a pesar de la simpatía con que le miro. Piense que le estoy comunicando secretos de Estado y que una imprudencia puede pagarse con la vida. Nosotros mismos, los profesores, sólo nos atrevemos a hablar da estos sucesos empleando el inglés, para tener la certeza de que ningún curioso puede entendernos.

Confieso que la Revolución causó muchas víctimas y que aun hoy el mantenimiento da sus reformas exige ciertas precauciones que tal vez parezcan poco humanitarias; pero ¡qué de beneficios nos trajo!... Hace cincuenta años que gobiernan las mujeres, y no ha habido una sola guerra ni asomo de motivo capaz de provocarla en lo futuro. Hemos suprimido las dos calamidades que excitaban la brutalidad de los hombres: la guerra y el alcohol. Nuestros gobiernos se suceden provocando luchas da palabra únicamente: sin choques sangrientos y sin revoluciones. Jamás fue tan bien administrada la fortuna pública.

Las buenas condiciones de ahorro y de modestia que hubo de aprender la mujer para la dirección del hogar durante la época de su esclavitud las emplea ahora en el gobierno. Los Estados Unidos de la Felicidad son administrados como una casa donde no se conoce el desorden ni el despilfarro. Todo marcha con una estricta economía, y sin embargo nuestro país no carece de comodidad y de opulencia. Sólo aceptamos como gobernantes a las mujeres que saben realizar el mismo milagro que realizaban en tiempos del despotismo masculino ciertas esposas a las que daban sus esposos poco dinero y no obstante mantenían su casa con un aspecto de abundancia y de regocijo.

Ningún país, durante los largos siglos de tiranía masculina, pudo alabarse como nosotras da no haber tenido en cincuenta años un solo gobernante o un solo empleado que fuese ladrón. Todo lo dirigen las mujeres: las escuelas, las fábricas, los campos, los buques, las máquinas de locomoción terrestres y voladoras, y la vida es más dulce, más pacífica que antes. Esto demuestra la injusticia con que la mujer era mirada en aquellos tiempos nefastos de la tiranía hombruna, cuando se la consideraba apta únicamente para administrar una casa pequeña y cuidar los hijos. Al hombre corresponden ahora estas funciones secundarias.

Reconozco, gentleman, que nuestro triunfo no ha sido del todo generoso. Cuando se sufre una esclavitud de miles de años, el mal recuerdo y la venganza resultan inevitables. Hoy las mujeres se han acostumbrado a su situación dominante, y el amor y la vida íntima en la casa les hacen mirar con un cariño protector a los varones de su familia. Pero en los primeros años después de la Verdadera Revolución, los hombres lo pasaron mal. La autoridad tuvo que intervenir muchas veces para aconsejar prudencia y tolerancia a ciertas amazonas, que, acordándose de los malos tratos sufridos en otros tiempos, daban todas las noches una paliza a sus maridos.

Todavía quedan entre nosotras espíritus conservadores y tradicionalistas que guardan un odio implacable al antiguo tirano. Estas son, generalmente, mujeres intelectuales, que, dedicadas a un trabajo mental y sintiendo ambiciones puramente idealistas, no han tenido tiempo para pensar en el amor y se mantienen en laborioso celibato.

Yo he vivido también así, gentleman, pero no crea que he seguido sus costumbres.

A estas masculinófobas se las conoce en la calle y en todas partes por la tenacidad con que muestran su odio a los hombres. Algún día verá usted a Golbasto, nuestro poeta laureado, la mujer que cantó mejor el triunfo de la Verdadera Revolución. Es la única persona que admira y respeta Momaren, nuestro Padre de los Maestros.

El Consejo Ejecutivo le regaló una máquina rodante que tiene la forma de un águila con una lira en las garras, pero ella ha guardado este tributo de la gratitud nacional, y prefiere seguir yendo a todas partes, como otras señoras viejas de su época, en un carrito ligero tirado por tres hombres que están a su servicio, y a los que acaricia frecuentemente con el látigo.... ¿Qué piensa usted, gentleman? Adivino en su rostro hace rato que desea hacerme una pregunta....

Gillespie indicó con un movimiento de cabeza que así era, y viendo que el profesor Flimnap ponía los codos en su mesita y la frente entre las manos para escucharle, se decidió a interrumpir la interesante lección.

—Habla usted, querido profesor, de que las mujeres lo son todo en este país y monopolizan funciones y trabajos;

pero yo he visto desde que llegué unos hombres atléticos que intervienen en la mayor parte de las operaciones. ¿Es que acaso no son hombres?

—Lo son –contestó Flimnap–; pero una sociedad bien organizada como la nuestra no podía consentir que las mujeres, mucho más inteligentes que los hombres, cargasen con los trabajos pesados y enojosos, mientras el sexo vencido vivía en la tranquilidad y la molicie. Es tolerable que no trabajen los varones que viven recluidos en el hogar como esposas é hijas y muestran una delicadeza necesitada de protección; pero hemos considerado necesario el aprovechamiento de la fuerza de todos los hombres atléticos y groseros, para manejar las máquinas peligrosas, para cargar los objetos pesados; en una palabra, para las funciones que exigen el músculo y no necesitan de la inteligencia.

Además, le revelaré que todos estos hombres forzudos son descendientes de los militares y los personajes masculinos que monopolizaban el poder antes de la Revolución. Ahora viven aparte, formando una casta especial, y, ¿por qué no decirlo?, están sometidos a la esclavitud, y sólo la muerte puede librarles de ella.

No lo hacemos por venganza, sino por necesidad y conveniencia. Ya le dije que nuestra Revolución (semejante en esto a todas las revoluciones de los hombres) ha tenido que valerse de ciertos medios antihumanos, que benefician a la mayoría. La casta de los vencidos vigorosos se reproduce de un modo alarmante, como todo lo que pertenece a un género inferior. Pero no crea que nos infunde miedo. Nuestra ciencia ha encontrado el medio de extirpar a estos hombres la memoria y la ambición. Los hijos resultan más estúpidos y más forzudos que los padres. Pasadas unas cuantas generaciones, estas máquinas de músculos, sin iniciativa ni voluntad, resultarán perfectas.

En nuestra vida de familia ejerce un miedo salutífero la existencia de dicha clase inferior. Los hombres obedecen sin discusión a la esposa o la madre, por miedo a perder las dulzuras de la vida de harén que llevan en sus casas. Tiemblan de que puedan enviarlos a engrosar el número de los hombres adormecidos interiormente, de los esclavos que sólo sirven para prestar sus fuerzas.

—¿Y el ejército? –preguntó el gigante–. Habla usted, profesor, de que ya no hay guerras ni puede haberlas, de que terminó la casta militar al perder los hombres el disfrute del gobierno, y desde que llegué aquí he visto por todas partes a esas muchachas de casco con aletas y espada al cinto, así como a las otras que tripulan las máquinas voladoras.

El profesor Flimnap miró a un lado y a otro, como si algún indiscreto pudiese entenderle, a pesar de que hablaba en inglés. Luego dijo, bajando un poco la voz:

—Eso que ha visto, gentleman, no es un ejército. Usted, que conoce, como unos pocos de nosotros, el gran poder destructivo de las materias explosivas, ¿qué importancia puede dar a nuestros regimientos, armados de flechas y lanzas, como en los reinados de los más remotos emperadores?...

Pero necesitamos mantener este ejército poco temible, porque los pueblos, aunque vivan en paz, quieren saber que existe una fuerza pública capaz de defenderlos. También debe tenerse en cuenta que la juventud, necesitada de los deportes para consumir una parte de su exceso de vida, considera la profesión militar como el más divertido y gallardo de los juegos.

Sin ejército no sabríamos qué hacer de todas esas muchachas de veinte años, fuertes, animosas, sanas, con una sangre rica que hace arder su piel o hincha sus músculos. Andarían sueltas por ahí, perturbando la tranquilidad de la República; molestarían a los hombres tímidos, inclinados a la modestia y el recogimiento, y ¡quién sabe si acabarían por raptarlos!... Con el ejército, estas energías sueltas se canalizan hacia la gloria militar, y aunque la tal gloria no exista, su ilusión nos proporciona la tranquilidad. Más adelante, al entrar en años, las muchachas de la Guardia y las del casco con aletas, como usted dice, se hacen prudentes y mesuradas, se casan y forman una familia. ¡Pero si usted viese lo que dan que hacer mientras tanto a sus coroneles y capitanes, personas expertas que han tenido hijos y conocen las exigencias de la vida!...

A lo mejor, el jefe de una legión nota el malestar de sus soldados. Se muestran melancólicos y pálidos, parece que sueñan despiertos, aspiran el aire como si les trajese perfumes y músicas. Esta epidemia militar es más frecuente en la primavera que en el resto del año.

«Mañana, maniobras», ordena el jefe. Y al día siguiente salen al campo las tropas a disparar flechas y tirar lanzazos al aire; marchan larguísimas jornadas, duermen a la intemperie sobre el duro suelo, pasan ríos a nado, comen mal, y al fin, toda esta hermosa juventud vuelve abrumada de cansancio, pero sana de pensamiento y curada por algunos meses de su inquieta y misteriosa enfermedad.

Nosotros, gentleman, sostenemos un ejército por exigencias de la moral: para que no se perturben las abstinencias virtuosas que debe guardar la juventud.

—Pero yo –dijo el gigante– he visto hombres en ese ejército: atletas barbudos con traje de mujer y grandes cimitarras, que iban a caballo y eran mandados por oficiales hembras.

—Cierto –contestó el profesor–; pero esos hombres, en realidad, no pertenecen al ejército; más bien son esclavos, como los atletas que se dedican a los rudos trabajos de fuerza. Nuestro ejército es a modo de una aristocracia femenil, y no puede encargarse de las funciones de policía, que considera faltas de gloria.

Necesitábamos una fuerza pública que velase por la seguridad individual, que persiguiese a los ladrones y los homicidas, y hemos dedicado al hombre a esta función demasiado ordinaria. Además, cuando hay algún motín en las calles por causas frívolas de nuestra vida económica, esa tropa es la que restablece el orden entre silbidos y pedradas, lo que proporciona el resultado saludable de que los hombres sean nuevamente odiados por las mujeres.

—¿Y no sufre la vanidad femenil al verse dominada en la calle por un hombre a caballo y con armas, lo mismo que en los tiempos de la tiranía masculina?

—¡Oh, gentleman! –dijo el profesor con acento de reproche–. En la vida no puede ser todo perfecto y lógico. También entre ustedes, según he leído, hubo pueblos que encargaron su policía a gentes de otros países, y el extranjero podía perseguir y pegar al nacional en nombre del orden. Igualmente, en la tierra de los gigantes, cuando ocurran choques sociales, el rico no guarda con sus brazos la propia riqueza, puesta en peligro por la envidia revolucionaria de los pobres, sino que paga a otros pobres vestidos con un uniforme para que repelan y maten a sus compañeros de miseria.

Gillespie, desconcertado por esta lógica, quedó silencioso por algunos momentos. Luego añadió, con un deseo de tomar el desquite:

—Pero los guerreros masculinos están mandados por oficiales hembras, sin duda para mantener los privilegios del sexo. ¿No temen ustedes que esos atletas brutales falten al respeto a sus jefes y atenten contra ellos?

El profesor Flimnap se ruborizó y dijo con apresuramiento:

—No tema eso, gentleman. Ya le he hablado de nuestra ciencia, y con la misma ligereza que extirpa la voluntad y la memoria a los esclavos forzudos, puede extirpar también otras cosas. Crea usted que esos hombres de la cimitarra, a pesar de su aspecto terrible, sólo piensan en comer y en conservar su caballo limpio y brillante.

—Usted me ha hablado, profesor, de su flota, compuesta de buques que navegan sobre el agua y debajo del agua. Recuerdo que la escuadra del Sol Naciente remolcó mi bote hasta el puerto.

—Así es –contestó el catedrático–. Los Estados Unidos de la Felicidad tienen una flota numerosa, dividida en tres escuadras: la del Sol Naciente, que navega a lo largo de estas costas; la del Sol Poniente, que guarda el otro lado del mar, y la de las Islas. Los nuevos buques son un resultado del triunfo de la Verdadera Revolución. Al quedar suprimidos los cañones y los torpedos por los «rayos negros», nuestros navíos, cuando están sobre el agua, emplean las flechas, las piedras y otras armas arrojadizas de los tiempos remotos. Si pudiesen existir guerras bajo nuestro gobierno, éstas se desarrollarían en las profundidades submarinas, y para tales combates nuestros buques cuentan con un aparato poderoso, un cable metálico en forma de lazo, que se mueve a través de las aguas con la agilidad de una serpiente, subiendo, bajando, retorciéndose, hasta que envuelve al barco enemigo en sus anillos y lo inmoviliza, arrastrándolo prisionero.

Como todo buque tiene la misma arma agresiva, un combate naval es a modo de una lucha de pulpos en los abismos marítimos, entrelazando la maraña de sus patas metálicas, tirando el uno del otro, hasta que el más hábil o el más forzudo consigue paralizar al adversario. Además, los navíos están armados con unos aparatos que hacen oficio de tijeras para cortar los cables metálicos del enemigo.

Adivino sus nuevas preguntas, gentleman. Quiere usted saber para qué sirve nuestra flota, y yo le diré que para lo mismo que sirve nuestro ejército. La juventud entusiasta, que no gusta de los uniformes de las tropas terrestres y desea viajes y aventuras, entra a prestar sus servicios en las tres escuadras de nuestra Federación o en la flota aérea.

Si pregunta usted lo mismo a uno de nuestros gobernantes, le dirá que todos esos buques sirven para mantener la libertad de los mares. Pero yo me río un poco de ello. Cuando triunfó la Verdadera Revolución y los «rayos negros» volaron los navíos de guerra de entonces o los acorralaron en los puertos, existió la libertad de los mares, a pesar de la falta de buques armados, lo mismo que ahora que mantenemos tres escuadras.

La supresión del armamento moderno ha acabado con las guerras, pero no con la profesión militar. Si no hubiese ejércitos, mucha gente joven se encontraría desorientada, no sabiendo qué hacer de sus actividades. Sería difícil viajar entonces por los caminos. Los que nacieron para héroes, cuando no pueden ser héroes acaban dedicándose a ladrones de carretera.

Hubo un largo silencio. Gillespie estaba pensativo, y al fin preguntó:

—¿Y nadie guarda memoria de cómo fueron los poderosos medios destructivos antes del triunfo de las mujeres?...

El profesor pareció dudar, pero al fin dijo con entereza:

—Nadie. Y si alguno lo supiera, aparte de nosotros los estudiosos, procuraría olvidarlo, por ser un secreto cuya revelación acarrea la muerte. No todos los armamentos fueron destruidos por los «rayos negros». Era tan enorme el material de guerra, que permanecieron intactas grandes cantidades en muchas poblaciones de la República. Estos cañones, fusiles, ametralladoras y demás herramientas mortíferas, así como grandes montañas de proyectiles, están guardados en los vastos gabinetes históricos de las universidades, y únicamente nosotros los conocemos.

Algunos gobernantes tímidos hablaron diversas veces de destruir todo esto, pero desistieron al fin, pensando que van transcurridos cincuenta años y la explosión e inutilización de tales materiales serviría para despertar la curiosidad de las gentes de ahora, que no tienen la menor idea de su existencia. Usted no sabe lo bien que ha trabajado nuestra instrucción pública para borrar el pasado.

Yo creo además que no representa peligro alguno la conservación de dicho armamento. ¿Qué harían con él los que intentasen utilizarlo? Dos mujeres con un pequeño aparato de «rayos negros» bastarían para destruir todas las armas antiguas, y con ellas a los imprudentes que pretendiesen usarlas.

El gigante todavía quiso saber algo más.

—¿Y los hombres se resignarán eternamente a su decadencia? ¿No temen ustedes que algún día surja entre ellos otro Eulame que los lleve a la reconquista de su antigua superioridad?...

Le parecieron tan disparatadas estas preguntas al profesor, que las acogió con grandes risas.

—Imposible, gentleman –dijo al fin–. Sólo puede emitir esa hipótesis el que no conozca cómo hemos organizado nuestra sociedad después de la Verdadera Revolución. Todos los malvados principios inventados por el egoísmo de los varones, cuando éstos dominaban a las hembras, los hemos resucitado nosotras ahora para su esclavitud moral. Las mujeres intelectuales que influyen en la organización presente (nuestros poetas, nuestros filósofos, nuestros moralistas) se muestran acordes en absoluto al enumerar y definir las virtudes masculinas. Un hombre honesto y de buena familia debe salir poco de casa, preocuparse únicamente de su administración, educar a los hijos pequeños, oír en silencio a su esposo femenino, sin contradecirle nunca; evitar las conversaciones sobre cosas públicas, que corresponden únicamente a las mujeres.

Así son los hombres de nuestras familias distinguidas, únicos varones que resultan temibles porque conservan íntegra su inteligencia. Dos generaciones educadas con arreglo a nuestro sistema han bastado para que los hombres no guarden el menor recuerdo de lo que fue su dominación en otros tiempos y se resignen a su estado actual, encontrando dulces placeres dentro de la vida doméstica y una felicidad pasiva en sentirse dirigidos por la mujer....

No le ocultaré, gentleman, que recientemente se nota cierta transformación en los hombres. Hay una juventud masculina que se burla de la mansedumbre de sus padres, de su falta de aspiraciones, de su esclavitud doméstica. Estos muchachos pretenden ir solos por las calles y miran a las mujeres audazmente, sin bajar los ojos ni cubrirse con el manto. Carecen de recato y de modestia. Los hay que hasta dan citas a los oficiales de la Guardia y pasean con ellos por las afueras de las ciudades.

Ahora empiezan a fundar círculos hombrunos, en los que discuten sobre su estado presente y forjan planes de emancipación, hablando pestes contra las mujeres. Ya existen dos clubs de esta clase, sólidamente constituidos uno de solteros y otro de casados.

Hasta hay jóvenes que escriben, usurpando la pluma a las mujeres. Esto indigna a nuestros venerables personajes del tiempo de la Verdadera Revolución que aún no han muerto, los cuales son partidarios del método antiguo y proclaman la necesidad de que el hombre, para ser virtuoso, debe vivir metido en su casa y no saber leer.

Algunos jovenzuelos audaces forman agrupaciones con el nombre de Partido Masculinista. Su doctrina la titulan el Varonismo. Pero debo añadir que las mujeres se ríen de esto, y los diarios lo aprovechan como un tema de burlas e ironías para divertir a sus lectores.

Dentro de las casas la rebelión de los «varonistas» suele tener más importancia. A veces, la mujer, dueña absoluta del hogar, como lo exigen las buenas costumbres, se ve obligada a poner mal gesto y a infundir un poco de miedo a su compañero masculino, pues éste pretende usurparle sus funciones y grita que no quiere ser esclavo.

Me dirá usted que así empezaron las mujeres antes de la Verdadera Revolución; pero el caso no es el mismo. Solamente puede soñar con la conquista del poder quien posea las armas, y mientras los «rayos negros» hagan su trabajo destructor, nuestros antiguos déspotas no llegarán a conseguir que renazca el pasado.

7. El más grande de los asombros de Gillespie

Siempre que el doctor Flimnap se presentaba con algún retraso en el alojamiento del gigante, creía necesario explicar el motivo de su tardanza.

—Esta mañana no pude venir, gentleman, porque asistí a una reunión de autores de la *Gran Historia de las Mujeres Célebres*. Necesitaba dar cuenta del estado actual del tomo cincuenta y cuatro, de cuya redacción estoy encargado. Falta poco para que lo termine, pero con la llegada de usted tuve que suspender tan importante trabajo.

Y como Gillespie mostrase cierta curiosidad por la enorme obra, el profesor le dio explicaciones sobre su carácter y sus tendencias.

Era el Padre de los Maestros el que la había ideado, con la noble ambición de hacer olvidar hasta los más remotos vestigios de la soberbia masculina. Momaren consideraba necesario demostrar al mundo actual que los grandes benefactores de la humanidad y del progreso habían sido siempre mujeres. Los creadores de religiones, los filósofos, los santos, los inventores, todos habían pertenecido al género femenino; pero los hombres, para apropiarse su gloria, falseaban las viejas crónicas, incorporando a su sexo estas hembras gloriosas.

Gracias a la revisión histórica ideada por Momaren, todo iba a quedar en su verdadero lugar, y las generaciones futuras se enterarían de que en ningún tiempo había existido un hombre verdaderamente célebre, pues los que aparecían en la Historia como tales eran mujeres que los varones habían cambiado de sexo.

Edwin, al oír mencionar al Padre de los Maestros, quiso saber por qué razón su máquina rodante y su litera tenían la forma de una lechuza.

—En nuestro país, gentleman –continuó el profesor–, procuramos dar a todos los objetos una forma artística y simbólica, de acuerdo con los gustos o la profesión de sus dueños. La lechuza es el emblema de nuestra ciencia. A semejanza de este animal nocturno, el sabio vela mientras los demás seres duermen.

Flimnap quiso hacer un regalo a su protegido. Del mismo modo que ella gustaba de contemplar a Gillespie a través de una lente de disminución, deseó que éste emplease una lente de aumento para verla.

—Temo, gentleman, que sus ojos, acostumbrados a abarcar únicamente las cosas enormes, no lleguen a distinguir los detalles y delicadezas de una mujer pequeña como yo.

Y el profesor, al decir esto, se ruborizaba, bajando los ojos.

Al fin, una tarde, al salir del plato-ascensor, recomendó a dos servidores que cargasen con un disco de cristal llegado con ella. Era del tamaño de una rueda de carreta, y había sido labrado en el Palacio de Ciencias Físicas de la Universidad Central. Flimnap se excusó de traer con retraso esta lente, que había prometido para el día anterior.

—No es mía la culpa, gentleman. El profesor de Física tuvo esta mañana un hijo, y esto le ha hecho retrasar unas cuantas horas la entrega del cristal.

Aprovechó la ocasión Gillespie para preguntar algo que le traía preocupado desde que supo la gran victoria de las mujeres. ¿Cómo habían conseguido las vencedoras, dedicadas la mayor parte del tiempo a los asuntos públicos, emanciparse de la servidumbre de la maternidad?

—¡Oh, gentleman! –dijo Flimnap–. Eso podía ser un problema en otra época, cuando la ciencia estaba aún en sus descubrimientos elementales. La maternidad entre nosotros no representa ya más que una corta molestia. Un simple resfriado da más que hacer y obliga a mayores pérdidas de tiempo. Este progreso de la ciencia es el que más ha favorecido nuestra emancipación. Las mujeres sólo tienen que preocuparse por unas horas del acto maternal, e inmediatamente vuelven a sus trabajos, sin guardar huella alguna del accidente. Mi colega el profesor de Física debe estar a estas horas trabajando en su laboratorio.

—Pero ¿quién cuida a los hijos? –preguntó el gigante.

—Les cuidan los varones, como es su deber. Antes de venir aquí he visitado a la esposa masculina de mi colega el profesor de Física, que estaba en la cama con su pequeño. Son los hombres los que se acuestan para dar calor al recién nacido, mientras las mujeres vuelven a sus funciones, momentáneamente interrumpidas, para ganar el dinero que necesita la familia.

El gigante lanzó una carcajada que hizo temblar el techo de la Galería, levantando un eco tempestuoso. Después, al serenarse, contó al profesor que muchos pueblos salvajes, allá en la tierra de los gigantes, habían seguido la misma costumbre.

—Es que esas pobres gentes –dijo el sabio con sequedad– presentían sin saberlo el triunfo de las mujeres.

Su enfado por las risas del Gentleman-Montaña no duró mucho. Además, Gillespie, queriendo desenojarla, se colocó bajo una ceja la lente que le había regalado para que la contemplase. El enorme cristal estaba pulido con una perfección digna de los ojos de los pigmeos, los cuales podían distinguir las más leves irregularidades de su concavidad.

Vio Edwin a su amiga, a través del nítido redondel, considerablemente agrandada. A pesar de su obesidad era relativamente joven, sin una arruga en el plácido rostro ni una cana en la corta melena. Gillespie, que la creía de edad madura, no le dio ahora más de treinta años, y acabó por sonreír, agradeciendo la mirada de simpatía y admiración que el profesor le enviaba a través de sus anteojos de miope.

Luego se dio cuenta de que el profesor, a pesar de la severidad de su traje, llevaba sobre su pecho un gran ramillete de flores. Flimnap acabó por depositarlo en una mano del gigante, acompañando esta ofrenda con una nueva mirada de ternura.

Lo único que turbaba su dulce entusiasmo era ver que la cara del coloso se hacía más fea por momentos. Aquellas lanzas de hierro que iban surgiendo de los orificios epidérmicos tenían ya la longitud de la mitad de uno de sus brazos. Había dirigido en las últimas veinticuatro horas dos memoriales al Consejo que gobernaba la ciudad pidiendo que le facilitase una orden de movilización para reunir a todos los barberos y hacerles trabajar en el servicio de la patria. Pensaba dividirlos en varias secciones que diariamente cuidasen de la limpieza del rostro del Gentleman-Montaña, así como de la corta del bosque de sus cabellos.

Al fin su tenacidad había vencido la pereza tradicional de las distintas oficinas por las que tuvo que pasar su demanda.

—Mañana, gentleman, vendrán a afeitarle y a cortarle el pelo. ¿Dónde quiere usted que se realice la operación?...

El prisionero prefirió el aire libre. Era un pretexto para permanecer más tiempo fuera de aquel local, cuyo techo parecía agobiarle, a pesar de que se levantaba un metro por encima de su cabeza. Flimnap dio órdenes para la gran operación del día siguiente, poniendo en movimiento a la servidumbre del gigante. Pero estas órdenes, aunque el profesor recomendó a su gente el mayor secreto, circularon por la ciudad.

Cuando los carpinteros, poco después de la salida del sol, colocaron el taburete del Hombre-Montaña en medio de la meseta, al pie de la cual se extendía el caserío de la Ciudad-Paraíso de las Mujeres, una muchedumbre llenaba ya todo el declive, avanzando poco a poco hacia lo alto, a pesar de los jinetes que intentaban mantenerla inmóvil y a cierta distancia.

Los periodistas, siempre a caza de novedades, habían averiguado en la noche anterior las disposiciones de Flimnap, y todos los diarios de la capital anunciaron por la mañana el primer afeitado y el primer corte de cabellos del gigante después de su llegada a las costas de la República, lo que hizo que los desocupados acudiesen en grandes masas para presenciar tan curioso espectáculo.

Gillespie mostró extrañeza al salir de su alojamiento y ver a esta muchedumbre inesperada. Pero el día era hermoso, dentro de su encierro había una penumbra glacial, y creyó preferible sentarse al sol, teniendo en torno a su taburete un espacio completamente libre de gente.

El alarido con que le saludó la muchedumbre extendida colina abajo fue a modo de un saludo risueño. Sobre los miles de cabezas empezó a subir y bajar una nube de gorras echadas en alto.

—¡Excelente y simpático pueblo! –dijo Gillespie, saludándole con una mano.

Y mientras una nueva ovación acogía estas palabras, ruidosas como un trueno e incomprensibles para el público, el gigante fue a sentarse en su escabel.

La divertía contemplar cómo aquellos jinetes masculinos, barbudos y con cimitarra, mandados por oficiales hembras, repelían a la muchedumbre para que no avanzase hasta las puntas de sus zapatos. A un lado del gran espacio completamente libre vio Gillespie un grupo de hombres que iba descargando de cinco carretas varios cubos llenos de una materia blanca, así como ciertos aparatos misteriosos envueltos en fundas y una gran tela arrollada lo mismo que un toldo. Debía ser el primer grupo de barberos que entraba a prestar sus servicios.

Gillespie se sintió inquieto al darse cuenta de que el universitario no había llegado aún, a pesar de las promesas hechas el día anterior.

—¡Profesor Flimnap! –gritó varias veces.

La muchedumbre pretendió imitar su voz, lanzando varios rugidos acompañados de risas. El bondadoso traductor permanecía invisible. Gillespie, irritado por esta ausencia, empezó a agitarse con una nerviosidad amenazante para los pigmeos que se hallaban cerca de él.

De pronto se tranquilizó al ver que un hombre de larga túnica y envuelto en velos, que había permanecido hasta entonces inmóvil en la puerta de la Galería, se aproximaba a su asiento. Cuatro esclavos le seguían, llevando a hombros una larga escala de madera. La aplicaron a una rodilla del gigante, y el hombre subió sus peldaños con agilidad, a pesar de las embarazosas vestiduras, procurando que los velos conservasen oculto su rostro.

Al quedar de pie sobre un muslo del Hombre-Montaña, indicó con gestos su deseo de colocarse más en alto para hablarle. El gigante lo tomó entonces con dos dedos de su mano izquierda, lo depositó en la palma abierta de su mano derecha y lo fue subiendo lentamente, hasta muy cerca de su rostro. Esta ascensión desordenó las envolturas del hombre velado, quedando su rostro al descubierto.

—Gentleman –dijo en un inglés tan perfecto como el del profesor–, yo pertenezco a su servidumbre, y creo que de todos los presentes soy el único que conoce su idioma. No sé dónde está el doctor Flimnap; también me extraña su tardanza. Pero si el gentleman desea algo, aquí estoy para traducir sus deseos.

El hombrecito de los velos blancos tuvo que callar repentinamente para afirmarse sobre sus pies y no caer de una altura tan enorme.

La mano de Gillespie había temblado con la emoción de la sorpresa. El pigmeo que tenía junto a sus ojos presentaba una rara semejanza con su propia persona. Era un Edwin Gillespie considerablemente disminuido; sus mismos ojos, su mismo rostro, igual estatura dentro de las proporciones de su pequeñez. Hasta creyó que su voz tenía el mismo timbre, considerablemente debilitado. Parecía que era él mismo quien hablaba desde una larga distancia.

De todas las maravillas que había visto en la República de los pigmeos, ésta era la más asombrosa. Lamentó haber dejado dentro de la Galería, sobre su mesa, la lente de aumento regalo del profesor.

—¿Quién es usted? –preguntó el gigante–. ¿Cómo se llama? ¿A qué familia pertenece?...

El hombrecillo, a pesar de que estaba en las alturas, miró en torno con cierta inquietud, temiendo que alguien pudiese escucharle.

—Son demasiadas preguntas, gentleman, para que las conteste aquí –dijo con una voz extremadamente débil, persistiendo en su miedo de ser oído–. Bástele saber que mi protector es Flimnap, y que él me colocó entre sus servidores después de haberle prometido yo que nadie vería mi rostro. Únicamente al notar la impaciencia del gentleman, y con el deseo de serle útil, me he atrevido a faltar a mi promesa. Le suplico que no cuente nunca al profesor que me ha visto sin velos.

Iba a hablarle Gillespie, cuando llegaron a sus oídos los gritos de un grupo de pigmeos que se agitaba junto a sus pies, mientras otros subían ya por la escala de madera hasta una de sus rodillas.

Eran los barberos y sus servidores, que, una vez terminados los preparativos de la operación, querían empezarla cuanto antes. Algunos tenían tienda abierta en la capital, y deseaban volver pronto a sus establecimientos, donde les aguardaban los clientes. Estos trabajos extraordinarios y patrióticos por orden del gobierno no eran dignos de aprecio, pues se pagaban tarde y mal.

Gillespie habló rápidamente al joven vestido de mujer, para convencerse de que vivía cerca de él, en el mismo edificio.

—Cuando terminen de afeitarme –le ordenó– suba a mi mesa y conversaremos solos. Me inspira usted cierto interés y quiero preguntarle algunas cosas.

Suavemente bajó la mano, no hasta su rodilla, sino hasta el mismo suelo, procurando, que el joven no sufriese rudos vaivenes en tal descenso. Luego se entregó a los barberos que invadían su cuerpo. Flimnap no iba a venir, y era inútil retardar la operación.

Sintió cómo aquellos hombrecillos subían a la conquista de su rostro lo mismo que un enjambre de insectos trepadores. Tenía ahora una escala apoyada en cada una de sus rodillas; sobre los muslos se alzaban otras escalas más grandes, cuyo remate venía a apoyarse en sus hombros, y por todas ellas se desarrollaba un continuo subir y bajar de seres diminutos, agitándose como marineros que preparan una maniobra.

En cada uno de sus hombros se colocó un grupo de aquellos siervos medio desnudos que se dedicaban a los trabajos de fuerza. Manteniéndose sobre estos lomos, curvos, resbaladizos y cubiertos de tela en la que hundían sus pies, fueron desenvolviendo dos rollos de cable. Partieron de abajo unos silbidos de aviso, y poco a poco izaron, a fuerza de bíceps, una enorme lona cuadrada, que servía de toldo en el patio del palacio del gobierno cuando se celebraban fiestas oficiales durante el verano. Esta tela, gruesa y pesada como la vela mayor de uno de los antiguos navíos de línea, la subieron lentamente, hasta que sus dos puntas quedaron sobre los hombros del gigante, uniéndolas por detrás con varias espadas que hacían oficio de alfileres. De este modo las ropas del Hombre-Montaña quedaban a cubierto de toda mancha durante la laboriosa operación.

Los barberos eran mujeres y pasaban de una docena. El más antiguo de ellos, de pie en uno de los hombros y rodeado de sus camaradas, daba órdenes como un arquitecto

143

que, montado en un andamio, examina y dispone la reparación de una catedral.

Empezaron los hombres de fuerza a tirar de otras cuerdas para subir al extremo de ellas grandes cubos llenos de un líquido blanco y espeso. Al mismo tiempo, por las escalas ascendían nuevos servidores llevando unas escobas de crin sostenidas por mangos larguísimos. Estas escobas fueron metidas en los cubos desbordantes de jabón líquido, y los servidores empezaron a embadurnar con ellas las mejillas del gigante, consiguiendo, después de una enérgica rotación, dejarlas cubiertas de colinas de espuma.

La muchedumbre rió al ver la cara del coloso adornada con estas vedijas blancas, y tal fue su entusiasmo, que, rompiendo con irresistible empuje la línea de jinetes, llegó hasta muy cerca de los enormes pies.

Mientras tanto, los maestros barberos empuñaban dos largos palos rematados por hojas férreas, a modo de guadañas bien afiladas, que iban a limpiar el rostro del gigante de su dura vegetación. Cada uno de los aparatos era manejado por tres barberos, que rascaban con energía este cutis humano más grueso que el de un elefante del país, llevándose una gruesa ola de espuma, con las cañas negras de los pelos cortadas al mismo tiempo.

Abajo, en torno de las piernas del Hombre-Montaña, el desorden iba en aumento. Los jinetes eran escasos para contener la creciente muchedumbre de curiosos. Además hacían mayor la confusión muchas familias de la alta sociedad, que, al enterarse por los periódicos de un espectáculo tan inesperado, llegaban ansiosamente sobre sus rápidos vehículos. Estas gentes privilegiadas se iban colocando junto al coloso, sin que los oficiales de la policía se atreviesen a hacerles retroceder.

Los barberos que trabajaban en una de las mejillas de Edwin, viendo su guadaña completamente cubierta de espuma, creyeron necesario limpiarla con un palo antes de continuar su labor.

—¡Atención los de abajo! –gritó el más prudente.

Y desde la considerable altura de los hombros del gigante se desplomó una bola espesa de jabón del tamaño de dos o tres pigmeos. Este proyectil atravesó el espacio como un bólido semilíquido, cayendo precisamente sobre uno de aquellos jinetes barbudos y de voz atiplada que movían su alfanje para que retrocediese la muchedumbre. ¡¡Chap!!...

El caballo dobló sus rodillas bajo el choque, para volver a levantarse encabritado, emprendiéndola a coces con los curiosos más próximos. Mientras tanto, el guerrero vestido de mujer hacía esfuerzos por librarse de aquella envoltura pegajosa, en la que flotaban unos cañones duros, negros y cortos.

En el lado opuesto ocurría al mismo tiempo una catástrofe semejante. Acababa de llegar en su litera, llevada por cuatro esclavos, la esposa masculina del Gran Tesorero de la República: un varón bajo de estatura, cuadrado de espaldas, barrigudo, y que asomaba su barba de pelos recios entre blancas tocas.

—¡Ojo con lo que cae! –gritó otro barbero al limpiar su guadaña.

Y la nube de jabón vino a desplomarse precisamente sobre la litera de Su Excelencia, que se volcó bajo el golpe, derribando a dos de sus portadores.

Tales incidentes obligaron a los jinetes de la policía a dar una carga, haciendo retroceder a la muchedumbre. Volvió a abrirse un ancho espacio en torno al coloso, y sólo quedaron en este lugar descubierto los vehículos de las gentes distinguidas.

Así pudieron los barberos continuar tranquilamente el afeitado de Edwin, dejando caer sus proyectiles de espuma densa, que al esparcirse sobre la tierra hacían saltar inquietos y asustados a los corceles de los guardias. Cuando dieron por terminada esta operación, se dedicaron al corte de los cabellos del gigante, trabajo más rudo y peligroso.

Armados de un sable corvo que llevaban sostenido entre los dientes, iban trepando por las laderas del cráneo, agarrándose a los haces de cabellos como si fuesen los matorrales de una montaña. Luego, apoyándose solamente en una mano y blandiendo la cimitarra con la otra, daban golpes a diestro y siniestro en la espesa vegetación. Este trabajo divirtió más al público que el anterior, a causa de la destreza de los trepadores y del peligro que arrostraban. Podían matarse si perdían pie a tan enorme altura.

Un gran personaje distrajo momentáneamente la atención de los curiosos. Se abrió ancho camino en la muchedumbre para dejar paso hasta el espacio descubierto a un carruajito de dos ruedas, en figura de concha, tirado por tres esclavos melancólicos que llevaban por toda vestidura un trapo en torno a sus vientres. Estas bestias humanas iban guiadas por una mujer, seca de cuerpo, con nariz aquilina, ojos imperiosos y un látigo en la diestra. La corona de laurel que adornaba sus sienes sirvió para que la reconociesen hasta aquellos que habían llegado recientemente a la capital.

—Es Golbasto; es el poeta –decían todos mirándola con admiración.

Ella atravesó el gentío sonriendo protectoramente como un dios, pasó igualmente entre los oficiales hembras, que la saludaban como a una gloria nacional, y consideró que debía colocarse por su rango a la cabeza de todos los vehículos privilegiados, o sea junto a las piernas del gigante.

Las gentes distinguidas dejaron de mirar al Hombre-Montaña para fijarse en el gran poeta, y esto hizo que Golbasto creyese necesario murmurar algunas palabras, como si fueran dirigidas a ella misma, para corresponder al homenaje mudo de sus admiradores. Sus ojos, acostumbrados a las vertiginosas alturas de la sublimidad ideal, se remontaron por los perfiles de la masa grosera del gigante hasta llegar a la cúspide donde trabajaban los barberos hembras.

—¡Qué audacia! ¡Qué seguridad! –dijo con una voz cantante que parecía exigir acompañamiento de liras–. Únicamente las mujeres son capaces de realizar un trabajo tan arriesgado.

Así como los barberos iban cortando la vegetación capilar, la amontonaban en haces, atando éstos con un cabello suelto, lo mismo que si fuesen gavillas de trigo. Ya eran tantos, que los segadores se movían con dificultad, y uno de ellos empujó involuntariamente uno de los haces, haciéndolo rodar por las laderas del cráneo.

Gritó, agitando su sable, para avisar el peligro; pero la pesada gavilla fue más rápida que su voz, y vino a caer sobre la poetisa, doblándola bajo su fardo asfixiante. Corrieron a salvarla los oficiales que habían echado pie a tierra y muchos de los curiosos privilegiados. La gloriosa mujer daba chillidos creyéndose herida de muerte, y la muchedumbre, a pesar de su admiración, acabó por reír de ella con alegre irreverencia.

Al verse sentada otra vez en su carruaje, libre de aquella avalancha fustigadora, igual a un haz enorme de cañas, el susto que había sufrido se convirtió en orgullosa cólera.

—¡Animal grosero! –gritó enseñando el puño a Gilles-pie, como si éste fuese el autor del atentado contra su divi-na persona–. ¡Hipopótamo-Montaña!... ¡Hombre habías de ser!... ¡Y pensar que un gran pueblo se interesa por ti!...

Enardeciéndose con sus propias palabras, dio un fuerte latigazo a una de las pantorrillas del gigante. Después envolvió en otro latigazo a sus tres corceles humanos, y éstos, que conocían el idioma de la flagelación, salieron al trote, haciendo pasar el carruajito entre la muchedumbre.

La agresividad de la poetisa casi originó una catástrofe.

El Hombre-Montaña, al sentir el escozor del latigazo en una pantorrilla, se llevó a ella ambas manos, inclinándose. Los que trabajaban en la cúspide de su cráneo perdieron el equilibrio, agarrándose a tiempo a las fuertes malezas capilares para no derrumbarse de una altura mortal. Dos hombres forzudos que estaban sobre un hombro cayeron de cabeza, y se hubieran hecho pedazos en el suelo de no quedar detenidos por un pliegue de la enorme lona que cubría el pecho del gigante.

La escala apoyada en una de sus rodillas perdió el equilibrio, derribando de sus corceles a tres de los jinetes barbudos y dejándoles mal heridos. Varios de sus compañeros desmontaron para llevarlos al hospital más próximo.

Descendieron los barberos de la cabeza del gigante, declarando terminada la operación. La caballería dio una carga para ensanchar el trozo de terreno libre y que el Hombre-Montaña pudiera levantarse, volviendo a su vivienda sin aplastar a los curiosos.

Así terminó el trabajo barberil, y la muchedumbre empezó a retirarse satisfecha de lo que había visto y proponiéndose volver a presenciarlo tan pronto como lo anunciasen los periódicos.

Comió Gillespie a mediodía, sin que el profesor Flimnap apareciese sobre su mesa. Varias veces giró su vista en torno, buscando al hombrecito de vestiduras femeniles que tan semejante era a él. Alcanzó a distinguir en diversos lugares de la Galería, entre los esclavos ligeros de ropas que formaban su servidumbre, otros varones encargados de labores menos rudas y que iban con trajes de mujer, lo mismo que el protegido del profesor Flimnap. Pero sentado a la mesa como estaba, por más que puso la lente aumentadora ante uno de sus ojos, no pudo reconocer al tal joven en ninguno de los hombres envueltos en velos que pasaban por cerca de él, ni tampoco entre los que se movían en el fondo del edificio, donde estaban las enormes despensas para su manutención.

Deseoso de verle, empezó a gritar lo mismo que en la mañana, seguro de que el traductor vendría en su auxilio.

—¡Profesor Flimnap!... ¡Que busquen al profesor Flimnap!

Los numerosos pigmeos se miraron inquietos al oír este trueno que hacía temblar el techo, profiriendo palabras incomprensibles. Al fin, por uno de los cuatro escotillones que daban salida a los caminos en rampa arrollados en torno a las patas de la mesa, vio aparecer al mismo hombrecillo que le había hablado horas antes.

Llegaba con el rostro oculto por sus tocas, y sin esperar a que Gillespie le preguntase, explicó a gritos la larga ausencia de Flimnap. Este había tenido que salir en las primeras horas de la mañana para la antigua capital de Blefuscú, pero volvería al día siguiente. Con las máquinas voladoras era fácil dicho viaje, que en otras épocas exigía mucho tiempo. El gobierno municipal de la citada ciudad le había llamado urgentemente para que diese una conferencia sobre el Hombre-Montaña, explicando sus costumbres y sus ideas.

—Esta conferencia –terminó diciendo el pigmeo– se la pagan espléndidamente, y como el doctor es pobre, no ha creído sensato rechazar la invitación. Parece que en otras ciudades importantes desean oírle también, y le retribuirán con no menos generosidad. Celebro que el ilustre profesor gane con esto más dinero que con sus libros. ¡Es tan bueno y merece tanto que la fortuna le proteja!...

Pero Gillespie no sentía en este momento ningún interés por su primitivo traductor. Lo que le preocupaba era enterarse de la verdadera personalidad del hombrecillo que tenía ante él.

Como si adivinase sus deseos, apartó el joven los velos que le cubrían el rostro, y Gillespie se llevó inmediatamente a un ojo la lente regalada por Flimnap.

Pudo ver entonces con dimensiones agrandadas, casi del tamaño de un hombre de su especie, a este pigmeo tan interesante para él. Era, efectivamente, un Edwin Gillespie igual al que meses antes vivía en California, pero grotescamente disfrazado con vestiduras femeniles. El gigante, después de contemplar tan maravillosa semejanza, dejó sobre su mesa la gran rodaja de cristal y puso un gesto severo, como si pretendiese intimidar al hombrecillo.

—¿Se ha fijado usted –le dijo– en la semejanza que existe entre nosotros dos?

—Sí, gentleman; al principio fue para mí un presentimiento más que una realidad. Las facciones de usted resultan tan enormes para nuestra vista, que la tal semejanza parecía diluirse en el espacio, y mis ojos no llegaban a abarcarla. Pero el doctor Flimnap tuvo la atención de prestarme una mañana la lente que usa, y pude apreciar el rostro de usted como si fuese el de un hombre de mi especie. Le confieso que nuestro parecido me causó un asombro igual al que usted muestra ahora.

Gillespie, que después de su primera extrañeza empezaba a sentirse algo ofendido por el hecho de que este animalejo humano se atreviese a parecerse a él, dijo con brusquedad:

—¿Quién es usted?... ¿Cómo se llama?...

—Mi nombre es Ra-Ra, y en cuanto a familia, tuve una en otro tiempo y fue de las más ilustres de este país; pero ahora me conviene no acordarme de ella.

Hubo tal expresión de melancolía en la voz del pigmeo al decir esto, que Gillespie no se atrevió a insistir acerca de su familia, y dio otro curso a su curiosidad.

—¿Cómo sabe usted el inglés? ¿Se lo ha enseñado el profesor Flimnap?

—No; me lo enseñó mi madre, que lo hablaba tan bien como el doctor. En mi familia era tradicional el conocimiento de esta lengua. El profesor Flimnap se interesa por mí porque conoció a mi madre y a otros de mi casa. Pero como el hecho de haber sido amigo de los míos casi representa un delito, el doctor me protege ocultamente y nunca habla de mis padres.

Calló un instante, como si las tristezas de su vida anterior le impusieran silencio. Pero vio tal curiosidad en las pupilas del coloso, que al fin siguió hablando.

—Yo vivía oculto: mi existencia era azarosa; de un momento a otro iba a caer en manos de los enemigos implacables de mi familia, y en tal situación llegó usted a este país. El profesor Flimnap se ha convertido, desde entonces, en un personaje que puede emplear a mucha gente en el servicio del Gentleman-Montaña, y me llamó, dándome la dirección de los hombres encargados del lecho y la despensa de usted. En este edificio, que sólo depende del profesor y del Comité presidido por él, me considero más seguro que si viviese en el Paraíso de las Mujeres.

Gillespie seguía mostrando la misma curiosidad en sus ojos, pues las palabras del pigmeo no llegaban a satisfacerla.

—¿Y por qué lo persiguen a usted? –preguntó–. ¿Quiénes son sus enemigos?

—Ya le he dicho que me llamo Ra-Ra, pero este nombre significa muy poco para el que no conozca la historia de nuestro país. El generalísimo Ra-Ra fue el más importante de los caudillos del emperador Eulame. A él debió éste sus mayores victorias. El generalísimo Ra-Ra fue mi abuelo. Cuando las mujeres hicieron lo que ellas llaman la Verdadera Revolución, mi glorioso ascendiente, a pesar da su vejez y de su historia heroica, fue desterrado a una isla desierta, cerca de la gran barrera de rocas y espumas, creada por los dioses, que nadie se atreve a pasar. Allí murió al poco tiempo.

Mi padre, que también era general, anduvo vagabundo por toda la República, ocultando su nombre y dedicándose a los más bajos oficios para poder vivir. En esa época de miseria, la madre del profesor Flimnap y el mismo profesor, que sólo tiene diez años más que yo, protegieron a mi madre. Abreviaré el relato de nuestras desventuras. Mi padre murió, mi madre murió también poco después, y yo, gracias al profesor, conseguí que no me dedicasen a los trabajos forzosos, como tantos otros desdichados de mi sexo.

No quise ser una máquina de músculos, pero tampoco me plegué a lo que exigía de mí el nuevo régimen para convertirme más adelante en la esposa masculina de cualquiera de las mujeres triunfadoras. Flimnap me llevó a vivir con él por algún tiempo, asegurando que yo era sobrino suyo. ¡Ojalá no hubiese entrado nunca en la Universidad Central!... Hice allí amistades que sólo han servido para complicar mi vida, dándole mayor tristeza.... Pero no; me arrepiento de lo que acabo de decir. La única satisfacción de mi existencia, la sola razón de que aún siga viviendo, procede de una amistad que contraje durante mi época universitaria.

Luego mi conducta causó muchos disgustos al bondadoso Flimnap, y me obligó a huir de su lado. Yo sabía lo que un hombre no debe saber en este país. Conozco cosas que el gobierno de las mujeres necesita mantener secretas y que representan un peligro de muerte para aquel que las aprende.

Calló Ra-Ra, como si le turbasen los pavorosos recuerdos de su vida de perseguido; pero el gigante tenía los ojos fijos en él, animándole a que continuase su historia.

—Con usted, gentleman, me atrevo a hablar de lo que no hablaría con ninguno de mi especie. Este parecido inexplicable que nos une, a mí tan pequeño y a usted tan enorme y poderoso, me inspira confianza. Además, ¿qué interés puede tener usted en perderme? Los dos pertenecemos al mismo sexo; usted es hombre, y no creo que encuentre muy aceptable el gobierno de las mujeres.

Ya conocerá usted más adelante lo que es ese gobierno. Todas ellas aman lo nuevo, y como la llegada de usted está reciente, encuentran todavía cierto interés a su persona. Pero cuando transcurra algún tiempo, ¡quién sabe si su suerte será peor que la mía!...

A pesar de todo lo que le cuente el bondadoso y entusiasta Flimnap, este gobierno se muestra cruel con frecuencia, y el pueblo femenil es más inconstante que el de los hombres en sus entusiasmos y sus adoraciones. Yo soy de los pocos que conocen la verdad, y por lo mismo veo la tiranía femenina tal como es.

Se interrumpió un momento para mirar con inquietud en torno de él. No vio a nadie en la vasta planicie da la mesa; pero, a pesar de esto, le molestaba tener que expresarse a gritos para que le entendiese el gigante.

Ninguno de la servidumbre hablaba inglés, pero temió que anduviese por debajo de la mesa algún universitario vagamente conocedor del idioma y se apresurase a llevar una delación al Comité encargado de suprimir todos los recuerdos del viejo régimen.

El gigante, para tranquilizarle, lo tomó de nuevo sobre la palma de una mano, subiéndolo hasta la altura de sus ojos. Allí, Ra-Ra, a caballo en un dedo y con las piernas colgantes, pudo continuar su relato.

—Yo supe la verdad sobre los tiempos anteriores al gobierno de las mujeres por los documentos de mi familia. Mi padre dejó a mi madre un cuaderno en el que había descrito cómo era la vida antes de lo que llaman la Verdadera Revolución, y cómo el mundo, gobernado por los hombres, resultaba mejor y más noble que el mundo actual.

El cuaderno estaba redactado en inglés, que era la lengua sabia en los tiempos de Eulame, la que empleaban sus generales para los estudios secretos, la que mi abuelo enseño a mi padre y éste y mi madre me enseñaron a mí. Gracias a estar escrito en un idioma sagrado no se enteraron de su contenido las gentes ordinarias entre las cuales pasó mi padre sus últimos años.

Mi madre nunca quiso dejármelo leer. La pobre adivinaba que su lectura acabaría con mi tranquilidad, haciéndome infeliz por todo el resto de mis años. Al morir ella lo recogí como única herencia, y sin saber por qué, a impulsos de un confuso instinto, no quise enseñárselo al profesor Flimnap.

Recuerdo aún las impresiones que experimenté cuando, viviendo al lado del doctor, leí por primera vez sus páginas. La verdad me deslumbró: un mundo nuevo fue abriéndose ante mis ojos. Era mentira que las mujeres hubiesen gobernado siempre el mundo; su triunfo databa de algunos años nada más. En cambio, ¡qué historia tan enorme y tan gloriosa la de la dominación masculina!...

A partir de aquel momento mostré la terrible franqueza de los neófitos. Como poseía la verdad, consideraba necesario proclamarla a gritos, y bastó que un día, conversando con varios estudiantes hembras, dijera solamente una pequeña parte de lo que yo sabía, para que cayese sobre mí una serie de persecuciones que aún no ha terminado.

Momaren, el Padre de los Maestros, habló indudablemente del nieto de Ra-Ra al *Comité de supresión del antiguo régimen*. Es un Consejo secreto, que desde los tiempos de mi padre persigue todo aquello que puede hacer recordar las épocas pasadas, anulándolo con una crueldad fría o implacable.

Tuve que huir, y he llevado hasta el presente una existencia vagabunda y aventurera. De vez en cuando la bondad de Flimnap me ha protegido. En los últimos días mi situación era angustiosa. El temible Consejo había averiguado por sus espías que yo estaba de vuelta en Mildendo, o sea lo que llaman las triunfadoras Ciudad-Paraíso de las Mujeres. Varias veces estuve a punto de caer en manos de sus agentes. Si esto ocurre alguna vez, me llevarán a morir en un islote inmediato a la gran barrera, como murió mi abuelo.

Pero la intervención de Flimnap sirvió, como ya dije, para que yo encontrase un refugio aquí, donde me considero casi seguro.

Tal vez se preguntará usted, gentleman, por qué razón vuelvo a la capital y me empeño en vivir en ella, estando aquí el terrible Consejo que me persigue. Nuestra vida nunca es rectilínea ni la gobierna la lógica. En el país de los Hombres Montañas es posible que ocurra lo mismo. Los hombres tenemos un corazón que es a la vez el origen de nuestras desdichas y de nuestras felicidades. No podemos existir sin la mujer, y vamos allá donde ella vive, aunque esto equivalga a marchar al encuentro del peligro.

Gillespie miró con nuevo interés al pigmeo. ¡Quién podía sospechar que este animalejo tuviese unos sentimientos iguales a los suyos!... Le pareció verse a sí mismo cuando se lamentaba a solas en Los Ángeles, después de la desaparición de miss Margaret.

La melancolía de Ra-Ra se transmitió a él. La imagen de su novia americana pasó por su recuerdo con tal intensidad, que hasta creyó verla corporalmente, aspirando su perfume. Pero a continuación cayó en una tristeza desesperada al contemplarse en este país inverosímil, sometido a una esclavitud ridícula, sujeto a los caprichos de una humanidad inferior.

Le tembló la mano a causa de tales emociones, y Ra-Ra tuvo que apretar sus piernas sobre el dedo que le servía de asiento y agarrarse a él para no caer.

Como Gillespie deseaba olvidar su propia situación, siguió haciendo preguntas para conocer toda la historia del pigmeo.

—¿Y cómo ha podido usted seguir vagando por esta tierra sin caer en manos de sus enemigos?... ¿Cómo logró mantenerse sin trabajar?

Ra-Ra, a pesar de la altura inaccesible en que se hallaba, bajó aún más la voz para decir misteriosamente:

—No soy yo el único que en este país conoce la verdad. Flimnap le contó el otro día, según creo, que los hombres ya no se muestran tan cobardes como al principio de la dominación femenina. Se sublevan contra el despotismo de las mujeres; quieren una existencia propia; desean «vivir su vida», como dicen los muchachos más rebeldes. Hasta hace poco tiempo esto era un simple anhelo de emancipación, indeterminado y declamatorio, que únicamente producía conflictos dentro de las familias. Los periódicos lo llaman el «varonismo», riéndose de él.

Pero yo, en los últimos años, he ido de ciudad en ciudad visitando los clubs de hombres y otras asociaciones secretas del «partido masculinista». En mis conferencias les he hecho conocer el cuaderno que dejó mi padre. Reproducido por prensas clandestinas circula hoy ocultamente, y es leído como el libro sagrado del porvenir.

Miles y miles de hombres entusiastas, entre los cuales hay muchos que son esposas e hijas de altos funcionarios, se han encargado de mantenerme y ocultarme en mis excursiones de propaganda. Mi deber me ordena continuar estos viajes, pero los hombres nos dejamos esclavizar por el amor mucho más que las hembras, le concedemos mayor importancia, y yo hago traición a mi causa para vivir en esta capital, completamente inactivo durante algunas semanas, con la esperanza de poder hablar a una mujer.

Como si necesitase buscar una excusa a sus actos, Ra-Ra añadió:

—Pero aunque yo permanezca sin hacer nada, no por esto descansan mis compañeros. Hay entre nosotros hombres de ciencia que se dedican a peligrosos estudios; jóvenes abnegados que visitan los barrios populares para hablar a los embrutecidos siervos que ayudan con sus músculos a esta sociedad y conseguir que despierte en sus confusas inteligencias el orgullo del sexo. Contamos, además, con varones respetables y de gran talento que organizan silenciosamente las fuerzas de una rebelión futura.

Gillespie quedó asombrado por estas revelaciones.

—Comprendo, amigo Ra-Ra, que le busquen con tanto ahínco las señoras del Consejo secreto. Resulta usted más terrible de lo que parece con su túnica y sus velos de mujer. Ya le veo siendo llevado a morir en un peñón, sin agua y sin comida, cerca de la gran barrera de los dioses, si es que yo no le oculto antes en uno de mis bolsillos. Pero ¿por qué se muestran ustedes tan adversarios del gobierno femenil?... Según dice el profesor Flimnap, ya no hay guerras ni puede haberlas; las mujeres administran la fortuna pública con economía; no se nota la miseria ni la mortalidad de otros tiempos; tampoco hay gobernantes ladrones. ¿Qué más pueden desear los hombres?...

Ra-Ra, cediendo a sus hábitos de propagandista, se puso de pie sobre la mano del gigante para hablar con un ardor de tribuno.

—Queremos la libertad; queremos una vida interesante; la embriaguez del peligro; en una palabra, la gloria.

Deseo ser justo con mis enemigos y reconozco como verdad todo lo dicho por el profesor. Las mujeres administran bien, su gobierno es el de una buena dueña de casa que toma con exactitud la cuenta a su cocinera. Las gentes tal vez comen mejor y viven más tranquilas que en otras épocas; ya no hay guerras.... Estamos de acuerdo.

Pero el mundo se aburre de un modo mortal. No ocurre nada, nadie sueña, nadie aspira a cosas imposibles, nadie comete imprudencias. La vida se extiende ante los ojos como un inmenso campo de plantas alimenticias, en el que no hay una flor que resulte inútil ni un pájaro que deje de ser comestible.

Nosotros queremos que el mundo vuelva a su antigua existencia. La vida es monótona sin aventuras, sin héroes, y no vale la pena de ser vivida si le falta el condimento del peligro. La amenaza de una muerte inmediata da mayor sabor a los deleites presentes. Queremos la guerra, con sus acciones esforzadas y sus abnegaciones sublimes entre compañeros de armas; queremos la resurrección de las virtudes grandiosas y crueles que forman el heroísmo.

Usted debe reconocer como yo, gentleman, que únicamente las mujeres pueden aceptar esta vida de ave de corral, en la que el deseo de vivir en paz ahoga todo sentimiento noble y elevado, en la que los cacareos domésticos constituyen la función intelectual de la mayoría. No; nosotros deseamos conocer, como los hombres de otros tiempos, el vino y la guerra, los dos placeres divinos de los humanos; queremos vivir en un minuto todo un siglo de angustias y de orgullos.

¿Quién puede conformarse con esta sociedad que todos los días vive del mismo modo y al que tiene sed le ofrece agua o leche?... Venga a nosotros el alcohol, que hace soñar cosas grandes y es padre del heroísmo. Venga a nosotros la guerra, madre de las esforzadas acciones....

En cuanto a mí, gentleman, lo que deseo con más vehemencia es poder meterle por la cabeza a Momaren, Padre de los Maestros, esta túnica y estos velos que ahora me cubren, arrebatándole a él para siempre los pantalones.

8. En el que el Padre de los Maestros visita al Hombre-Montaña

Cuando el profesor Flimnap regresó de su viaje a la antigua capital de Blefuscú, fue sin pérdida de tiempo a visitar al gigante para darle excusas por su ausencia.

Vivía en perpetuo asombro a causa de la enorme gloria que había caído sobre él, con acompañamiento de ganancias no presentidas ni aun en sus momentos de mayor ilusión. De todas las grandes ciudades le llegaban proposiciones para que fuese a relatar ante auditorios de muchos miles de personas sus pláticas con el Hombre-Montaña y lo que había podido averiguar acerca de las costumbres del remoto país de los gigantes.

Los libreros, que nunca habían querido vender sus pesados volúmenes sobre problemas filológicos e históricos, le pedían ahora que los enviase en grandes fardos, aprovechando la primera máquina voladora que saliese para el lugar de su establecimiento.

Hasta los más grandes diarios, siempre ignorantes de la existencia de Flimnap, pues se abstenían sistemáticamente de publicar su nombre, le solicitaban ahora como colaborador, dejando a su arbitrio el fijar la retribución por sus escritos.

—Todo esto lo debo a usted, gentleman –decía con entusiasmo, mirándole a través de su lente–. ¡Si hubiese visto anoche con qué interés escucharon la descripción que hice de su persona más de veinte mil mujeres!...

Y para que olvidase su abandono del día anterior iba describiéndole el aspecto del enorme público y las salvas de aplausos con que fueron acogidos sus períodos más elocuentes.

—Gracias a usted –continuaba– soy célebre y tal vez sea rico. ¡Quién sabe si usted se enriquecerá también, como nunca lo hubiese conseguido allá en su país!

El buen profesor sentía despierta ahora su ambición, viéndolo todo con proporciones exageradas. Una mujer de negocios de la capital le había hablado aquella mañana de una empresa de ganancias fabulosas. Si el Consejo Ejecutivo dejaba en libertad por algunos meses al Hombre-Montaña, ésta y el profesor podían realizar una excursión por toda la República dando conferencias. Flimnap haría un relato de cuanto supiera sobre el pasado y las costumbres de su gigantesco amigo, y éste se mantendría a su lado para contestar con reverencias a las aclamaciones de la muchedumbre. La financiera prometía una verdadera fortuna para los dos como resultado del viaje.

Estaba tan seguro el profesor de una ganancia pronta y considerable, que hasta había encargado para él una máquina terrestre en forma de lechuza, aunque más pequeña que la que le prestó en diversas ocasiones el Padre de los Maestros.

A la mañana siguiente de su vuelta de la antigua capital de Blefuscú se presentó con un nuevo regalo para el coloso. Su amigo el profesor de Física, que apenas si se acordaba ya del accidente maternal de pocos días antes, le había fabricado un aparato para que Gillespie pudiese escuchar considerablemente agrandados los ruidos que resultan ordinarios en la vida de los pigmeos.

Era un cilindro de cristal no más grande que una uña del Hombre-Montaña. Al penetrar en la oreja aumentaba considerablemente su capacidad auditiva, haciendo oír la voz de los hombrecillos aunque éstos hablasen quedamente.

Apenas lo puso Gillespie en el pabellón de uno de sus oídos, la Galería, que ordinariamente estaba en silencio para él, se pobló de murmullos y gritos. Ya no vio agitarse a los pigmeos en torno de sus extremidades, como si fuesen mudos y sólo hablasen por señas; hasta de los términos más apartados del edificio le llegaron olas rumorosas semejantes a los murmullos que agitan los bosques, distinguiendo en ellas las palabras ininteligibles que profería su numerosa servidumbre.

—De este modo, gentleman –dijo el profesor–, podré conversar con usted sin tener que levantar mucho la voz, lo mismo que si hablase con un ser de mi especie. A veces siento el deseo de comunicarle cosas muy importantes para mí, cosas íntimas, cosas tiernas de la amistad, y no me atrevo. ¿Quién sabe si algún universitario conocedor de nuestro idioma vaga por debajo de la mesa y puede oírnos?... Ahora, como podré hablar en voz discreta, tal vez me atreva a decir lo que pienso con algo más de libertad.

El profesor dijo las últimas palabras mostrando una timidez de muchacha, lo que dio a su respetable persona cierto aspecto grotesco. Pero tuvo que abandonar pronto esta actitud para ocuparse de un asunto más importante que motivaba su visita matinal. Si lo había olvidado al principio, era a causa de la emoción que sentía siempre al hablar a solas con el gigante.

—Gentleman –dijo–, tengo que darle una buena noticia. El Padre de los Maestros, que rara vez se digna visitar a los personajes más importantes de nuestra República, vendrá esta tarde a verle. No habla bien nuestro idioma y lo lee también con cierta vacilación; pero yo estaré presente para servir de traductor entre los dos. Quiso en el primer momento que la entrevista fuese en la Universidad, y para ello habría tenido usted que entrar en el edificio pasando una pierna por encima de los tejados, y después la segunda pierna, hasta quedar de pie en el patio central. Pero el arquitecto universitario se ha opuesto, temiendo por la integridad de los techos, que son algo viejos. Seguramente se habría llevado usted con sus rodillas algunos aleros, y en este momento la Universidad no está para nuevos gastos. Como Momaren es amigo del gobierno, el implacable Gurdilo se opone en el Senado a todo proyecto de aumento de nuestra subvención. Además, yo he demostrado al Padre de los Maestros que es mucho más cómodo subir en su litera hasta lo alto de esta mesa, donde podrá conversar con el Gentleman-Montaña horas enteras. También resulta mejor para usted que obligarle a permanecer encogido en un patio, sin atreverse a hacer el más leve movimiento por miedo a generar perjuicios costosos.

Gillespie aceptó con gusto la visita. Había oído hablar tantas veces a su traductor de la influencia omnipotente del Padre de los Maestros y de su inmensa sabiduría, que consideró interesante conocer a tan alto personaje. Además se acordó de Ra-Ra y del odio concentrado y misterioso que mostraba contra el ilustre Momaren.

—Debe usted no olvidar –continuó Flimnap– que nuestro jefe es un gran poeta, el segundo poeta nacional, el que figura después de Golbasto, aunque este versificador sublime, cuando sufre algún apuro pecuniario o desea un empleo para alguna amiga suya, no tiene inconveniente en declarar a gritos que Momaren es mil veces superior. Yo di a leer al Padre de les Maestros las poesías inglesas que encontré en su cuaderno de bolsillo. Las traduje a nuestro idioma, y creo que no resultan mal. Si lo dudase, me hubiese convencido anteanoche de que la traducción es buena viendo el entusiasmo con que acogió su lectura el inmenso público de mi conferencia.

Ahora, gentleman, en justa reciprocidad, espero que usted se dignará leer otra traducción que he hecho de las poesías de mi eminente jefe pasándolas del idioma nacional al inglés.

En vista de la conformidad del gigante, el catedrático fue hasta el borde de la mesa dando órdenes a gritos, y los atletas que maniobraban la grúa para subir los alimentos pusieron en actividad otra vez el plato que servía de ascensor. Una vez llegado éste arriba, seis de los hombres forzudos cargaron con un libro del mismo tamaño que el cuaderno empleado por Gillespie para sus notas.

Tenía el volumen unas tapas multicolores, cubiertas de diversas piezas de cuero formando mosaico. Sus hojas eran de triple pergamino, y las traducciones de Flimnap habían sido trazadas con brochas gordas, dando a cada letra el tamaño de la cabeza de un habitante del país.

Gillespie, poniéndose la rodaja de cristal sobre uno de sus ojos, empezó a leer. Los atletas sostenían abierto el libro con visible esfuerzo, pues resultaba este trabajo una empresa digna de su vigor. Mientras tanto, Flimnap iba pasando las hojas y daba explicaciones para que su amigo no tuviese la menor duda sobre el texto.

—¿Qué le parecen estos versos, gentleman? —preguntó cuando estaban ya en la mitad del volumen.

Hizo Gillespie un gesto evasivo. Machas de las imágenes del poeta no podía comprenderlas, aun después de las aclaraciones del traductor. Otras le parecían extravagantes, y tuvo que hacer esfuerzos para no saludarlas con una carcajada. Pero temiendo molestar al buen Flimnap, se apresuró a decir:

—Me parecen excelentes. Lo único que me extraña es ver en la mayor parte da estos versos algo así como una decepción amorosa, una melancolía de pasión sin esperanza. ¡Quién hubiese creído que el respetable Padre de los Maestros fuera capaz de tan frívolos sentimientos!...

El profesor sonrió levemente.

—Ha acertado usted, gentleman. El ilustre Momaren ha sido joven, como todos, y guarda la tristeza de un gran desengaño amatorio. Por eso muchos considerarnos a Golbasto como el primero de nuestros poetas heroicos y a Momaren como el más exquisito de nuestros poetas de amor.... Yo quisiera que usted le manifestase esta tarde la admiración y el entusiasmo que ha sentido al leer sus versos. Piense que es mi jefe; piense que tan poderoso personaje ha ordenado la producción de este hermoso volumen sólo por serle grato, haciendo trabajar en él durante cuatro días a todos los pintores y encuadernadores que dependen de la Universidad, y piense finalmente que el Padre de los Maestros es quien puede influir sobre los altos señores del Consejo Ejecutivo para que le permitan viajar por toda la República acompañándome en mis conferencias, medio seguro de que los dos ganemos riquezas enormes.

Prometió Edwin a su traductor cumplir exactamente tales recomendaciones, y después de la comida de mediodía aguardó, con los codos en la mesa y la cabeza entre las manos, la llegada del jefe de la Universidad y su cortejo.

Durante tan larga espera se entretuvo escuchando, gracias a su aparato auditivo, los gritos y las canciones de los servidores, que se movían como insectos en el fondo de la Galería. Después que toda esta gente hubo comido cerca de las cocinas, el estrépito fue en aumento, cortándose de vez en cuando el vocerío de los pigmeos con las órdenes que gritaban sus diversos jefes. Al fin se cansó de este zumbido de colmena en desorden, y sacándose de la oreja el aparato, quedó envuelto en un dulce silencio, estremecido apenas por lejanos é indefinibles murmullos.

Se iba adormeciendo Gillespie, cuando le estremeció un gran ruido de muchedumbre, haciéndole volver a la realidad.

Vio cómo una masa de curiosos formaba semicírculo en torno a la fachada de cristal del edificio, completamente abierta, que le servía a él para entrar y salir.

Numerosos jinetes contenían a estos curiosos para que dejasen paso franco al ilustre visitante.

Avanzó primeramente un grupo de doctores jóvenes, que eran muchachas en traje masculino, llevando como único emblema de su grado el gorro universitario. Algunas de ellas, esbeltas y gallardas, tenían un andar marcial que revelaba su afición a los deportes, pero las más mostraban cierto parentesco físico con el doctor Flimnap. Las había enjutas de cuerpo, con un gesto ácidamente triste, como si el fuego del saber hubiese consumido en su interior toda gracia femenina. Otras eran gruesas, pesadas y miopes, contemplándolo todo con asombro infantil, lo mismo que si hubiesen caído en un mundo extraño al levantar su cabeza de los libros.

Detrás de este escuadrón estudioso apareció la litera en forma de lechuza, dentro de la cual iba el ilustre Momaren. El profesor Flimnap marchaba junto a la portezuela de la derecha, conversando con su ilustre jefe, honor público gozado por primera vez, que le hacía caminar titubeante, con el rostro empalidecido por la emoción. Cerraban la marcha graves matronas universitarias, con togas negras. Todas ellas ostentaban en sus birretes los varios colores de las catorce Facultades que clasifican la sabiduría entre los pigmeos.

El cortejo fue desapareciendo lentamente bajo la mesa. Sintió el gigante una ruidosa agitación junto a sus pies, pero hizo esfuerzos por mantenerlos inmóviles, temiendo provocar una catástrofe. La avalancha de visitantes se había fraccionado para tomar los cuatro caminos en espiral arrollados a las patas de la mesa.

Gillespie vio surgir por los escotillones a muchos servidores suyos, hombres y mujeres, que se colocaron en uno de los lados de la planicie de madera, esperando órdenes. Luego fueron saliendo de dos en dos los doctores jóvenes, yendo a situarse en el borde de la mesa, frente al gigante. Muchos de ellos llevaban lentes de disminución para examinarlo detenidamente. Otros, los más gallardos y de buen ver, reían y se empujaban con el codo, mirando a ojos simples la cara de Gillespie y haciendo suposiciones sobre sus enormidades ocultas, que provocaban el escándalo y la protesta de sus compañeras más graves y virtuosas.

Apareció, al fin, la litera del Padre de los Maestros, sostenida por ocho universitarios jóvenes, que jadeaban sudorosos después de esta ascensión en espiral. Se abrió la portezuela de la caja portátil y salió Momaren, con su birrete de cuatro borlas y una toga de cola larguísima, que se apresuraron a sostener dos aprendices de profesor.

Fue avanzando solemnemente sobre la mesa, y detrás de sus pasos todo el acompañamiento final de graves doctores, que no ocultaban las arrugas y las canas de sus rostros matroniles.

El profesor Flimnap corrió a colocar en el centro de la mesa un sillón, que era el mismo que él había ocupado al dar al gigante su lección de Historia. El alto personaje se sentó en él, teniendo a un lado al obsequioso traductor. Todo el cortejo universitario permaneció detrás, rígido y en profundo silencio, esperando que sonase la voz autorizada del maestro de los maestros. Hasta los doctores revoltosos cesaron en sus risas juveniles y sus atrevidos comentarios al sentarse Momaren.

Este se llevó a un ojo la lente facilitada por Flimnap, y al ver de cerca el rostro del gigante, reducido casi a las proporciones de un ser de su misma especie, no pudo reprimir un movimiento de sorpresa. Quedó contemplándole con una expresión reflexiva que revelaba intenso trabajo mental. Al fin murmuró, dirigiéndose a Flimnap, pero sin apartar su mirada del gigante:

—¿A quien se le parece, profesor?... Yo he visto esta cara en alguna parte.... No puedo recordar con exactitud, pero es absolutamente igual a una persona que he visto muchas veces.... ¿Quién será?

Flimnap murmuró palabras vagas para excusar su ignorancia. Lamentaba no poder ayudar a su ilustre jefe en este trabajo de la memoria. Pero aunque su voz era reposada y su gesto tranquilo, la inquietud hizo correr por su cuerpo ondas nerviosas de diversas temperaturas. Sabía perfectamente a quién se asemejaba el gigantesco gentleman, pero tuvo buen cuidado de no revelarlo al Padre de los Maestros.

Por su parte, Gillespie se mostraba tan impresionado como el traductor. Al ver que el poderoso visitante se ponía un vidrio ante un ojo para conocerle con más exactitud, él creyó del caso hacer lo mismo, por cortés reciprocidad.

Tomó el gran disco de cristal que estaba sobre la mesa, y al colocarlo en uno de sus ojos fue tal su emoción, que faltó muy poco para que el disco duro y transparente cayese como un proyectil, matando a varios doctores del cortejo.

—Debo estar soñando –se dijo el ingeniero–. Esto no puede ser. Resultan demasiadas sorpresas juntas para que yo acepte como realidad lo que veo en este momento.

Dos días antes se había contemplado a sí mismo en forma de pigmeo y vestido de mujer. Aquel Ra-Ra era otro Edwin Gillespie; tan exacta resultaba la semejanza. Y ahora....

—No hay duda; estoy durmiendo –volvió a decirse–. Esto es imposible.

Pero no necesitó de largas reflexiones para dar por falsa la idea del ensueño. Había que aceptar todos los caprichos de una realidad que parecía complacerse en provocar su asombro, ofreciéndole maravillosas semejanzas.

Al convencerse de que estaba despierto y bien despierto, encontró cierto placer en examinar todos los detalles físicos del ilustre Momaren, que hacían de su persona una reproducción exacta, aunque en escala reducidísima, de otra persona existente en el mundo de los gigantes humanos.

El Padre de los Maestros era mistress Augusta Haynes, la madre de Margaret.

Gillespie se imaginó verla, a través de unos gemelos puestos del revés, vestida con un traje de doctor estrafalario y magnífico para asistir a un baile de máscaras. Las dos tenían la misma majestad dura y áspera, un perfil idéntico de ave de presa, igual volumen y una solemnidad orgullosa en las palabras y los gestos.

Edwin creyó durante algunos momentos que aquella miniatura de mistress Augusta Haynes iba a erguirse en su sillón para negarle por segunda vez la mano de Margaret, afirmando que ella no podía transigir con los hombres de espíritu novelesco que ignoran el medio de hacer dinero. Pero la voz del profesor Flimnap le arrancó de su asombro.

—Gentleman –dijo el traductor–: nuestro ilustre Padre de los Maestros se ha dignado venir a visitarle a causa del gran interés que siente por su persona. Si desea conocerle no es por la curiosidad que inspira al vulgo la grandeza material, sino porque sabe que usted ha sido en su patria un hombre de Universidad, un poeta, y considera deber de compañerismo darle la bienvenida a su llegada a este gran país gobernado por el más inteligente de los sexos.

Siguió el profesor hablando en tono de conferencista, pues todo su auditorio entendía el inglés con más o menos facilidad y era capaz de apreciar las florescencias de su estilo.

Cuando terminó la enumeración de los méritos de Momaren, de las glorias del gobierno femenil y de los grandes adelantos intelectuales de su raza, el gigante contestó a su vez con otro discurso, agradeciendo las atenciones de que había sido objeto desde su llegada involuntaria a esta República y las que esperaba recibir en adelante, pero aludiendo de paso con suavidad al disimulado encierro en que le tenían.

Luego, levantando una mano, que pasó como la sombra de una nube sobre los birretes de los doctores, señaló el libro multicolor traído por Flimnap en la mañana, y que estaba ahora caído sobre la mesa. Hizo un elogio vehemente de las poesías de su ilustre visitante, declarando que jamás en su existencia había conocido nada comparable a ellas, y que ninguno de los poetas de su país podría igualarse con Momaren.

Aunque el Padre de los Maestros no era muy fuerte en el idioma sagrado de los hombres de ciencia y entendía con dificultad el inglés articulado por aquella voz de trueno, comprendió perfectamente la última afirmación del gigante, que le hizo agitarse de emoción en su asiento.

—Dígale –apuntó por lo bajo a Flimnap– que sus poesías también son magníficas y me gustaron mucho cuando las leí traducidas por usted.

Jamás había experimentado un orgullo profesional ni una satisfacción de amor propio comparables a los de este momento. Todos los que admiraban sus versos, incluso el glorioso Golbasto, tenían voces iguales a las de los otros humanos, y sus elogios eran siempre idénticos. Pero oírse alabar ahora por este trueno que venía de lo alto y que en el caso de ponerse el gigante de pie podía resonar hasta por encima de las nubes, representaba para Momaren una glorificación casi divina.

En los primeros momentos, la semejanza de Gillespie con un ser indeterminado y misterioso le hizo pensar en todos sus enemigos, considerando esta semejanza hostil para él. Ahora creía, por el contrario, que debía parecerse el gigante a algo muy superior, y hasta llegó a pensar si su rostro sería el recuerdo de un dios entrevisto por él en sus ensueños.

El profesor Flimnap le obedeció, dirigiendo al gigante un segundo discurso para repetir los elogios con que el Padre de los Maestros contestaba a las alabanzas de Gillespie. Pero éste empezó a fatigarse de la monotonía de una entrevista en la que la vanidad literaria de Momaren daba el tono a la conversación.

Mientras fingía escuchar el discurso de Flimnap, sus ojos vagaron de un lado a otro examinando los diversos grupos situados sobre la planicie de la mesa. De pronto su atención caprichosa se concentró en el lado donde se aglomeraba la gran masa de sus servidores.

Creyó reconocer a Ra-Ra en uno de los hombres con vestidura femenil que estaban al frente de los siervos medio desnudos. Debía ser indudablemente el propagandista del «varonismo», el rebelde acosado, que, oculto bajo sus velos, se daba el placer de pasar y repasar con diversos pretextos cerca de Momaren, al que parecía tener por el mayor de sus perseguidores.

Le siguió Gillespie con los ojos en todas sus evoluciones alrededor del inmóvil cortejo universitario. Por un momento sospechó si se propondría hacer algo contra el Padre de los Maestros. Luego una luz nueva pareció extenderse por el pensamiento de Edwin.

Se explicó de pronto el motivo de que Ra-Ra odiase al severo Momaren. Este joven resultaba una reducción exacta de su misma persona, y era natural que se mostrase enemigo irreconciliable de aquel personaje igual en todo a la viuda de Haynes.

Pero el gigante olvidó tales pensamientos, atraído por una nueva evolución de Ra-Ra. Retrocedía ahora con lentitud hacia un extremo de la mesa ocupado únicamente por gentes de baja condición: atletas de los que manejaban la máquina monta-platos. Un doctor se fue despegando lentamente del grupo que había precedido a la litera de Momaren y pareció seguir de espaldas, fingiéndose distraído, la retirada de Ra-Ra.

El gigante sospechó que este universitario era la mujer amada de la que había hablado el proscrito en varios pasajes de su historia. Tal vez no se habían visto en muchos meses. El joven doctor acababa de adivinar indudablemente el rostro misterioso que ocultaban aquellos velos púdicos, y parecía conmovido por la primera sorpresa de su descubrimiento.

Sintió Edwin una tierna conmiseración por los dos amantes, un deseo de protegerlos, de facilitar su entrevista, y para ello dejó caer sobre la mesa uno de sus brazos, colocándolo de modo que fuese como una barrera entre el ángulo donde quedaba la pareja con el grupo de servidores forzudos y todo el resto de la planicie.

Los enamorados, al verse protegidos por esta muralla de carne y de lienzo, sin miedo ya a la curiosidad del cortejo universitario, corrieron el uno hacia el otro. El hombre echó atrás sus velos femeniles. Efectivamente, era Ra-Ra. Los dos se abrazaron y empezaron a besarse, sin prestar atención al grupo de atletas, que presenciaban sus arrebatos con impasible estupidez.

Edwin creyó ver que era el doctor quien había tomado la iniciativa, de estas caricias, con una impetuosidad varonil. Pero esto no le produjo extrañeza alguna. Ya estaba acostumbrado a las tergiversaciones de este mundo dominado por las mujeres. Lo que él deseaba era conocer el rostro de la joven universitaria y oir lo que se decían ambos, pero no resultaba empresa fácil.

El profesor Flimnap seguía hablándole. Dulcemente, de los pálidos elogios a sus versos ingleses había ido pasando a una segunda serie de alabanzas para las obras de Momaren, y explicaba con profusión el rango que correspondía a este autor en la historia literaria del país.

Gillespie movió la cabeza afirmativamente para indicar que aceptaba todas las palabras del orador. Luego fijó en el Padre de los Maestros una mirada de vehemente admiración, gracias a la cual recobró otra vez su prestigio, pues Momaren parecía algo molestado por sus distracciones anteriores.

Con el pretexto de querer oír mejor la luminosa disertación de Flimnap, buscó sobre la mesa el aparato microfónico, introduciéndolo en uno de sus pabellones auriculares.

Inmediatamente un huracán aullador chocó contra su tímpano. Era la voz oratoria de su amigo, en torno de la cual parecían enroscarse como suaves lianas las dos voces prudentes y tímidas de la pareja amorosa. Luego, fingiendo interesarse mucho por lo que decía el conferencista, se llevó a un ojo la lente de aumento.

Vio con enormes dimensiones la cara de mistress Augusta Haynes, rematada por su honorífico gorro, y que le sonreía protectoramente, como nunca le había sonreído la verdadera en el lejano país de su nacimiento. Poco a poco fue ladeando la cabeza, y desaparecieron de su redondel de vidrio el Padre de los Maestros, el orador y los grupos universitarios. Como si pretendiese cambiar de postura en su asiento, volvió la cabeza más a la derecha, quedando bajo su radio visual el extremo de la plataforma donde estaban los dos amantes.

Ahora pudo ver con claridad, considerablemente agrandado y en todos sus detalles, al joven doctor que estaba con Ra-Ra. De haberlo descubierto una hora antes, estaba seguro de que la lente se habría caído de su rostro empujada por la sorpresa, siéndole imposible al mismo tiempo contener un grito de asombro. Pero después de haber conocido personalmente a Momaren, se consideraba a salvo de toda clase de emociones.

Entre todas las maravillas vistas en el país de los pigmeos, el rostro de este joven doctor representaba la más enorme y la más grata para él. Pero existe un encadenamiento lógico entre los sucesos extraordinarios, igual al que reúne los hechos de la vida corriente. Desde el momento que Ra-Ra era él, y Momaren era mistress Augusta Haynes, resultaba natural que el joven universitario sólo pudiera parecerse a una persona....

Y contempló con admiración a miss Margaret Haynes, su novia del otro mundo, que a través de la lente amplificadora se mostraba casi con su tamaño ordinario.

Él no había visto nunca a Margaret llevando un gorro de doctor. Tampoco había tenido ocasión de admirarla con pantalones de hombre; pero creyó firmemente que, de haberla visto así, ofrecería las mismas formas esbeltas y atractivas que en el presente momento. En realidad, se sintió satisfecho por primera vez de su viaje a este país, ya que le proporcionaba tan agradable visión.

Le gustó menos ver cómo su novia apretaba las manos de Ra-Ra, mirándose en sus ojos, y cómo interrumpía tan cariñosa contemplación para volver a besarle. ¡Sufrir esto en su presencia!... Pero después de mirar con odio a Ra-Ra se dijo que éste era otro Edwin, y los besos recibidos por el pigmeo le correspondían a él aunque fuese de un modo indirecto.

Con la emoción del encuentro los dos amantes habían olvidado toda prudencia, y empezaron a hablarse en el idioma del país. Luego se fijaron en los atletas que permanecían junto a ellos, dentro del retiro formado por el brazo del gigante, y creyeron prudente valerse de otro lenguaje.

Gillespie oyó claramente cómo los dos seguían el diálogo en inglés.

—¡Qué alegría sentí al verte! –decía el hermoso doctor empleando el lenguaje sagrado de la ciencia con tanta facilidad como Ra-Ra–. Te creía lejos, en uno de esos viajes que tanto me inquietan. Ahora, al encontrarte, me considero feliz; pero no por eso dejo de pensar en tus enemigos. Los del *Comité de supresión del antiguo régimen* no te olvidan, y sus espías siguen buscándote por la capital. Al venir aquí esta tarde, presentía confusamente que algo nuevo y grato iba a ver en el alojamiento del Hombre-Montaña. Por eso me inspiró una simpatía repentina este gigante. Hasta le encontró en los primeros momentos cierta semejanza contigo. Era, sin duda, el presentimiento de que te habías refugiado bajo su protección.... Pero ¡ay, si llegasen a descubrirte! Cada día preocupas más a esas gentes que te odian.

—No temas, Popito; es difícil que den conmigo. Tu amor y las exigencias de la gran causa a que he dedicado mi vida me hacen ser prudente. Sólo cuando supe que el Padre de los Maestros venía a visitar al gigante me decidí a subir a lo alto de esta mesa con la esperanza de que tú figurarías en el cortejo.

—¡Y yo que no quería venir! –exclamó Popito–. Tu larga ausencia y la falta de noticias me tenían desalentada. Prefería pasar la tarde sumiéndome en el estudio, para no pensar en nuestra situación. Al fin, la curiosidad de ver al Hombre-Montaña y un indefinible presentimiento me arrastraron hasta aquí. ¡Qué desgracia si no hubiese venido!...

La suposición de esta ausencia impresionaba de tal modo a Ra-Ra, que para consolarse volvió a repetir sus abrazos y sus besos.

—¡Oh, Popito! –murmuró con una voz de éxtasis.

Gillespie consideró prudente apartar su mirada de ellos para volverla hacia el imponente cortejo que había venido a visitarle.

—Miss Margaret se llama ahora Popito –se dijo mentalmente–. ¡Qué nombre extravagante!

Pero a continuación pensó que él se llamaba Ra-Ra, y la grave viuda de Haynes era en este país el Padre de los Maestros, jefe supremo de las universidades, y además escribía versos.

Buscó otra vez la mirada protectora de Momaren, quedando medianamente satisfecho al ver que los ojos de éste parecían amonestarle por su reciente distracción. Flimnap continuaba dejando correr el chorro de su oratoria didáctica. Explicaba en estos momentos los diversos y brillantes períodos de la literatura nacional, aproximándose con la lentitud de un estratega prudente a la conclusión de que todo lo que habían producido varias generaciones de escritores era simplemente para preparar el advenimiento de Momaren. Pero aunque Gillespie hacía esfuerzos por enterarse de la disertación, inclinaba al mismo tiempo su cabeza del lado de los amantes, deseoso de oír su diálogo.

La voz de la invisible Popito, algo desfigurada por el aparato microfónico, evocó en su memoria el recuerdo de la voz dulce y graciosa de miss Margaret.

—Mi madre se opone –decía–, bien lo sé; pero yo te amo, y verás cómo al fin triunfaremos, consiguiendo nuestra felicidad.

¡Lo mismo que la otra!... El gigante creyó estar aún en el Gran Parque de San Francisco escuchando por última vez a miss Margaret, y al ver bajo sus ojos a tantos ciudadanos de aquel pueblo diminuto que le tenía sujeto a la más grotesca de las esclavitudes, impidiéndole volver a la tierra natal, donde a lo menos le era posible admirar de lejos a la mujer amada, sintió un deseo vehemente de levantar los puños, aplastando con unos cuantos golpes a toda la universidad femenina.

Su propia voz saliendo de la boca de Ra-Ra le distrajo por algún tiempo. El joven hablaba con entusiasmo, y Popito, a pesar de que vivía en la triunfante República de las mujeres, mostraba al escucharle una supeditación de hembra feliz que desea verse dirigida y únicamente pide amor. Era igual a las mujeres descritas por el doctor Flimnap que vivían en las épocas anteriores a la Verdadera Revolución.

Ra-Ra contaba las últimas aventuras de su existencia errante y sus trabajos para destruir el despotismo femenino. Creía en un triunfo próximo con la fe de los visionarios, que siempre colocan la victoria de sus ideales dentro de breve plazo. Tan conmovido estaba por su vehemencia, que hasta llegó a olvidarse del sexo de su única oyente. Todas las abominaciones de la época actual las atribuía a las mujeres, describiendo a continuación el período de justicia y de bienestar que seguiría al triunfo de los hombres.

Como había sufrido mucho, su rencor de perseguido exigía venganzas. El nombre de Momaren iba a figurar entre los primeros culpables que castigaría la futura Revolución.

—No –protestó Popito–. Acuérdate, Ra-Ra, que el Padre de los Maestros es mi padre.

—Di tu madre, para hablar lógicamente –repuso el joven.

—Sí, mi madre, conforme a los usos del antiguo régimen, y yo te pido que la respetes. Momaren tiene un alma generosa. Su único defecto consiste en ser tradicionalista y aceptar todas las ideas de su época.

Gillespie no experimentó extrañeza al oír esto. Le parecía extremadamente lógico, y hasta se asombró de que no se le hubiera ocurrido antes. Siendo mistress Augusta Haynes el Padre de los Maestros, era natural que Popito fuese su hija. ¿Cómo iría a terminar toda esta historia empezada al otro extremo de la tierra para reproducirse aquí en proporciones de burlesca exigüidad, pero con un carácter más dramático y peligroso?...

Un mugido gigantesco penetró por su conducto auricular, haciéndole salir de su actitud reflexiva. El profesor Flimnap gritaba a toda voz:

—¿Qué opina usted de lo que digo, gentleman?

Había formulado tres veces la misma pregunta, sin obtener respuesta, y los doctores jóvenes, más revoltosos, empezaban a reír del silencio del gigante y de la confusión del conferenciante.

Engañado por la fijeza de los ojos de Gillespie, el traductor había osado dirigirle la tal pregunta convencido de que le escuchaba con atención. Luego tuvo que repetirla dos veces más, mientras a su lado el ilustre jefe de la Universidad se agitaba en su asiento nerviosamente, considerando como una ofensa la actitud distraída del gigante.

—¿Qué decía usted, querido profesor? –preguntó Edwin con la expresión de un hombre que despierta.

Estas palabras aumentaron las risas en el doctorado joven. Algunos universitarios se encogían y achicaban para lanzar carcajadas con toda libertad al amparo de las espaldas de sus vecinos. Querían aprovechar la ocasión para reírse sin peligro del temible Momaren. Este, con las mejillas enrojecidas y la nariz más encorvada que nunca, arañó los brazos de su sillón, mientras el buen Flimnap, avergonzado por el incidente, balbucía sus explicaciones.

—Le pregunto, gentleman, si después de haber escuchado lo que dije sobre los diversos períodos de nuestra literatura no cree usted que el poeta Momaren resulta el más eminente de todos en el género sentimental.

—Es indiscutible –respondió el coloso–, y sólo los ignorantes pueden opinar lo contrario.

Esta respuesta devolvió en parte su tranquilidad al Padre de los Maestros, pero todavía sonaron algunas risas entre la gente joven, aunque menos audaces por ir dirigidas concretamente contra la persona del jefe supremo.

—Vámonos, profesor –ordenó a Flimnap–. Estamos cansando con una visita demasiado larga a este pobre gigante, que no parece de un vigor intelectual en armonía con su estatura. Despídame de él; dígale que he tenido mucho gusto en conocerle.

Y se puso de pie, acudiendo inmediatamente los dos aspirantes a profesor que sostenían la cola de su toga. También corrieron los portadores de su litera para empuñar los brazos de esta caja portátil. Todo el cortejo universitario, que ya empezaba a fatigarse de una visita larga y sin incidentes, se aglomeró en los escotillones para deslizarse por las cuatro rampas arrolladas a las patas de la mesa.

Flimnap se despidió de su protegido con breves palabras:

—Vendré mañana, gentleman. El Padre de los Maestros le saluda y agradece su atención.

Lo que el catedrático deseaba era volver al lado de Momaren. El entrecejo de éste y su boca tirante y desdeñosa le infundían terror. Se inclinó ante él cuando iba a entrar en su litera, y el eminente personaje le dijo con frialdad:

—Me parece un buen hombre su Gentleman-Montaña, pero sin ningún sentido crítico. En cuanto a sus versos, ya sabe mi opinión: muy flojos; casi diría que son malos.

Fue a meterse en la caja portátil, pero todavía retrocedió para comunicar a su inferior el gran descubrimiento que acababa de hacer. Una cólera sorda y fría había registrado su memoria más profundamente que la vanidad halagada.

—Ya sé a quién se parece su gigante: acabo de descubrirlo. Es un retrato exacto de Ra-Ra, ese loco peligroso, nieto de aquel asesino de las guerras antiguas que se creía un grande hombre. No es una semejanza que haga simpático a su Gentleman-Montaña.

Y después de decir esto se metió en su litera, satisfecho de la confusión y la alarma en que dejaba al buen profesor.

Gillespie, mientras tanto, había levantado el brazo que servía de refugio a los dos amantes. Al ver Popito que el cortejo universitario había abandonado ya la planicie de la mesa, se dirigió hacia uno de los escotillones, despidiéndose antes de Ra-Ra con varios besos.

—Volveré –dijo apresuradamente–, ahora que conozco tu escondrijo. Pretextaré un deseo de estudiar de cerca el modo de vivir del gigante.

Después de tales palabras quiso correr, pero se vio detenida en mitad de su carrera por un obstáculo. El Hombre-Montaña había colocado una de sus manos sobre la mesa, manteniéndola en posición vertical, con el pulgar en alto.

Tropezó la joven con los almohadillados carnosos de su palma, y al mismo tiempo una voz enorme que se esforzaba por ser dulce llegó a sus oídos desde lo alto:

—Doctor Popito, puede usted volver cuando quiera: el Hombre-Montaña la invita. Si Momaren es el Padre de los Maestros, yo deseo ser el Padre de los Enamorados.

9. Donde el gigante va de caza y Popito expone sus ideas sobre el gobierno de las mujeres

Cuando el bondadoso Flimnap se presentó al día siguiente, Edwin le hizo una pregunta que tenía preparada desde la tarde anterior.

Adivinó que el profesor hembra le traía buenas noticias, a juzgar por la expresión alegre de su rostro; pero antes de que se enfrascase en su relato y tal vez en la manifestación de sus tiernos sentimientos, quiso satisfacer la propia curiosidad.

—Dígame, doctor: ¿Momaren tiene una hija?

Al oír estas palabras, Flimnap perdió su alegre gesto. No se acordaba en aquel momento del mencionado personaje, y la pregunta del gigante resucitó en su memoria las molestias y los temores del día anterior.

—Sí, gentleman; tiene una hija, como usted dice, o como nosotros decimos, un hijo, que pertenece a la Universidad y podría ser una de sus mejores glorias. Pero el doctor Popito, además de proporcionar al Padre de los Maestros abundantes molestias en el presente, le recuerda un pasado de sucesos muy tristes.

Viendo que Flimnap callaba, el gigante indicó con un gesto su deseo de saber algo más; pero el universitario se negó a seguir hablando si no se colocaba antes en una oreja aquel aparato que permitía oír las voces más tenues. Temía contar a gritos la historia de las desgracias familiares de su poderoso jefe. Una indiscreción de tal clase aumentaría la frialdad que le mostraba Momaren después de lo ocurrido en la tarde anterior.

Sólo al ver que Gillespie hacía uso del micrófono, siguió diciendo en voz baja:

—La historia del Padre de los Maestros es la historia de todas las mujeres que concentran su felicidad y su porvenir en un hombre, entregándose a esa pasión absorbente y martirizadora que llaman amor. Hace veinticinco años, cuando aún no era jefe de la Universidad, pero ocupaba un asiento por primera vez en el Senado y una cátedra de Historia política, se enamoró de un hombre.

No crea usted, gentleman, que este hombre era un intelectual, digno del afecto de Momaren. Por el contrario, apenas sabía leer y escribir, pero era un buen mozo y disponía a su capricho de todas las artes que cultivan los varones metidos en sus casas para atraer y dominar a las pobres mujeres. Como la mujer vive preocupada por sus negocios y vuelve a su domicilio rendida de tanto trabajar, ignora el modo de precaverse de tan diabólicas asechanzas.

Momaren, que aspiraba a ser un asceta del estudio, dedicando a la ciencia su vida entera, sin las preocupaciones de familia, que estorban la concentración silenciosa del pensamiento, fue débil, y cayó vencido, como cualquiera de esas muchachas del casco con aletas que estudian para oficiales en nuestra Escuela militar. Durante tres años se consideró el profesor más feliz de la República porque tenía a su lado a este hombre seductor y diabólico.

No era aún Padre de los Maestros, pero fue padre de Popito, que nació al año de esta unión.

El caprichoso joven no pudo acostumbrarse a la gravedad amorosa del profesor, a la calma de su casa, y un día se fugó con una cómica, célebre por su belleza, para vagar por los diversos Estados de nuestra patria, llevando una existencia de aventuras y privaciones.

Debe haber muerto hace tiempo; nadie ha sabido más de él. Pero el ilustre Momaren quedó herido para siempre después de esta traición, y muy pocos le han visto sonreír.

El dolor es el agua que riega los jardines de la poesía y hace crecer sus árboles más lozanos. (Esta imagen, gentleman, siempre que la uso en una conferencia arranca murmullos de entusiasmo.) Quiero decir que la mala acción de aquel aventurero sirvió para que Momaren produjese sus mejores obras. Como usted notó durante la lectura de sus versos, este gran poeta sólo canta armoniosamente al recordar sus dolores.

La educación de Popito le entretuvo durante los años de su infancia y su adolescencia. Pero ahora Popito es una mujer completa, un doctor de gran porvenir, y si el Padre de los Maestros puede darle órdenes como jefe en los asuntos universitarios, no le puede imponer su voluntad dentro de la familia.

Para Momaren, la mejor de las esperanzas era que su hijo viviese como él no supo vivir: observando el celibato, que conviene a toda mujer de estudios, pensando únicamente en la gloria propia y en el porvenir de la humanidad, sin caer nunca bajo la tiranía del hombre. Un sabio que desea ser verdaderamente fuerte necesita despreciar el amor. Pero Popito ha resultado completamente distinta a las ilusiones de su padre. Debe tener un alma igual a la de aquel aventurero enamoradizo y caprichoso que abandonó al más alto de nuestros sabios para irse con una cómica. Es de las pobres mujeres que consideran necesarios para su vida el hombre y el amor.

De seguir los consejos de su padre, la veríamos antes de pocos años sucederle en el alto cargo de Padre de los Maestros. Pero tiene un alma débil y contemporizadora, como la de aquellas hembras que en los primeros días de la Verdadera Revolución lloraban e intercedían por los varones. Por eso desprecia la más eminente posición universitaria de nuestro país, prefiriendo vivir con un hombre amado, en cariñosa servidumbre, adivinando sus deseos para cumplirlos y dejándose despojar de los derechos de superioridad que le confirió, por ser mujer, nuestra victoria revolucionaria.

Su detuvo el profesor para añadir con timidez, bajando aún más el tono de su voz:

—Por desgracia, gentleman, yo tengo cierta culpa de la frialdad con que acoge Popito los sabios consejos de su padre. Esta muchacha ama a un hombre, y yo, sin darme cuenta, hice que los dos se conociesen.

La interrumpió Gillespie con una voz que para él era casi un susurro:

—Lo sé, profesor; el hombre se llama Ra-Ra....

—¡Más bajo, gentleman! –dijo el traductor–. Ese nombre no le conviene a nadie repetirlo en los presentes momentos. Digamos «él» simplemente, y nos entenderemos lo mismo. ¿Cómo le ha conocido usted?

Gillespie inventó una historia para hacer creer al profesor que por un azar había conocido a Ra-Ra, contra la voluntad de éste, llegando al fin a ver su rostro.

—¡Imprudente! —murmuró Flimnap, refiriéndose a su protegido—. Hay que ver cómo lo buscan por toda la capital. Muchas veces quise abandonarlo a su suerte, en vista de sus absurdas predicaciones contra el excelente gobierno de las mujeres, ¡pero le quiero tanto!... Lo conozco desde niño. Además, en los últimos días ha aumentado mucho mi afecto hacia él. ¿Se ha fijado, gentleman, cómo se le parece a usted?...

Gillespie siguió contando el encuentro de Ra-Ra y Popito sobre su mesa en la tarde anterior, y cómo, extendiendo uno de sus brazos, creó un refugio para que los dos amantes se hablasen entre caricias.

—¡Imprudentes! —volvió a repetir Flimnap—. Ahora comprendo por qué se mostraba usted tan distraído y no contestó a mis preguntas. ¡Qué atrevimiento!... Tener una entrevista de amor a corta distancia del Padre de los Maestros, que odia a Ra-Ra y desea suprimirle, pues cree que es el único culpable del despego que le muestra su hija....

A pesar de las grandes muestras de escándalo que provocaba en Flimnap la audacia de los dos amantes, se notó en su voz cierta admiración. Unos días antes su protesta hubiese sido sincera, pero después de conocer a Edwin pensaba de distinto modo, mostrando veneración por todos los que sacrificaban la seguridad y las comodidades de su existencia en pro de un amor.

—Me asombro de su atrevimiento, gentleman, pero ¡quién sabe si estos enamorados valerosos ven la realidad mejor que nosotros y conocen los goces de la vida más que los prudentes!... Yo, gentleman, tal vez hubiese sido como ellos, pero nunca tuve ocasión de conocer el amor. Mi mundo no me daba facilidades para enamorarme. Siempre he soñado con dedicar mi ternura a algo muy alto, muy extraordinario, que estuviera por encima de las cabezas de los demás mortales.... Pero antes de que usted viniese esto equivalía a soñar con lo imposible.

Se ruborizó Flimnap, creyendo haber dicho demasiado, y miró a través de su lente el rostro del gigante. Este permanecía impasible, como si no la hubiese entendido, y el profesor juzgó oportuno no insistir. Por el momento bastaba esta insinuación; más adelante se expresaría con mayor claridad. Y pasó a hablar de aquellas noticias que dilataban de gozo su cara bonachona cuando entró en la antigua Galería de la Industria.

—Usted no puede estar metido aquí siempre, pues eso acabaría con su salud. Se lo he dicho al presidente del Consejo Ejecutivo, a muchos senadores, al gobierno municipal de la ciudad y a todos los periodistas que conozco, excelentes muchachas, que ahora me prestan alguna atención, después de no haberme hecho caso nunca, y se dignan repetir en sus artículos todo lo que me oyen. En una palabra, gentleman: he creado un movimiento de opinión a favor de usted para que su vida sea más higiénica y divertida.

El gobierno me ha autorizado para que forme un programa de diversiones. ¿Qué es lo que usted desea?... Yo, espontáneamente, me he atrevido a proponer varias. Quiero que un día le dejen visitar la capital. Esto es más difícil que parece a primera vista. Habrá que suspender la circulación en las calles para que usted, al marchar, no aplaste a unos cuantos centenares de transeúntes y para que nuestros vehículos terrestres no le corten los pies con sus ruedas. La gente sólo le verá desde las ventanas y los tejados.

Como le digo, esto no es fácil, y sólo puede realizarse después que se reúna el gobierno municipal y decrete la suspensión del tráfico por unas horas.

También he hablado al ministro de la Guerra, y está dispuesto a enviarle un batallón de muchachas, las más jóvenes y ágiles, para que hagan maniobras sobre esta mesa y ejecuten varias danzas guerreras. Otras diversiones tengo pensadas, pero sólo podrán realizarse más adelante, pues exigen larga preparación.

El recreo más inmediato será mañana. Usted necesita el aire del campo, dar un paseo digno de sus piernas, y el gobierno me ha autorizado para que le lleve al parque secular, donde nuestros antiguos emperadores se dedicaban a la caza durante sus veraneos. Tres días de viaje echaban aquellos déspotas en sus pesadas carretas para llegar a dicha selva, poblada de toda clase de animales feroces. Ahora, con nuestros vehículos automóviles, vamos en tres horas, y usted, gentleman, tal vez haga el camino en menos tiempo.

Verá usted cosas maravillosas en aquellas frondosidades, que, según la credulidad de nuestros remotos abuelos, fueron habitadas por los primeros dioses. Encontrará árboles casi de su estatura y tal vez bestias de caza muy interesantes.

Edwin aceptó la invitación con entusiasmo. Deseaba conocer algo más que el eterno espectáculo de la capital vista por los tejados, y el río, en el que únicamente le permitían moverse dentro de un reducido espacio.

Pasó la noche inquieto por esta novedad, despertándose con frecuencia, y apenas hubo empezado a apuntar el alba salió de la Galería, encontrándose con que el profesor Flimnap le aguardaba ya acompañado por dos individuos más del *Comité de recibimiento del Hombre-Montaña*. Un destacamento de amazonas armadas con arcos llenaba tres vehículos enormes, sin duda para recordar al gigante que no era más que un prisionero.

Las dos máquinas voladoras que permanecían día y noche sobre el enorme edificio abandonaron su inmovilidad, lanzándose a través del aire como para indicar la dirección al cortejo terrestre.

Caminó el gigante unas tres horas en pos del automóvil donde iba su traductor, rodando detrás de él los otros vehículos llenos de soldados. Al entrar en la selva se hundió en una arboleda que tenía siglos y sólo le llegaba a los hombros, pasando muy contadas veces sus ramas por encima de su cabeza. Los vehículos marchaban por caminos abiertos entre las filas de troncos, pero el gigante, al seguirlos, tropezaba con el ramaje en forma de bóveda, acompañando su avance con un continuo crujido de maderas tronchadas y lluvias de hojas.

La escolta tuvo que quedarse en el antiguo palacio de caza de los emperadores, que casi era una ruina, y Gillespie se lanzó a través de lo más intrincado de la selva, aspirando con deleite el perfume de vegetación prensada que surgía de sus pasos.

Del fondo de la arboleda se elevaban nubes de pájaros, unas veces en forma de triángulo, otras en forma de corona, siendo las más grandes de estas aves del volumen de una mosca. Todos los habitantes de la selva adormecida escapaban asustados al sentir la aproximación de este monstruo inmenso. Bajo sus pies morían a miles las flores y los insectos; cada una de sus huellas era un cementerio vegetal y animal. Las grandes bestias de caza, del tamaño de ratas, capaces de poner en peligro la vida de un cazador pigmeo, corrían en galope furioso, temerosas y encolerizadas a la vez por la intrusión de esta montaña andante, que podía aplastarlas con sus piernas, tan gruesas como los troncos de los árboles más antiguos.

Gillespie vio jabalíes de erizado pelaje y ciervos de complicadas y altísimas astamentas, que parecían datar de los tiempos en que cazaban los emperadores. Estas bestias de terrorífico aspecto hacían temblar de emoción al profesor Flimnap, a pesar de que las contemplaba desde una altura prodigiosa. El gigante, al salir del palacio ruinoso para correr la selva, había creído prudente llevar con él a su traductor.

—Así me acompañará alguien de la Comisión encargada de velar por mi seguridad.

Y puso al catedrático sobre su pecho, aposentándolo en el bolsillo superior de su chaqueta, donde antes guardaba el pañuelo perfumado que había sido el asombro de las damas masculinas en el palacio del gobierno.

Flimnap, asomado al borde del bolsillo, casi lloraba de miedo cada vez que el gigante extendía una mano pretendiendo apresar en plena carrera a alguna de aquellas bestias amenazantes dominadoras de la selva.

—¡No, gentleman! –gritaba–. ¡Tenga cuidado! En este momento recuerdo que uno de nuestros viejos cronistas relata cómo una fiera de esta clase mató, hace quinientos años, al emperador Deffar Plune, valeroso cazador.

Pero el gigante, excitado por los perfumes silvestres y sintiendo renacer su vigor con este deporte extraordinario a través de una selva que tal vez tenía mil años y no era más alta que su cabeza, rió del miedo de la traductora y de los emperadores de cinco siglos antes.

En una replaza abierta entre espesos árboles persiguió a un jabalí, que, al verse acorralado, le acometió con espumarajos de rabia, pretendiendo hundir sus colmillos en el cuero de sus zapatos. Pero una patada del gigante lo envió por alto, yendo a estrellarse contra un árbol copudo y robusto semejante a un cedro. Luego, en un sendero, agarró a un ciervo en mitad de su fuga veloz y lo subió a la altura de su pecho, colocándolo a corta distancia de Flimnap, de modo que el asustado animal, al mover la cabeza, casi le tocaba con las puntas de su cornamenta.

El profesor cayó desmayado de miedo en el fondo del bolsillo, mientras el gigante volvía a inclinarse sobre la tierra para dejar al ciervo en libertad.

Tuvo que atender a su traductora, sacándola de su refugio, después de esta broma un poco ruda. Se sentó en el suelo, rompiendo bajo su peso varios árboles. Luego metió una mano en un arroyo próximo, pasando dos dedos sobre la cara de su acompañante. Esta empezó a despertar bajo la caricia húmeda.

—¡Oh, gentleman! —suspiró con acento de reproche—. ¿Por qué me ha dado ese susto?... ¡Yo que le amo tanto!

A pesar de este tono de queja, se notaba en su voz y en sus ojos una expresión adorativa, como si estuviese dispuesta a sufrir nuevos terrores a cambio de contemplar la majestuosa autoridad que ejercía su amigo sobre una selva donde habían temblado de emoción tantos cazadores valerosos.

El gigante la dejó por unos momentos sentada al borde del arroyo, para meterse otra vez entre los árboles.

—Quiero llevarme un recuerdo de esta visita —dijo a Flimnap.

Y el profesor vio cómo cogía con ambas manos un árbol que le llegaba a la cintura, empezando a moverle a un lado y a otro, cual si pretendiese arrancarlo del suelo.

Una nube de hojas envolvió al gigante. Varios pájaros se escaparon lanzando chillidos. El árbol crujía cada vez más ruidosamente, hasta que al fin se rompió junto a las raíces. Gillespie fue tronchando sus ramas, y así pudo fabricarse un bastón que más bien era una cachiporra, gruesa de abajo, delgada de arriba y con varias púas que marcaban el ramaje roto.

Hizo un molinete con el tal bastón, que estremeció a los árboles inmediatos, extendiendo una brisa ondulatoria sobre gran parta de la selva. Se sentía con esta cachiporra en la diestra menos esclavo de los pigmeos. Sonrió pensando que hasta era capaz de echar abajo el par de máquinas aéreas que le vigilaban haciendo evoluciones sobre su cabeza. Un simple garrotazo podía acabar con las dos si es que volaban, como otras veces, cerca de él para tenerle al alcance de su lazo metálico.

Al cerrar la noche volvió el Hombre-Montaña a su alojamiento. Tanta era su alegría después de esta excursión, que durante el camino de regreso, influenciado por la dulzura del atardecer, empezó a cantar mientras marcaba el paso, llevando sobre un hombro el árbol convertido en garrote.

Su canción era una marcha belicosa de las que entonaba el ejército americano durante la guerra en Francia. Cuando se fatigaba de cantar silbaba, y todos los del cortejo, contagiados por su alegría, intentaban imitarle. Las muchachas de la escolta, no menos regocijadas y enardecidas por la excursión, acompañaban el canto del gigante golpeando sus cascos con sus espadas. Las aviadoras de larga pluma coreaban la canción o los silbidos desde sus máquinas aéreas, que flotaban muy cerca de Gillespie. Los habitantes de las cabañas y de los pueblecitos corrían hacia el camino, atraídos por esta música ruidosa que parecía venir de las nubes.

Aquella noche el profesor Flimnap escribió un largo informe dirigido a sus superiores, en el que relataba la alegría del prisionero, insistiendo sobre la necesidad de proporcionarle diversiones para que gozase de buena salud. Así los sabios del país podrían enterarse, gracias a sus confidencias, de la civilización de los Hombres-Montañas.

Después de redactar este documento sólo durmió unas horas. Debía partir al amanecer en la máquina volante que hacía el viaje a una de las ciudades más lejanas de la República. Le aguardaban allá para que diese, ante un público inmenso, otra de sus conferencias sobre el coloso.

Éste, fatigado por su excursión del día anterior, y sabiendo que Flimnap no vendría a verle, se levantó tarde. Pasó dos horas en el río, dedicado a su limpieza corporal, divirtiéndose al mismo tiempo en arrojar manotadas de agua a la orilla de enfrente, donde los curiosos se arremolinaban y huían riendo de estas trombas líquidas.

Cuando subió a su vivienda, vio que la servidumbre trabajaba ya en torno de las cocinas, preparando el gigantesco almuerzo.

Ocupó Edwin su escabel, apoyando los codos en la mesa; pero al abarcar con su vista la planicie de madera, tuvo un agradable encuentro. Había alguien más que los atletas que dormitaban junto a la grúa. Sentados en el lomo del libro de poesías traído por Flimnap, y que hacía ahora oficio de banco, vio a Popito y a Ra-Ra. Los dos amantes conversaban con las manos unidas y mirándose a corta distancia.

—No se molesten ustedes –dijo el gigante–. Continúen.

Pero estas palabras resultaban irónicas, pues ninguno de los dos se había movido al llegar el Hombre-Montaña ni parecieron enterarse de su presencia.

Gillespie no pudo ofenderse por este egoísmo, propio de enamorados. También él cuando había conseguido una entrevista con miss Margaret en un paseo de Nueva York o en un jardín de California, era capaz de no mostrar el menor interés ni llevarse la mano al sombrero aunque pasase por su lado el presidente de la República. El amor tiene bastante con sus propios asuntos y no deja espacio a las otras curiosidades de la vida.

—Ha hecho usted bien, doctor Popito –continuó alegremente–, en aprovecharse cuanto antes de mi permiso. Hablen todo lo que quieran. Aquí tienen al Padre de los Enamorados, que los defenderá del Padre de los Maestros y de todos los Consejos que intenten su persecución. Sobre esta mesa pueden considerarse más seguros que sobre la más alta montaña. Me basta dar un puntapié a sus patas para demoler todos los caminos de subida, cortando el paso a los perseguidores.

Los dos amantes agradecieron al Gentleman-Montaña su protección. Pero a pesar de esta gratitud, se adivinaba en ellos que hubiesen preferido verse solos, sin la obligación de conversar con el gigante.

Gillespie también excusó tal egoísmo; lo mismo le ocurría a él cuando hablaba con miss Margaret. Pero aquella mañana sentía un vivo deseo de ponerse en comunicación con estos dos seres que reproducían su propia existencia como una miniatura reproduce un rostro humano.

—Desde que tuve el gusto de conocerle, doctor Popito –continuó–, llevo en mi memoria una pregunta, y aprovecho la oportunidad para que me la conteste. ¿Cómo usted, una mujer, ama a este hombre terrible que desea la derrota del gobierno femenino y que la sociedad vuelva a estar constituida como antes de la Verdadera Revolución?...

—Le amo –dijo Popito– por lo mismo que soy mujer y quiero continuar siéndolo. No crea, gentleman, que todas las de mi sexo en este país estamos contentas de la tiranía de nuestro gobierno y de la situación abyecta en que mantiene al hombre, haciendo de él un vencido. Del mismo modo que entre los varones se va formando el partido masculinista, entre nosotras surge un movimiento de protesta dirigido por las mujeres que aspiran a una vida dulce y de concordia entre los sexos: una vida sin violencias, sin que ninguno de los dos grupos en que se divide la humanidad impere sobre el otro ni abuse de él. No queremos que el hombre sea el déspota de la mujer, como en otros tiempos; pero tampoco que la mujer sea el tirano del hombre, como en la actualidad. ¿Por qué no pueden ser iguales los dos, manteniéndose en inalterable armonía gracias a la dulzura y, sobre todo, a la tolerancia?...

Además, gentleman, yo, como dice mi padre y otras mujeres intransigentes, tengo un alma de esclava, porque a todas ellas les parece una esclavitud no ser las primeras en cualquier momento y no poder dominar y maltratar al ser que marcha a su lado. A mí, la libertad a solas, la independencia áspera y egoísta, no me seducen. Necesito vivir acompañada, verme protegida, apoyarme en alguien, y sólo pido que, a cambio de mi sumisión cariñosa, me respeten, se muestren ciegos para mis defectos y, sobre todo, me amen.

Somos ya muchas las que pensamos así. Tres generaciones de mujeres han vivido como embriagadas por su triunfo, vengándose de un largo pasado de esclavitud con disposiciones atroces. Nosotras no tenemos nada que vengar; hemos nacido dentro de unas familias en las que el hombre ocupa una situación inferior y humillante, y esto nos hace ver el presente con más claridad y más independencia que pueden verlo nuestros progenitores. Es la reacción inevitable después de un período de violencias, el retroceso al buen sentido después de un avance exagerado.

—Pero su Ra-Ra –dijo el gigante– tiene otros pensamientos. Sueña con repetir a favor de los hombres todas las violencias que realizaron las mujeres al ocurrir la Verdadera Revolución.

—No crea usted sus palabras –dijo Popito con dulzura–. Ra-Ra es bueno, aunque parezca amargado y cruel por las persecuciones de que se ve objeto.... Yo estoy a su lado, y cuando el amor une verdaderamente a dos seres, el hombre sólo es perverso si la mujer se lo consiente.

Hubo una larga pausa. Mientras Popito hablaba, su amante, con la vista baja, parecía reflexionar.

—Además –continuó ella–, ¿cuándo triunfará Ra-Ra?... Yo lo deseo, aunque esta victoria signifique la desgracia de mi padre y la desaparición del gobierno de las mujeres. Así podría vivir tranquila, sin las angustias que sufro actualmente, pues temo de un momento a otro ver preso y condenado a muerte al hombre que amo. Pero ¿es posible esa victoria?... Cada vez la veo más lejana. Las mujeres triunfaron tal vez para siempre al apoderarse de la fuerza.

Las palabras de Popito hicieron que Ra-Ra saliese de su abstracción. Tomó un aspecto de inspirado, de conductor de muchedumbres, una actitud heroica, que contrastaba con sus vestiduras femeniles.

—Nuestro triunfo llega –dijo con voz sorda–. Están contados los días de la tiranía de las mujeres. Anoche recibí grandes noticias. Un esclavo de la servidumbre de nuestro gigante me entregó un papel que le había dado otro esclavo venido de una de las ciudades más remotas de la República. El número de nuestros adeptos aumenta. Tal vez somos ya un millón.

Pero el número representa poco. Lo que vale es el trabajo de los hombres inteligentes que desean emanciparse de una vida de harén y apelan al estudio como único medio de conseguir la libertad.

Hemos encontrado a un octogenario que de joven hizo la guerra con el generalísimo Ra-Ra, mi heroico abuelo. Este anciano conoce el mecanismo de todos los aparatos de combate que se conservan en las universidades. Acuérdate, Pepito, que tú y yo, cuando éramos muchachos y vivíamos en la Universidad, nos hemos deslizado ocultamente en los almacenes de la Facultad de Historia para ver de cerca las bestias de acero, gloriosas y mudas, sin poder adivinar cómo funcionaron en otros tiempos....

—Pues bien –continuó Ra-Ra con entusiasmo después de una larga pausa–, ese anciano lo sabe; ese guerrero escapado a la venganza de las mujeres prepara la resurrección de un mundo de honor caballeresco y de heroísmo, comunicando sus conocimientos a los jóvenes.

—¿Y de qué puede servirles todo eso? –interrumpió Gillespie–. Yo conozco la historia de este país, que usted parece haber olvidado.... ¿Y los rayos negros?

Ra-Ra levantó los hombros con una expresión de menosprecio.

—¡Oh, los rayos negros! –dijo al fin–. El invento de una mujer bien puede sobrepujarlo el invento de un hombre. Nuestros sabios trabajan.... y no quiero decir más. Vamos a encontrar algo que nos dará la victoria, y yo vendré a salvarle, gentleman, antes de que el gobierno de las mujeres ordene su muerte.

10. En el que se ve cómo el Hombre Montaña conoció al fin la Ciudad-Paraíso de las Mujeres, y la deplorable aventura con que terminó esta visita

Después de numerosas peticiones al municipio de la capital y de no menos entrevistas con los personajes allegados al gobierno, consiguió Flimnap ver aceptado el programa de diversiones que había ido formando para recreo de su amigo el gigante.

Una noche guió al Gentleman-Montaña hasta una colina desde cuya cumbre se podían contemplar verticalmente dos grandes avenidas de la capital. Gillespie encontró interesante el hormiguero que rebullía y centelleaba bajo sus pies.

Un resplandor de aurora ligeramente sonrosado iluminaba las calles, sin que él pudiese descubrir los focos de donde procedía. Tal vez emanaba de misteriosos aparatos ocultos en los aleros de los edificios. Pero lo que más admiró fue el continuo tránsito de los vehículos automóviles. Todos afectaban formas un poco fantásticas del mundo animal o vegetal, llevando en su parte delantera faros enormes que fingían ser ojos y cruzaban el iluminado espacio con chorros de un resplandor todavía más intenso.

La Ciudad-Paraíso de las Mujeres le pareció muy grande y digna de ser visitada.

—No tardará usted en verla toda –dijo el profesor–. Ya tengo el permiso del gobierno. Aprovecharemos la gran fiesta de los rayos negros.

Y fue explicando a Gillespie sus gestiones para conseguir esta autorización y el motivo de que el gobierno hubiese fijado para dos días después la visita del Hombre-Montaña a la capital.

Había que aprovechar una conmemoración histórica, porque en tal fecha la mayor parte del vecindario abandonaba sus viviendas para visitar cierto templo de las inmediaciones. Era el glorioso aniversario de la invención de los rayos negros, considerada como el origen de la Verdadera Revolución. Todos en dicho día querían ver la casita y el laboratorio donde la benemérita sabia había hecho su descubrimiento: modestos edificios cubiertos ahora por la techumbre de un templo majestuoso, en torno del cual se extendían vastísimos jardines.

La capital casi quedaba desierta después de mediodía. Únicamente las personas de distinción continuaban en sus casas o se reunían en aristocráticas tertulias, para no mezclarse con la gente popular. El resto del vecindario acudía a la peregrinación patriótica, y hasta los hombres se agregaban a la fiesta, sin acordarse de que la inventora de los rayos negros había sido su peor enemigo.

Una gran feria, abundante en diversiones para la muchedumbre, ocupaba los jardines del templo. De lejanas ciudades llegaban por el espacio flotillas de aparatos voladores, depositando en el lugar sagrado nuevos grupos de peregrinos.

El profesor Flimnap, de acuerdo con los individuos del gobierno municipal, había compuesto un programa dando a la vez satisfacción a la curiosidad del gigante y a la curiosidad del pueblo. Gillespie debía colocarse en las primeras horas de la mañana a la entrada de la ciudad, en el camino conducente al templo de los rayos negros. Así le podría ver todo el vecindario mientras marchaba a la peregrinación nacional. Cuando la muchedumbre se hubiese alejado, el gigante podría entrar por las calles casi desiertas, sin riesgo de aplastar a los transeúntes.

Así fue. El día señalado, Gillespie, siguiendo a una máquina terrestre montada por su traductora y varios individuos de su Comité, llegó al citado lugar. La muchedumbre había emprendido ya su marcha hacia el templo, y la presencia del gigante produjo enorme desorden. En vano los jinetes de la cimitarra dieron varias cargas para dejar un espacio libre de gente en torno de Gillespie. A estas horas de la mañana la muchedumbre era de los barrios populares, y mostró un regocijo agresivo y rebelde. Bailaba al son de sus instrumentos, obstruyendo el camino, y se negaba a obedecer a la fuerza pública cuando ésta pretendía alejarla del Hombre-Montaña.

Todos querían tocarle después de haberle visto. Se subían sobre sus zapatos, se metían en el doblez final de sus pantalones. Algunos curiosos que eran de gran agilidad, por exigirlo así sus oficios, intentaron subirse por las piernas agarrándose a las asperezas que formaba el entrecruzamiento de los hilos del paño.

Hubieron de intervenir finalmente las autoridades que vigilaban esta salida de la ciudad. Un destacamento de la Guardia gubernamental, llegando en auxilio de la policía, libró al gigante del asalto de la muchedumbre. Al fin se encontró el medio de que todos pudieran contemplar al Hombre-Montaña sin que el desfile se cortase y sin que el templo de los rayos negros se viera abandonado por primera vez desde su fundación.

Como el gigante, colocado en medio del camino, era a modo de un dique que contenía el curso de la gente, le hicieron alejarse un poco de la ciudad, hasta llegar a una fortaleza antigua situada al borde de un barranco, la cual había servido para la defensa de esta ruta en tiempo de los emperadores.

Edwin se sentó sobre la tal ciudadela, que no llegaba a tener dos varas de alta, y en este sillón de piedra descansó mucho tiempo, mientras seguía el desfile del vecindario.

Varias líneas de infantes y jinetes extendidas ante sus pies le separaban de la inquieta muchedumbre, evitando nuevas familiaridades.

A la gente popular de la primera hora sucedieron otros grupos menos bulliciosos y de mejor aspecto, que pasaban en automóviles propios o en grandes vehículos de servicio público.

Los establecimientos de enseñanza habían enviado a sus alumnos en formación militar para que visitasen la tierra de donde surgió la liberación femenil. Las tropas pasaban también, con sus músicas al frente, para desfilar ante la tumba de aquella mujer de laboratorio que se había ido del mundo sin sospechar su gloria.

Cerca de mediodía el profesor Flimnap volvió en busca de su protegido. Empezaba a aclararse la muchedumbre de peregrinos.

—Ya puede entrar usted en la capital. El jefe de la policía dice que las calles están casi desiertas. Un pelotón de jinetes marchará delante para que se alejen los curiosos, si es que verdaderamente queda alguno. Además van con ellos numerosos trompeteros, que anunciarán ruidosamente el paso de usted para evitar accidentes. Cuando se sienta cansado, puede hacer una seña a la escolta y volverse a casa. Usted sabe el camino.

El Gentleman-Montaña se extrañó de estas palabras.

—¿Me abandona usted, profesor?... Yo me imaginaba que sería mi guía a través de la capital.

—Inconvenientes de la gloria –dijo Flimnap, bajando los ojos como avergonzado de su deserción–. Mi deseo era acompañarle, pero ahora soy un personaje popular; según parece, estoy de moda gracias a usted, y los señores del gobierno municipal quieren que vaya con ellos al templo de los rayos negros para pronunciar un discurso en honor de nuestra sabia libertadora. Todos los años escogen a la mujer más célebre para que haga este panegírico. Ahora me toca a mí, y no me atrevo a renunciar a una distinción tan extraordinaria.

Flimnap afirmó al coloso que acababa de dar órdenes para que lo acompañase un buen traductor en su visita a la capital. Una hora antes había enviado un mensajero a la Galería de la Industria avisando a Ra-Ra que viniese a esperar a Gillespie en la puerta más próxima. Tal vez era esto una imprudencia, pero ya no había tiempo para disponer algo mejor. El Gentleman-Montaña debía cuidar de que Ra-Ra conservase oculto su rostro y no incurriese en las audacias de otras veces.

Marchó Gillespie hacia la ciudad, precedido de un escuadrón de jinetes y numerosos trompeteros. Las murallas de la capital, levantadas en tiempos de los viejos emperadores, habían sido destruidas años antes para el ensanche urbano. Pero quedaba en pie una de las antiguas puertas, flanqueada por dos torres de una arquitectura elegante y original, que había contribuido a que la respetasen.

El Hombre-Montaña se fijó en varias mujeres que estaban en lo alto de dicha puerta para verle pasar, y en un hombre, el único, envuelto en púdicos velos.

—Gentleman, soy yo –dijo a gritos, agitando sus blancas envolturas.

El gigante extendió la mano sobre las torres, y tomando entra dos dedos a Ra-Ra, lo puso delicadamente en la abertura del bolsillo alto de su chaqueta. El joven le guiaría en su excursión, como el guía que va sentado en la testa del elefante.

Siguiendo sus indicaciones, se metió entre las dos torres y las casas para seguir una amplia avenida.

Durante varias horas Gillespie visitó la capital, admirando la audacia constructiva de aquellos pigmeos. La mayor parte de los edificios eran de numerosos pisos, y algunos palacios tenían sus azoteas altas al nivel de su cabeza. Las casas, de nítida blancura, estaban cortadas por fajas rojas y negras, y muchos de sus muros aparecían ornados con frescos, gigantescos para los ojos de sus habitantes, que representaban sucesos históricos o alegres danzas.

Entre las masas de edificios vio el gigante abrirse floridos jardines, que a él le parecían no más grandes que un pañuelo, y en cuyos senderos se detenían las mujeres para levantar la vista, admirando la enorme cabeza que pasaba sobre los tejados. A pesar de que los trompeteros iban al galope y soplando en sus largos tubos de metal por las calles que seguía Gillespie, los ojos de éste tropezaban a cada momento con agradables sorpresas que le hacían sonreír. Los diarios habían anunciado su visita a la ciudad; nadie la ignoraba, pero la fuerza de la costumbre hacía que muchos olvidasen toda precaución y siguieran viviendo en las habitaciones altas sin miedo a los curiosos.

Edwin vio que se cerraban algunas ventanas con estruendo de cólera. Muchos puños crispados le amenazaron cuando ya había pasado. Por estas aberturas completamente desprovistas de cortinas sorprendió sin quererlo las desnudeces matinales de numerosas mujeres que se acostaban tarde y se levantaban tarde igualmente, procediendo a sus operaciones de higiene con la ventana abierta, sin acordarse de que había gigantes en el mundo.

Delante y detrás de él evolucionaba la caballería, dando trompetazos y agitando sus sables. Los transeúntes y los vehículos que se habían quedado en la ciudad huían delante de estas cargas, y más aún de los inmensos pies, que con un simple roce se llevaban detrás de ellos la parte baja de una esquina.

Ra-Ra creyó estar gozando anticipadamente una parte del triunfo con que soñaba a todas horas. Asomado al bolsillo del gigante, se consideraba tan enorme como éste, viendo empequeñecidos a todos sus adversarios. Siempre que el Hombre-Montaña pasaba junto a un edificio público, él escupía desde la altura, como si pretendiese con esto consumar su destrucción. Varias veces rió viendo moverse abajo, como despreciables insectos, a los que estaban encargados de perseguirle. Como su voz sólo podía oírla el gigante, se expresaba con una insolencia revolucionaria.

—Gentleman –dijo designando con una mano el palacio del gobierno–, éste es el antro de la venganza femenina.

Edwin dio una vuelta en torno a la enorme construcción, asomándose por encima de los tejados a sus patios y jardines. Lo mismo hizo en varios edificios públicos. Vio de lejos otro palacio grandioso, y como adivinase que era la Universidad por las grandes lechuzas doradas que coronaban las techumbres cónicas de sus torres, quiso ir hacia él; pero Ra-Ra le disuadió.

—Más tarde, gentleman. Allí descansará usted.

Y dirigió su marcha hacia el puerto.

A pesar de que el día era festivo, los buques anclados en él empezaron a hacer funcionar los aparatos mugidores que usaban en los días de niebla, dedicando al gigante un saludo ensordecedor. En los navíos de la escuadra del Sol Naciente, las tripulaciones, formadas sobre las cubiertas, agitaron sus gorros, aclamándole. El Hombre-Montaña contestó a este saludo general moviendo sus dos manos y luego se inclinó cortésmente.

—¡Cuidado, gentleman! ¡Acuérdese que estoy aquí! –gritó Ra-Ra.

Con el inesperado movimiento de su conductor, el pigmeo había saltado fuera del bolsillo y se mantenía agarrado al borde.

La mano misericordiosa del coloso le volvió a su seguro refugio; pero después de esta aventura mortal parecía haber perdido las ganas de prolongar el paseo y guió a su protector hacia la Universidad.

Siguiendo sus consejos, Gillespie marchó lentamente para fijarse en todas las particularidades del edificio que Ra-Ra le iba explicando.

Por su parte, el proscrito, sin dejar de hablar, examinaba los tejados, las terrazas y las galerías cubiertas de este palacio, grande como un pueblo, en el que había pasado su adolescencia.

Hizo que el gigante detuviera su marcha, y echando medio cuerpo fuera del bolsillo, empezó a dar gritos para que acudiese el jefe de la escolta. Cuando éste, conteniendo la nerviosidad de su caballo, que se encabritaba al husmear la proximidad del coloso, pudo colocarse al fin junto a los enormes pies, Ra-Ra le habló desde arriba en el idioma del país. El Hombre-Montaña deseaba hacer alto, empleando como asiento uno de los pabellones bajos de la Universidad. La escolta, podía descansar igualmente durante una hora echando pie a tierra.

El guerrero aceptó con alegría la orden. Su tropa llevaba varias horas de correr las calles, luchando con la rebelde curiosidad del público y repeliendo a los transeúntes y las máquinas terrestres. Cesaron de sonar las trompetas y los jinetes se desparramaron en las vías inmediatas.

Cuando todos desaparecieron, Ra-Ra volvió a examinar la parte alta y sinuosa del palacio universitario, donde estaban las habitaciones de los doctores jóvenes. Los más de ellos se habían ido a la peregrinación patriótica, y así se explicaba que las terrazas y las galerías permaneciesen silenciosas, sin el ordinario rumor de peleas dialécticas.

Sólo quedaban algunos doctores melancólicos meditando ante un libro abierto. Al ver la cabeza del gigante distraían su atención estudiosa por unos segundos; pero luego reanudaban la lectura, como si sólo hubiesen presenciado un accidente ordinario. Todos ellos recordaban su visita a la Galería de la Industria, y tenían al Hombre-Montaña por un animal enorme, cuya inteligencia estaba en razón inversa de su grandeza material.

Gillespie había empezado por segunda vez la vuelta del edificio.

—Deténgase aquí, gentleman –dijo de pronto Ra-Ra, ahogando su voz.

Edwin no comprendió tales palabras. ¿Qué deseaba este pigmeo, cada vez más exigente?...

—Digo, gentleman, que me deje aquí, en esa terraza. Dentro de una hora vuelva a tomarme. Mientras tanto, puede usted descansar sentándose en cualquiera de los pabellones anexos a la Universidad. No tema, son fuertes y soportarán bien su peso.

Gillespie comprendió los deseos de Ra-Ra al ver en una terraza interior, separada de la fachada por los profundos huecos de dos patios, a una mujer con gorro universitario que agitaba los brazos, sorprendida y alegre. No pudo reconocerla porque le faltaba su lente de aumento, pero estaba casi seguro de que era Popito.

—Diviértanse mucho –dijo el gigante.

Y tomando a Ra-Ra otra vez con el pulgar y el índice de su mano derecha, lo sacó del bolsillo para depositarlo en un alero. Luego rió viendo cómo corría, con una agilidad de insecto saltador, de tejado en tejado, agitando sus velos como las alas de una mariposa blanca, bordeando el abismo de los profundos patios, para llegar hasta la mujercita de birrete doctoral que le aguardaba llevándose ambas manos al pecho, henchido de emoción.

Al quedar solo, el gigante se movió con lentos pasos a lo largo de la Universidad, cuyas balaustradas finales le llegaban a los hombros. No veía ningún edificio que pudiera servirle de asiento. Apoyó un codo en un alero mientras descansaba en su diestra la sudorosa frente, y al momento echó abajo tres estatuas de doble tamaño natural que adornaban la balaustrada, representando a otras tantas heroínas de la Verdadera Revolución.

Tuvo miedo de causar nuevos daños en el monumento de la Ciencia, y continuó su exploración, buscando algo más sólido donde apoyarse.

Siguiendo el contorno del edificio llegó a una plaza sobre la que avanzaba un palacete anexo a la Universidad. Era una construcción de tres pisos, cuya altura no pasaba de la mitad de sus muslos, y en cuya techumbre, libre de emblemas y de barandas, podía sentarse cómodamente.

Así lo hizo Gillespie con suspiros de satisfacción. Llevaba varias horas caminando, con la atención extremadamente concentrada y moviendo sus pies entre prudentes titubeos para no aplastar a nadie.

Casi celebró que la audacia de Ra-Ra le hubiese dado motivo para descansar en esta plaza solitaria, rodeado del silencio de una gran ciudad desierta. Hasta tuvo la sospecha de que si no venían a buscarle en su retiro acabaría echando un ligero sueño. Encontraba agradable tener por asiento una dependencia del enorme palacio donde reinaba sin límites la autoridad del Padre de los Maestros.

Aquella tarde, Golbasto, el gran poeta nacional, había salido de su casa apenas notó que las calles empezaban a quedar solitarias. El glorioso cantor sólo gustaba de las muchedumbres cuando se reunían para aclamarle y escuchar sus versos. Fuera de estos momentos, encontraba al pueblo estúpido, maloliente y peligroso.

La fiesta patriótica de los rayos negros sólo había sido notable un año, según su opinión. fue el año en que el gobierno le encargó un poema heroico en honor de la inventora de los rayos libertadores, coronándolo después de su lectura y dándole el título de poeta nacional. En los años siguientes, la tal fiesta nunca había pasado de ser una feria populachera, durante la cual pretendían inútilmente parodiar su gloria otros poetas escogidos por el favoritismo político. Hasta una vez –¡oh, espectáculo repugnante! – el designado para cantar tan sublime aniversario había sido una poetisa, es decir, un hombre, cosa nunca vista después de la Verdadera Revolución. Este año, el poeta de la fiesta era una jovenzuela recién salida de la Universidad, un rebelde, que osaba comparar sus versos con los de Golbasto y además criticaba los trabajos históricos del grave Momaren, su antiguo maestro.

Los tres caballos humanos del poeta, que soñaban desde muchos días antes con unas cuantas horas de libertad empleadas en asistir a las fiestas de los rayos negros, sólo vieron abierta su cuadra para ser enganchados al carruajito en figura de concha. Como los tres hombres medio desnudos se mostraban algo reacios y hasta osaron murmurar un poco, Golbasto los refrenó con varios latigazos. Luego, afirmándose la corona de laurel sobre las melenas grises, subió al carruajito y dio una orden a su tiro, acariciándolo por última vez con la fusta.

—Vamos a la Universidad, a la casa del doctor Momaren.

En el camino oyó la trompetería que anunciaba el paso del gigante, y se vio obligado a dar un largo rodeo por calles secundarias para no tropezarse con él.

—¿Hasta cuándo nos molestará el animal-montaña? –murmuró rabiosamente–. El senador Gurdilo tiene razón: hay que desembarazarse de ese huésped grosero y bastante incómodo.

A pesar de que el poeta vivía de sus continuas peticiones a los altos señores del Consejo Ejecutivo y de las munificencias de Momaren, que también era personaje oficial, sentía hoy cierto afecto por el jefe de la oposición y encontraba muy atinados sus ataques contra un gobierno que no sabía velar por las glorias establecidas y apoyaba las audacias de los principiantes.

Entró en la Universidad por la gran puerta de honor; dejó en un patio su vehículo, amenazando con los más tremendos castigos a los tres caballos-hombres enganchados a él si no eran prudentes y osaban moverse de allí. Siguiendo un dédalo de galerías y pasadizos, únicamente conocidos por los amigos íntimos de Momaren, llegó al pequeño palacio habitado por el Padre de los Maestros.

Ninguna de las recepciones vespertinas del potentado universitario se había visto tan concurrida como la de esta tarde. Todos los que abominaban del contacto de la muchedumbre acudían a una tertulia que proporcionaba a sus asistentes cierto prestigio literario.

Además, la reunión de esta tarde tenía un alcance político. El Padre de los Maestros quería darle cierto sabor de protesta mesurada y grave por la ofensa que Golbasto se imaginaba haber recibido del gobierno. Momaren, haciendo este alarde de interés amistoso, se vengaba al mismo tiempo del joven poeta universitario que había osado criticarle como historiador.

Golbasto, que allá donde iba se consideraba el centro de la reunión, entró en los salones saludando majestuosamente a la concurrencia. Casi todos los altos profesores de la Universidad habían venido con sus familias. Las esposas masculinas y los hijos, con blancos velos, coronados de flores y exhalando perfumes, ocupaban los asientos. Las mujeres triunfadoras y de aspecto varonil se paseaban por el centro de los salones o formaban grupos junto a las ventanas.

Los universitarios hablaban de asuntos científicos; algunos doctores jóvenes discutían, con la tristeza rencorosa que inspira el bien ajeno, los méritos del camarada que en aquel momento leía sus versos a una muchedumbre inmensa sobre la escalinata del templo de los rayos negros. Varios oficiales de la Guardia gubernamental y del ejército ordinario se paseaban con una mano en la empuñadura de la espada y la otra sosteniendo sobre el redondo muslo su casco deslumbrante.

De los grupos masculinos vestidos con ropas de mujer surgía un continuo zumbido de murmuraciones y pláticas frívolas. Los varones, divididos en grupos, según las Facultades a que pertenecían sus maridos hembras, hablaban mal de los del grupo de enfrente. La esposa de un profesor de leyes provocaba cierto escándalo. Según sus piadosos compañeros de sexo, debía andar más allá de los sesenta años, y sin embargo tenía el atrevimiento de rasurarse la cara lo mismo que un muchacho casadero, en vez de dejarse crecer la barba como toda señora decente que ha dicho adiós a las vanidades mundanas y sólo piensa en el gobierno de su casa.

Los jóvenes ansiosos de que alguien se fijase en ellos se preguntaban si habría baile en la tertulia de Momaren. La entrada del poeta nacional sembró la consternación entre las señoritas masculinas aspirantes al matrimonio.

—¿Cómo vamos a bailar si ha llegado Golbasto, el más acaparador de los poetas?... Toda la reunión será para él.

Y las varoniles doncellas se mostraban tristes, resignándose a una larga inmovilidad en la que sólo verían de lejos a los hermosos militares, mientras aguantaban un chaparrón interminable de versos.

Al ver entrar al poeta laureado, corrió inmediatamente a su encuentro el gran Momaren. Ambos se abrazaron, y algunos aduladores del Padre de los Maestros sintieron que no estuviesen presentes los fotógrafos de los periódicos para retratar el abrazo de los dos genios más célebres del país.

—Gracias, amigo mío –dijo Golbasto–. Jamás olvidaré lo que hace usted por mí en este día.... Los gobiernos se suceden y caen en el olvido, mientras que nuestra amistad llenará capítulos enteros de la historia futura.

Luego el poeta se empequeñeció voluntariamente, hasta ocuparse de la existencia doméstica de su amigo.

—¿Y Popito? –preguntó.

Momaren hizo un gesto de contrariedad y de tristeza.

—Se ha negado a asistir a nuestra fiesta. Prefiere pasar la tarde en sus habitaciones de estudiante. Tiene allí una terraza, donde cultiva flores, cuida pájaros y se entretiene con otras cosas fútiles, indignas de su sexo.

—¡Qué juventud la que viene detrás de nosotros! –exclamó tristemente Golbasto.

Momaren hizo un gesto igual de melancolía.

—Si no lo hubiese llevado en mis entrañas –murmuró– dudaría que fuese mi hijo.

Después el gran poeta tuvo que separarse de Momaren para atender a sus admiradores. Todos protestaban del hecho escandaloso que se estaba realizando en aquellos momentos sobre las gradas del templo de los rayos negros.

—¡Ya no hay categorías, ni respeto... ni vergüenza! El primer jovenzuelo se cree un genio. ¡Qué escándalo!

Golbasto movía la cabeza aprobando estas protestas, y los admiradores insistían en sus lamentos, como si fuera a llegar el fin del mundo aquella misma tarde.

El solemne Momaren cortó a tiempo este concierto de quejas, pues los que rodeaban al versificador habían agotado ya todas sus palabras de indignación y no sabían qué añadir.

—Ilustre amigo –dijo el Padre de los Maestros con una voz untuosa–, las señoras y señoritas aquí presentes me piden que interceda para que nuestro gran poeta nacional las deleite con algunos de sus versos inmortales.

Esto era mentira; las señoritas masculinas sólo deseaban bailar, y en cuanto a las matronas barbudas, odiaban los versos, porque su declamación las obligaba a permanecer silenciosas, estorbando sus comentarios y murmuraciones. Pero como todas pertenecían a familias universitarias dependientes de Momaren, creyeron prudente acoger el embuste de éste con grandes muestras de aprobación.

—¡Sí, sí! –gritaron–. ¡Que hable Golbasto!... ¡que recite versos!

El poeta nacional se inclinó como si quisiera empequeñecerse delante de Momaren.

—¡Recitar –dijo con énfasis– mis humildes obras, incorrectas y anticuadas, en la casa donde vive el más grande de los poetas, al que reconoceré siempre como maestro!...

Y mientras permanecía con el espinazo doblado, y Momaren, rojo de emoción, miraba a unos y a otros para convencerse de que todos se daban cuenta de tan enorme homenaje, dos matronas barbudas murmuraron bajo sus velos:

—De seguro que piensa pedirle algo mañana mismo para alguna de sus amigas.

—Y lo que se lleve lo quitará a nuestros maridos –contestó la otra.

Mientras tanto, Momaren, saliendo de su nimbo de vanidad, decía con acento conciliador:

—Nada de maestro... nada de gran poeta. Los dos somos iguales: compañeros y amigos para siempre.

Golbasto palideció, hasta tomar su cara un tono verdoso. Parecía dispuesto a protestar de tanta igualdad y tanto compañerismo; pero el recuerdo de muchas cosas que deseaba pedir al Padre de los Maestros sofocó la protesta instintiva de su vanidad, haciendo que se mostrase dulce y bondadoso.

—Para que yo recite algo mío, ilustre Momaren, será preciso que antes cumpla una obra de justicia y de respeto declamando una poesía de usted.

El universitario aceptó con humildad.

—¡Si usted se empeña!... ¡Es usted tan bondadoso!...

Sabía Golbasto por experiencia que nada halagaba a este compañero como oir sus versos recitados por su boca. El poeta del cochecillo en forma de concha, de los tres caballos humanos y del látigo sangriento declamaba con una dulzura celestial que hacía verter lágrimas. Además, era para Momaren la más alta de las consagraciones literarias tener a Golbasto como lector de sus obras. Después da esto se sentía pronto a darle la Universidad entera si se la pedía.

Para que el acto resultase más solemne, Momaren creyó necesario reunir todo su público, esparcido en los diversos salones, y agolparlo en uno solo que ocupaba la parte saliente del edificio, con dos ventanales sobre una plaza.

Este salón lo apreciaba mucho por estar amueblado a la moda de otros siglos, cuando reinaban los emperadores de la penúltima dinastía. Como recuerdos de aquella época guerrera y bárbara adornaban las paredes grandes panoplias con lanzas, espadas en forma de sierra, sables ondulados y otros instrumentos mortíferos. El alma pacífica de Momaren se caldeaba en este salón, sintiendo al entrar en él entusiasmos heroicos que le hacían engendrar versos tan viriles como los de Golbasto.

Siguiendo las indicaciones suaves del Padre de los Maestros, más temidas que si fuesen órdenes, todo el público se fue agrupando en este salón. Las damas y las señoritas formaron varias filas al sentarse, lo mismo que en un teatro. Las mujeres, por ser más fuertes, quedaron de pie y se aglomeraron en las puertas y una parte de los salones vecinos.

Golbasto estaba erguido entre las dos ventanas de la gran pieza, mirando al público como un águila que se prepara a levantar el vuelo. Momaren sonreía con la cabeza baja, sintiéndose encorvado prematuramente por el huracán de las alas de la gloria que iba a descender sobre él.

Como el poeta nacional pensaba siempre en sus asuntos, hasta cuando fingía favorecer a un amigo, tosió repetidas veces para imponer silencio, y dijo así:

—Ya que deseáis que recite, permitid que empiece por las obras del Padre de los Maestros. El gran Momaren no es conocido como merece serlo. Hay muchos que se engañan con la mejor buena fe dividiendo nuestra poesía nacional en dos reinos, uno de los cuales le atribuyen a él y otro a mí. Esos mismos añaden que Momaren es inimitable en la poesía amorosa y Golbasto en la poesía épica. ¡Error, enorme error! Momaren es grande en todos los géneros, y para probarlo voy a recitar su canto heroico a la Verdadera Revolución, obra inimitable de la que quisiera ser autor.

Una salva de aplausos saludó la descarada adulación al jefe universitario y la interesada modestia del gran poeta.

—Quiero recitar ese canto heroico –continuó Golbasto– para que se vea la diferencia entre la verdadera poesía y las miserables y cínicas falsificaciones que se sirven a nuestro pueblo, tal vez en este mismo instante.

La alusión al joven y odiado poeta que estaba declamando su obra en el templo de los rayos negros fue saludada con una explosión de risas simpáticas y de gruñidos inteligentes.

Después de este triunfo preliminar, Golbasto se lanzó a la declamación de la poesía de su amigo y protector.

El canto a la revolución triunfante de las mujeres empezaba con un exordio, en el que el poeta rogaba al sol que acelerase su salida de entre las espumas oceánicas para no llegar con retraso y poder presenciar el suceso más grande de la Historia. Golbasto lanzó, con una voz de clarín, el primer verso:

Muéstrate, ¡oh, sol! y con tus rayos de oro...

Pero en vez de mostrarse el sol, como pedía el vate, lo que llegó inesperadamente fue la noche en plena tarde. El salón quedó completamente a oscuras; todos los concurrentes creyeron haber perdido repentinamente la vista; las mamás chillaron de espanto, extendiendo los brazos instintivamente para guardar a sus hijas; los hermosos guerreros echaron mano a sus espadas, aunque sin poder adivinar dónde se ocultaba el enemigo.

Algunos profesores acostumbrados a no asombrarse de nada y a buscar la razón científica de todos los hechos se dieron cuenta, pasados unos instantes, de que esta oscuridad era debida a un desprendimiento exterior, a dos telones macizos que habían caído sobre ambas ventanas, interponiéndose entre sus ojos y la luz.

Momaren se arañó las muñecas en la oscuridad, preguntándose qué poder infernal al servicio de los envidiosos de su gloria había conseguido realizar esta catástrofe....

A ninguno se le ocurrió que el Hombre-Montaña pudiera haber empleado como asiento el techo que tenían sobre sus cabezas. En uno de sus desperezos de cansancio, Gillespie había juntado las dos piernas, colocándolas casualmente, con geométrica exactitud, sobre las dos ventanas, lo que creó repentinamente la noche en el interior del salón, precisamente al mismo tiempo que el poeta invocaba la salida del sol.

Después del primer aturdimiento de la sorpresa, los ojos, acostumbrados a la oscuridad, empezaron a ver débilmente, gracias a la penumbra que llegaba de las habitaciones inmediatas. Además, el ligero movimiento de una de las piernas de Gillespie dejó filtrar un rayo de luz, y esto sirvió para que toda la concurrencia reconociese cuál era el origen de la catástrofe.

Momaren quedó mudo, pues el hecho le parecía tan inaudito, que no encontraba palabras.

Los invitados prorrumpieron en alaridos de indignación:

—¡Insolente animalucho!... ¡Qué atrevimiento el suyo!... ¡Venir a perturbar con sus patas inmundas una fiesta de alta intelectualidad!...

Un hermoso oficial de la Guardia saltó, espada en mano, por encima de las sillas, y aproximándose a una de las ventanas tiró una estocada a la pierna del gigante.

Gillespie, que estaba medio dormido, despertó sobresaltadamente. Levantó una de las piernas hasta poner la rótula a la altura da su pecho y se rascó con ambas manos la picazón que sentía en la pantorrilla. Luego dejó caer la pierna

otra vez, y ésta, como si obedeciese a un poder diabólico enemigo de Momaren, volvió a cerrar herméticamente la ventana.

Rugió de cólera la concurrencia, viendo en esto un nuevo insulto para todos. El Hombre-Montaña quería burlarse
de ellos.

Los militares, deseosos de mostrar su heroísmo ante los
muchachos en edad de casarse, corrieron hacia las ventanas,
acribillando con sus aceros las pantorrillas del gigante.

Golbasto y Momaren, contagiados por tan heroico ejem-
plo, quisieron mostrar que servían para algo más que hacer
versos, y descolgaron de una panoplia una larga lanza.

Se mostraban enfurecidos por este incidente, que había
venido a perturbar su gloria, y empuñando la lanza a cuatro
manos empezaron a dar pinchazos en una pierna del coloso.

Esta vez el dolor hizo saltar a Gillespie, dejando libres
las ventanas, por las que entró a raudales la dorada luz de
la tarde.

Todos pudieron ver como el Hombre Montaña se enco-
gía sobre sus rodillas, cómo se encorvaba después con el rostro crispado por el dolor, pegando sus ojos a las dos ventanas
para averiguar qué insectos malignos eran los que le habían
picado venenosamente a través de dichos agujeros.

Las señoras se asustaron al ver aquellos dos ojos enormes que las miraban con agresiva fijeza. Pero Golbasto y
Momaren, que tenían la cólera larga e implacable de los débiles cuando sienten herida su vanidad, continuaban mane-
jando en colaboración su arma y tiraron un furioso lanzazo
a uno de los ojos que llenaban las ventanas.

Si no quedó tuerto Gillespie, fue porque los dos poetas,
al retroceder para que su golpe fuese más terrible, desviaron

un poco la lanza, rasgándole únicamente uno de los párpados.

El Hombre-Montaña echó atrás la cabeza, separando los ojos de las ventanas con un pestañeo doloroso, pero inmediatamente puso su boca en una de ellas.

Sonó un hervor de la caldera, luego un ruido de catarata, y la concurrencia, dando gritos, empezó a huir hacia las habitaciones interiores. ¡Zas!...

Gillespie, no sabiendo cómo defenderse de aquel enjambre maligno, había lanzado un salivazo dentro del salón.

El proyectil líquido pilló a los dos poetas y los hizo caer con su lanza envueltos en una ola pegajosa, de la que no sabían cómo salir.

El gigante continuó disparando proyectiles de la misma especie.

Corrían las damas, levantándose las faldas para huir con más rapidez. Otras pataleaban caídas en el suelo, pidiendo a gritos que las librasen de esta inundación aglutinante que las había clavado sobre el pavimento.

Y las heroicas muchachas de la Guardia, no queriendo presentar sus interesantes dorsos al enemigo, fueron retrocediendo hasta el fondo del salón, haciendo molinetes con sus espadas para defenderse del bombardeo.

11. Que trata del discurso pronunciado por el senador Gurdilo y de cómo el Hombre-Montaña cambió de traje

A la, mañana siguiente, el profesor Flimnap se presentó con gran apresuramiento en la vivienda del gigante. Jamás su rostro bondadoso había ofrecido un aspecto igual, de alarma y azoramiento. A pesar de sus carnes exuberantes, saltó con juvenil agilidad del plato ascensor a la superficie de la mesa, antes de que los atletas encargados de la grúa hubiesen terminado su maniobra.

Lejos aún de Gillespie, abrió los brazos con desesperación y juntó luego sus manos en una actitud implorante, gritando:

—¿Qué ha hecho usted, gentleman? ¿Qué locura fue la suya de ayer? ¡Y yo que le creía un hombre extremadamente cuerdo!...

Jamás había experimentado tantas emociones en un espacio tan corto de tiempo. Un miedo anonadador le dominaba desde horas antes, y este miedo obedecía a sentimientos generosos, pues pensaba más en la suerte del Gentleman-Montaña que en la suya propia. La terrible noticia de todo lo ocurrido en la casa del Padre de los Maestros acababa de sorprenderle en el momento más grato de su existencia.

El día anterior había regresado muy tarde a la ciudad, después de verse festejado y admirado durante varias horas por más de cien mil mujeres. Su discurso en las gradas del templo de los rayos negros lo había escuchado esta enorme multitud, interrumpiéndolo con aplausos. Su éxito resultó tan ruidoso como el del joven poeta rival de Golbasto. Nunca había llegado a soñar con una gloria semejante, ni aun en los tiempos de la adolescencia, cuando, recién entrado en la vida estudiosa, su entusiasmo le hacía aceptar la posibilidad de las más inauditas elevaciones.

Durmió mal, pues el saboreo de su triunfo parecía repeler al sueño. Pero cuando descendió de su habitación universitaria, apreciando de antemano las felicitaciones de unos profesores y la envidia de otros, todo su orgullo triunfante se deshizo ante la realidad. Oyó aterrado lo que había hecho el gigante en la tarde anterior. Muchos de los que le hablaron habían asistido a la tertulia de Momaren y se mostraban congestionados aún por la indignación al recordar los proyectiles del gigante, algunas de cuyas salpicaduras habían llegado a ellos o a personas de sus familias.

El Padre de los Maestros estaba en cama después de este suceso, aunque sin enfermedad conocida. Golbasto, el gran poeta nacional, se había retirado jurando vengarse del bárbaro intruso. Los concurrentes le vieron con un vendaje debajo de su corona de laurel, pues se había descalabrado al caer al suelo con Momaren bajo el disparo del gigante.

—¿Qué ha hecho usted? –volvió a repetir el profesor.

Muchos de los que presenciaron el suceso habían olvidado la insolencia del Hombre-Montaña para preocuparse únicamente de la finalidad de otra acción suya que les parecía misteriosa. Después que el gigante hubo limpiado de gentío los salones de Momaren, haciendo huir a todos al fondo de la casa para librarse de su bombardeo líquido, irguió su estatura y fue a un determinado lugar de la fachada de la Universidad, lanzando varios silbidos con la estridencia de un huracán.

Los doctores estudiosos que permanecían en sus habitaciones intentaron ocultarse, creyendo que el Hombre-Montaña se había vuelto loco y deseaba aplastarlos. Pero antes de cerrar las ventanas de sus viviendas pudieron ver cómo corría por los tejados un hombre envuelto en velos, cómo el gigante lo tomaba con una de sus manos, introduciéndolo en un bolsillo de su traje, y cómo emprendía una marcha veloz, guiado por este varón desconocido, hacia la Galería de la Industria, sin esperar a que sonasen otra vez las trompetas y se reuniera el escuadrón que le había escoltado en su paseo.

—¿Qué va a pasar ahora? –continuó diciendo el asustado profesor.

Los murmuradores le habían dado a entender que el Padre de los Maestros sospechaba si este intruso ayudado por el gigante sería Ra-Ra.

—Yo temo, gentleman, que a estas horas la policía esté enterada de que, efectivamente, el tal hombre era Ra-Ra y que, protegido por usted, entró en nuestro palacio para ver a Popito.... ¡Usted, gentleman, mezclándose en cosas políticas de nuestro país y apoyando de una manera tan descarada a un propagandista del «varonismo», enemigo de la tranquilidad del Estado! Tiemblo por usted y tiemblo por mí.

Gillespie no necesitaba oír al profesor para darse cuenta de la gravedad de su acto. Pero renacía su cólera al acordarse de los pinchazos de aquellos pigmeos, y creía sentir aún el dolor en sus piernas. ¿Por qué no lo habían dejado dormir en paz?...

Sin embargo, los gestos desesperados del profesor sirvieron para hacerle pensar que estaba a merced de aquella humanidad pigmea, despreciable para él, pero sin la cual no podía alimentarse ni atender a otros cuidados que necesitaba su persona.

Flimnap, creyendo ver en su rostro un reflejo de intensa cólera, le recomendó la calma.

—No se exalte, gentleman; al contrario, debe usted mostrarse prudente y conciliador. Creo que esto se arreglará finalmente. Puede usted presentar sus excusas al Padre de los Maestros. Yo explicaré que todo se debe a su desconocimiento de nuestra lengua y nuestras costumbres. Lo que me preocupa más es lo de Ra-Ra; pero si no hay otro remedio, lo abandonaremos y que siga su destino. El amor es egoísta, gentleman. Antes de venir usted a esta tierra yo hubiese hecho los mayores sacrificios por ese joven. Pero ahora no es lo mismo; ahora está usted aquí, y más allá de su persona nada me interesa.

Parecía haber olvidado el catedrático todas las inquietudes que le entristecían momentos antes, al saltar del plato-ascensor. Se había puesto ante un ojo su lente de disminución para contemplar el rostro del Gentleman-Montaña, y esto le hacía sonreír dulcemente.

—Creo llegado el momento –dijo con voz insinuante– de mostrarle mi alma. Mientras usted vivía a cubierto de peligros, yo no me atreví a decirle lo que siento. Me dominaba la timidez de todo el que ha pasado su existencia entre libros, viendo de lejos a las personas. Pero después de la locura de usted, la situación es otra. Tal vez el conflicto con nuestro Padre de los Maestros acabe por arreglarse, pero en este momento la situación es mala. Corre usted grandes riesgos, y por lo mismo considero oportuno manifestarle lo que no me hubiera atrevido a decir en una ocasión mejor. Óigame bien, gentleman, y no se ría de mí.... Yo le quiero un poco y me intereso por su felicidad.... ¿Por qué no hablar más claramente?... Yo le amo, gentleman, y deseo pasar el resto de mi vida junto a usted, dedicándome en absoluto a su servicio.

A pesar de su mal humor por la aventura en la Universidad y por las persecuciones que le podían hacer sufrir estos pigmeos, de los que era esclavo, Gillespie no pudo contener una carcajada. Después sofocó su risa para excusarse cortésmente:

—No crea, profesor, que me río de usted. Le estoy muy agradecido para atreverme a tal insolencia. Mi risa es de sorpresa.... En mi país, rara vez una mujer declara su amor al hombre.

—Pues aquí no es extraordinario –contestó Flimnap–. Acuérdese que todo lo dirigimos las mujeres, y por lo mismo nos corresponde la iniciativa en los asuntos de amor.

—Además –dijo Edwin–, usted olvida el obstáculo insuperable que la Naturaleza ha establecido entre los dos al crearnos con tamaños tan distintos. Me mira usted a través de su lente de reducción y se ilusiona creyéndome de su talla. Contémpleme tal como soy, y se convencerá de que por mucho que yo la amase nunca pasaría usted de ser una esposa de bolsillo.

—¡Oh, gentleman! –interrumpió ella quejumbrosamente–. No sea usted materialista en sus apreciaciones, no se muestre grosero en sus sentimientos juzgando a las personas por su tamaño. ¿Por qué no pueden amarse dos almas a través de sus envolturas completamente diferentes?...

Ahora que le conozco, gentleman, me doy cuenta de que toda mi vida he estado esperando su llegada. Siempre mi alma sintió la atracción de las alturas; siempre soñé con algo inmensamente grande. Mi espíritu veía con indiferencia las pequeñeces de nuestra vida corriente. Yo sólo podía amar a un gigante, y el gigante ha venido. ¿No le parece que un poder superior nos ha hecho el uno para el otro?...

El Gentleman-Montaña sólo contestó a esta pregunta con un gesto ambiguo.

Pero el ardoroso profesor siguió hablando:

—Yo no le exijo que me responda inmediatamente. Confieso que esta manifestación de mis sentimientos es un poco violenta y que usted no la esperaba. A no ser por el peligro que le amenaza, me hubiese abstenido de hablarle de esto en mucho tiempo. Pero, en fin, lo que yo debía decir ya está dicho. Reflexione usted, consulte su corazón; esperaré su respuesta. Lo que necesitaba hacerle saber cuanto antes es que no soy para usted un simple traductor y que ansío participar de su suerte, correr sus mismos peligros, si es que la situación se empeora.

Gillespie, conteniendo la risa que otra vez volvía a agitar su pecho, contestó vagamente a la apasionada universitaria. Obedecería sus indicaciones, estudiaría con detenimiento las preferencias de su alma. Pero por el momento, lo más urgente era resolver su situación, que, según ella, parecía angustiosa.

—Voy a dejarle, gentleman –contestó Flimnap–. Nada consigo permaneciendo a su lado para sostener una conversación grata, pero que resulta estéril. Necesito saber noticias. Momaren tiene poderosos amigos y debe haber hecho algo a estas horas contra Ra-Ra. Además, hay que temer a Golbasto. Adivino desde aquí que su cochecito tirado por los tres hombres-caballos debe estar rodando a través de la capital desde el principio de la mañana. ¡A saber lo que habrá tramado el temible poeta!...

Antes de desaparecer por uno de los escotillones, todavía retrocedió Flimnap hacia el gigante para decirle en voz baja:

—Si vienen a buscar a Ra-Ra, no se empeñe en defenderlo; sería peor para él y para usted. Déjelo abandonado a su suerte. Nosotros sólo debemos pensar en nuestro porvenir. Yo siempre he creído que un amor que no es egoísta no merece el nombre de amor.

Y entornando los párpados con expresión acariciante detrás de los vidrios de sus gafas, el profesor desapareció rampa abajo.

Sólo entonces el Hombre-Montaña bajó los ojos para mirarse a sí mismo, fijándolos en su pecho. Por la abertura entreabierta de su bolsillo superior veía la cabecita de Ra-Ra, encogido en el fondo de este refugio.

—¡Buena la hiciste ayer! —dijo el gigante en voz queda, como si hablase con él mismo—. En realidad tú eres el culpable de todo lo ocurrido, por tu maldita idea de dejarme solo para ir a ver a Popito.... Pero no te abandonaré por eso, como me pide la loca de Flimnap.... ¡Qué diablo será esto del amor, que a todos nos hace cometer enormes tonterías, y hasta da un aspecto grotesco a esa pobre mujer tan inocente y bondadosa!...

Vieron los ojos del gigante apoyada en un lado de la mesa la cachiporra que se había fabricado durante su excursión a la selva de los emperadores. La presencia de esta arma primitiva le hizo sonreír de un modo inquietante para los pigmeos.

—Yo te aseguro, Ra-Ra –continuó–, que los primeros que vengan en tu busca y nos molesten corren peligro de morir aplastados.

Pero aunque esta promesa bárbara fuese muy del gusto de Ra-Ra, éste protestó, sacando la cabeza imprudentemente por el borde del bolsillo.

—Lo creo oportuno –dijo el pigmeo–, pero dentro de algún tiempo. Ahora es inútil. Hay que esperar nuestra Revolución, cada vez más próxima.

Mientras tanto, Flimnap corría las calles de la capital, enterándose de una serie de noticias muy inquietantes para él. Un profesor le anunció que Momaren, por ciertos detalles que le habían comunicado algunos subordinados, estaba ya convencido de que era Ra-Ra el que acompañaba al gigante. El Padre de los Maestros, aceptando las sugestiones de su vanidad, creía que este varonista, enemigo del orden, había sugerido al Hombre-Montaña la idea de interrumpir su tertulia en el momento preciso que el gran Golbasto recitaba sus versos, para quitarle así un gran triunfo literario. A primeras horas de la mañana había tenido una conversación violenta con Popito, la cual negó haber visto a Ra-Ra en la parte alta del palacio universitario. Luego el influyente personaje abandonó su cama, y estaba ahora en la presidencia del Consejo Ejecutivo, recomendando sin duda la persecución del revolucionario masculinista.

Poco después Flimnap se encontró con un grupo de noticieros de los grandes diarios, que le iban buscando desde horas antes. Querían conocer su opinión sobre lo ocurrido en la tertulia del Padre de los Maestros, pero él se expresó de un modo ambiguo. De buena gana hubiese contestado rudamente a estos curiosos insaciables que le perseguían a todas horas; pero la gratitud le obligaba a ser cortés. Todos los diarios hablaban con elogios de su discurso en el templo de los rayos negros, lamentándose de haber desconocido durante tantos años a un orador tan eminente.

Los periodistas le dieron una noticia que resultó la peor de todas. Gurdilo había anunciado su deseo de pronunciar un discurso en el Senado a propósito del Hombre-Montaña apenas se abriese la sesión. Tal vez el temible orador estaba ya hablando a estas horas.

Flimnap corrió al palacio del gobierno, entrando en el ala ocupada por el Senado. Su amor por Gillespie le sugería las más atrevidas resoluciones. El tímido profesor, que pocos días antes era incapaz de la más pequeña iniciativa, se asombraba ahora de su audacia. Pensó hablar a Gurdilo, si es que aún no había empezado su interpelación al gobierno. No se conocían, pero él desde unos días antes era un personaje célebre, del que se ocupaban mucho los periódicos, y bien podía permitirse la libertad de hacer una visita a un compañero suyo de gloria. Dentro del Senado, al preguntar por el famoso orador, se convenció de que había llegado tarde. Gurdilo estaba ya en el salón de sesiones, y no admitía visitas que le distrajesen cuando preparaba mentalmente sus terribles discursos.

El catedrático subió a una de las tribunas destinadas al público, viendo abajo, entre las matronas que formaban el Senado, al temible Gurdilo, hacia el que convergían todas las miradas.

Nunca sufrió el pobre Flimnap una tortura igual a la de escuchar a este personaje confundido entre el público y sin poder contestarle. Después de su triunfo en el templo de los rayos negros, se consideraba tan tribuno como el célebre sanador; pero aquí no era mas que un simple oyente que podía ser encarcelado si osaba alterar con sus interrupciones la calma de la majestuosa asamblea.

La oradora senatorial, con la faz más amarilla que nunca, la mirada torva, la nariz encorvada y una voz silbante, atacó a Gillespie durante mucho tiempo, procurando que sus golpes al coloso cayesen de rebote sobre los altos señores del Consejo Ejecutivo.

Hizo la historia de todos los Hombres-Montañas que habían llegado al país en el curso de los siglos. El primero, según el testimonio de viejos cronistas, acabó siendo un traidor al Imperio de Liliput que le había dado hospitalidad, pues se fue con los de Blefuscú, que eran entonces enemigos. Además, al regresar a su monstruosa patria, publicó, según vagas noticias traídas por Eulame, un libro en el que ponía en ridículo a todos los liliputienses.

Los colosos que habían llegado después eran gentes bárbaras y viciosas, sin educación universitaria y de una capacidad estomacal que acababa causando grandes escaseces y hambres en la nación. Cometían tales desafueros, que finalmente había que suprimirlos.

Y cuando se había aceptado como medida prudente el matar a estos intrusos, que se presentaban de tarde en tarde, con la regularidad de una epidemia, llegaba el último Hombre-Montaña, y el Consejo Ejecutivo, faltando a la tradición, le concedía la vida.

Aquí Gurdilo empezó a hablar irónicamente de la enorme influencia que unos cuantos profesores y fabricantes de versos ejercían sobre el gobierno actual.

—Ha bastado –dijo el orador– que un pobre pedante que enseña en nuestra Universidad la inútil lengua de los Hombres-Montañas, la cual de nada puede servirnos; ha bastado, repito, que descubriese en un bolsillo del tal gigante un libro del tamaño de cualquiera de nosotros, con unos versos disparatados, propios de su enorme animalidad, para que todos los falsos intelectuales que dominan nuestra organización universitaria, y son retribuidos exageradamente por el gobierno, viesen una ocasión de afirmar su influencia protegiendo a este colosal intruso como un compañero de letras. Y los altos señores del gobierno, que antes de ocupar sus cargos no conocían otra lectura que la del diario todas las mañanas, han aprovechado la ocasión para darse una falsa importancia de intelectuales, obedeciendo las indicaciones de sus protegidos que monopolizan la Universidad.

»No quiero hablar al ilustre Senado de los gastos que ha originado el Hombre-Montaña desde que vive entre nosotros. Esto será objeto de un discurso que pronunciaré otro día, cuando tenga completos los datos estadísticos que estoy reuniendo. Necesito saber con certeza cuántos bueyes come cada día, cuántas docenas de gallinas, así como las toneladas de pescado y de pan que lleva devoradas. No insisto en esto; pronto apreciará el Senado de qué manera el Consejo Ejecutivo derrocha el dinero de la nación, a pesar de que el gobierno de nuestro sexo ostenta el espíritu de economía como la mayor de las ventajas sobre todos los gobiernos anteriores.

»Hoy necesito hablar de otra cosa que considero de gran urgencia, pues equivale a un escándalo intolerable que pone en peligro el orden del Estado y los fundamentos de nuestra sociedad, haciendo completamente inútiles la sabiduría de aquella gran mujer que inventó los rayos libertadores y el heroísmo de las valerosas jóvenes que combatieron en la tierra y en el aire por el triunfo de la Verdadera Revolución.

»Yo mismo no comprendo cómo el ilustre Senado, la Cámara de diputados y los demás organismos nacionales no fijaron su atención en el aspecto subversivo que nos ofrece ese gigante desde que llegó. Tampoco puedo explicarme cómo los periódicos, que atisban el menor de nuestros defectos para publicarlo inmediatamente permanecen ciegos para el Hombre-Montaña.... Debo confesar, sin embargo, que yo también he vivido en esta ceguera inexplicable, y sólo anoche vi la realidad, gracias a la sugestión de un poeta eminente, el más grande de todos los poetas que hoy existen, y después de esto casi resulta inútil que os diga su nombre. Todos habéis adivinado que es Golbasto.... Con razón llaman a los poetas *videntes*. Golbasto ha *visto* lo que ninguno de nosotros había logrado ver.

Se hizo un silencio profundo en toda la asamblea. Lo mismo los senadores que el público de las tribunas, esperaban anhelantes la revelación del gran descubrimiento del poeta, transmitido por el más temible de los oradores. Más de mil pechos jadeaban oprimidos por la emoción; el interés hacía respirar a todos con dificultad. Nadie apartaba sus ojos del tribuno, que parecía haber crecido repentinamente. Al fin, después de una larga pausa dramática, su voz resonó en el majestuoso silencio.

—Fíjese bien el honorable Senado en lo que representa el espectáculo antisocial y subversivo que presenció ayer el vecindario de nuestra ciudad. El Hombre-Montaña es un hombre, como lo indica su título.... ¡y, sin embargo, usa pantalones!

Una exclamación ahogada de todos los oyentes saludó este descubrimiento.

—¡Es verdad!... ¡Es verdad! —murmuraron los senadores y el público con asombro, como si pasase ante sus ojos un relámpago deslumbrante.

—Imagínese el ilustre Senado –continuó Gurdilo– qué efecto tan desastroso habrá producido ayer en el pueblo, y sobre todo en la juventud estudiosa de los colegios, ver a un hombre vestido de un modo que parece desafiar a la moral y a las conveniencias. Hace muchos años que en nuestras calles no se ha visto nada tan indecente.

»Bien sabido es que en el seno de nuestra sociedad algunos jóvenes insensatos y mal aconsejados pretenden trastornar el orden social con la utopía ridícula de que los hombres puedan sustituir a las mujeres en la dirección de los negocios públicos. Estos locos, enemigos de lo existente, deben haber gozado mucho ayer viendo a un hombre con pantalones, y los hombres prudentes y virtuosos de nuestras familias se habrán escandalizado con harto motivo al contemplar a uno de su sexo sin la túnica y sin los velos que corresponden a una matrona virtuosa. El traje de ese Hombre-Montaña significa el «varonismo» en acción, que desafía a todas nuestras leyes y costumbres, a todo nuestro glorioso pasado, a todas las hazañas y sacrificios de nuestros antecesores.

»Si se deja continuar este espectáculo subversivo, si no se le pone remedio, el llamado «partido masculinista», insignificante y ridículo en el presente, crecerá hasta convertirse en una gran fuerza; los hombres querrán llevar pantalones, y nosotros, las mujeres que somos senadores, guerreros, funcionarios, en una palabra, todos los que desempeñamos un cargo público o contribuimos a la buena marcha del Estado, todos los que somos cabeza de una familia, tendremos que vestirnos con faldas.

La suposición de que las mujeres pudieran alguna vez llevar faldas resultaba tan extravagante e inaudita, que todo el respetable Senado empezó a reír, y, animados por su hilaridad, los ocupantes de las tribunas lanzaron igualmente grandes carcajadas.

Hasta algunas señoras masculinas que, envueltas pudorosamente en sus velos, ocupaban la tribuna destinada a las esposas de los senadores encontraron muy original la paradoja de Gurdilo, celebrándola con discretas risas.

El orador continuó su discurso con arrogancia, seguro ya de que la asamblea en masa iba a apoyarle con sus votos.

Por el momento, no pedía nada contra el Consejo Ejecutivo. Su responsabilidad sería objeto de otro discurso. Lo que él solicitaba, como patriota, era que cesase cuanto antes el escándalo y el peligro para las buenas costumbres que significaba el modo de vestir del gigante. Los pantalones correspondían a las mujeres, y era un atentado contra las conquistas heredadas de la Verdadera Revolución que este intruso, siendo un hombre, se empeñase en vestir de modo diferente a todos los de su especie.

—Pido al Senado —terminó diciendo el orador— que le quiten al Hombre-Montaña lo que no le corresponde usar y que se envíe al Consejo Ejecutivo una ley para que mañana mismo lo vista con el recato y la decencia que exige su sexo.

La ovación al tribuno fue larga. El presidente tuvo que hacer sonar varias veces la sirena eléctrica de su mesa para conseguir que se restableciese el silencio.

—¿Acuerda el Senado —preguntó— que el Hombre-Montaña sea vestido como corresponde a su sexo inferior?

Algunos senadores rutinarios que veneraban el reglamento hablaron de votación, pero los más se opusieron, considerando que era inútil cuando todas las opiniones se mostraban unánimes. Y levantando una mano, votaron todos por aclamación la urgencia de quitarle los pantalones al Hombre-Montaña.

Flimnap abandonó la tribuna con el ánimo desorientado, no sabiendo ciertamente si debía entristecerse o alegrarse por lo que acababa de oir. La intervención de Gurdilo le había hecho sospechar en el primer momento que tenía por objeto pedir la muerta de Gillespie. Pero al convencerse de que el senador sólo deseaba cambiar su vestidura, sin hablar para nada de hacerle perder la existencia, casi sintió gratitud hacia él. Le importaba poco que Gurdilo le hubiera llamado pedante y le aludiese con otras frases despectivas, sin hacerle el honor de citar su nombre. Los enamorados son capaces de los más grandes sacrificios a cambio de que la persona amada no sufra. Para él lo interesante era saber que el gentleman no iba a morir. Hasta pensó que ofrecería un aspecto más gracioso vestido con arreglo a las indicaciones del tribuno. Siempre le había causado un malestar indefinible verlo con pantalones, lo mismo que una mujer, contra todas las conveniencias establecidas por las costumbres y la gloriosa historia del país.

Al caer la tarde se dirigió a la vivienda del Gentleman Montaña. Después de salir del Senado había pretendido sin éxito alguno hablar con el presidente del Consejo Ejecutivo. Su personalidad gloriosa parecía disolverse así como iba decreciendo la curiosidad simpática por el gigante. Las gentes volvían a no conocerle. Varios periodistas pasaron junto a él sin pedirle su opinión. Los que antes le detenían en la calle haciéndole preguntas sobre el Hombre-Montaña casi lo atropellaban ahora con sus máquinas terrestres. La mujer de negocios que le había propuesto un viaje triunfal por toda la República dando conferencias en compañía del coloso volvió la cabeza al cruzarse con él.

En los salones de espera del jefe del Consejo aguardó inútilmente unas dos horas. Los empleados le ignoraban voluntariamente. Vio a Momaren que salía del despacho del presidente. Al cruzarse con el profesor, que le saludó con una profunda reverencia, el Padre de los Maestros sólo tuvo para él una mirada fría y un murmullo ininteligible. Al fin, Flimnap, convencido de que había pasado su período de gloria y de influencia, salió del palacio del gobierno.

Cerca de la altura en cuya cumbre estaba la Galería de la Industria, notó un movimiento extraordinario. Llegaban por diversas avenidas batallones de mujeres armadas con arcos y lanzas. Vio presentarse además un escuadrón de la Guardia gubernamental y numerosos destacamentos de la policía masculina y barbuda, que abandonaban la vigilancia de las calles para acudir a esta concentración guerrera.

Su corazón se oprimió con el presentimiento de que todo este aparato bélico era a causa de alguna otra inconveniencia cometida por el gigante. Sobre la cumbre de la colina flotaban varias máquinas voladoras. Otras iban aproximándose a toda fuerza de sus motores, viniendo de distintos puntos del horizonte. Una alarma reciente había puesto, sin duda, sobre las armas a todas las tropas que guarnecían la capital.

Flimnap consideró una gran suerte su encuentro con varios individuos del gobierno municipal que le habían acompañado el día anterior en la fiesta de los rayos negros. Todos estaban aún bajo la influencia de su triunfo oratorio, y le saludaron con afabilidad. Hasta parecieron alegrarse del encuentro.

—Es el Hombre-Montaña, que se ha vuelto loco —dijo uno de ellos—. Ha atacado a un destacamento de policía que fue esta tarde a registrar su vivienda en busca de un terrible criminal y ha matado a no sé cuántos con un tronco de árbol. Usted, doctor, puede hablarle; tal vez le haga caso. Si no le atiende, la guarnición dará un asalto a su vivienda. Correrá mucha sangre, pero le mataremos.... ¡Un gigante que parecía tan simpático!...

El profesor se adelantó al ejército, que ascendía poco a poco, con grandes precauciones, conservando su organización táctica para poder dar la batalla al coloso, y a los pocos momentos llegó a la Galería a todo correr del automóvil en que iba sentado.

Fuera del edificio estaba toda la servidumbre, aterrada aún por la tempestuosa explosión de cólera del Hombre-Montaña. Muchos de los atletas semidesnudos se aproximaron a Flimnap con los brazos en alto.

—¡No entre, doctor! –gritaban–.¡Le va a matar!

Vio también a un grupo de hembras membrudas y malencaradas, reconociéndolas como pertenecientes a la policía. Eran los agentes que habían intentado examinar los bolsillos del gigante después de haber registrado toda la Galería en busca de Ra-Ra.

Algunas de ellas tenían manchas de sangre en el rostro y en las ropas; otras, sentadas en el suelo, se quejaban de tremendos dolores en sus miembros. Pero estos dolores, así como la sangre, eran una consecuencia de las caídas que habían dado al huir del gigante. Su inmenso garrote, al chocar contra el suelo, esparcía un temblor igual al de un terremoto.

Flimnap, después de muchas preguntas, sacó la conclusión de que el gigante no había matado a ninguno de los que consideraba sus enemigos. Felizmente para éstos, su pequeñez les había hecho escapar del único golpe que el gigante tiró con su árbol contra el grupo de policías. Éstos, aterrados aún, repitieron la misma súplica de los servidores.

—No entre, doctor. Deje que llegue el ejército. Él sabrá dar a ese loco lo que merece.

Pero el doctor se lanzó dentro de la Galería con la confianza del amante que no puede temer a la persona amada, aunque la vea en un estado de ferocidad.

Gillespie, cansado de permanecer derecho, con la cachiporra en una mano, junto a la puerta de la Galería, había vuelto a ocupar su asiento ante la mesa, pero sin perder de vista la abertura de entrada. Al ver a Flimnap echó mano instintivamente al tronco enorme que le servía de bastón.

—¡Soy yo, gentleman! –gritó el profesor con voz temblona.

Y el gigante, al reconocerle, volvió a su actitud tranquila.

Fue para Flimnap una gran desgracia que los atletas de la servidumbre hubiesen abandonado la grúa monta-platos, pues se vio obligado a ascender por una de aquellas terribles rampas que le infundían pavor. Para mayor infortunio suyo, el gigante, al levantarse y empuñar su garrote contra la policía, había hecho esto con tal violencia, que una de sus rodillas, chocando contra una pata de la mesa, dejó medio rota y casi colgante la espiral arrollada en torno de ella.

El doctor, que remontaba, bufando de angustia, esta rampa interminable, sintió de pronto que crujía bajo sus pies e iba a romperse definitivamente, haciéndole caer de una altura igual a doce o quince veces la longitud de su cuerpo. El terror le hizo pedir socorro con chillidos de angustia. Fuera del local, los servidores y los maltrechos policías se miraron con una expresión de inteligencia:

—¡Ya lo mata!... Le está bien, por no haber querido oír nuestros consejos.

Avisado por los gritos del profesor, Gillespie bajó su cabeza hasta el nivel de su asiento, sacándole con dos dedos de la espiral cimbreante. Luego, colocándolo en la palma de la otra mano, lo fue subiendo hasta cerca de su rostro.

—¿Qué ha hecho usted, gentleman? –preguntaba

Flimnap durante su ascensión, como si intentase reconvenirle.

Pero la cólera del gentleman duraba aún, y el profesor se asustó al ver la expresión de sus ojos.

Fue contando Gillespie todo lo ocurrido, que era igual, con ligeras variantes, al relato escuchado por el profesor al pie de la colina.

—Lo que siento –terminó diciendo el gigante– es no haber aplastado a toda esa canalla que pretendía registrarme. Pero otros llegarán; les espero, y van a tener peor suerte.

—¿Y Ra-Ra? –dijo el profesor.

Esta pregunta amenguó un poco la cólera de Gillespie. Después de hacer huir a los policías, y mientras su servidumbre medrosa escapaba fuera de la vivienda, Ra-Ra le habló desde el fondo del bolsillo que le servía de refugio. Consideraba prudente no quedarse allí. Ya había hecho bastante el gigante para defenderle de sus enemigos. Debía dejarlo escapar antes de que llegasen fuerzas más considerables. Necesitaba mantenerse libre para la continuación de sus trabajos.

Y el Gentleman-Montaña, convencido por sus razones, le había dejado en el suelo para que huyese, aprovechando la confusión que reinaba en torno de la Galería.

Flimnap se abstuvo de recriminaciones. Lo urgente era evitar un combate entre el ejército asaltante y el coloso, todavía muy irritado. Y empezó a contar a éste lo que había visto.

De pronto, Gillespie, que escuchaba ceñudo las palabras del profesor, lanzó una ruidosa carcajada. Fue el relato del discurso de Gurdilo en el Senado lo que le hizo pasar sin transición de la cólera a la hilaridad. La idea de que toda la República confederada de los pigmeos se estaba ocupando de sus pantalones como de una manifestación subversiva y la seguridad de que iban a ponerle faldas iguales a las de Ra-Ra, hicieron que su risa se prolongase mucho tiempo.

Los grupos de afuera se imaginaron que el coloso feroz estaba saludando con carcajadas el cadáver del sabio.

Mientras tanto, Flimnap se esforzaba por que el gentleman le admitiese como mediador.

—Por fortuna, usted no ha matado a nadie, y los señores del gobierno municipal, que están abajo, me atenderán si yo les pido la paz en su nombre. ¿Qué es lo que usted deseaba? ¿Salvar a Ra-Ra?... Éste se ha ido, librando a usted del compromiso de protegerlo. Ahora lo interesante es conseguir que no le miren a usted como un rebelde. ¿Me autoriza para que trate en su nombre?...

El Gentleman-Montaña contestó con un gesto indiferente, y Flimnap quiso aceptarlo como si fuese de aprobación. Luego suplicó a su poderoso amigo que bajase la mano lentamente hasta depositarlo en el suelo, y salió corriendo de la Galería.

Cuando las gentes que estaban en las inmediaciones le vieron avanzar hacia ellas, mostraron el mismo asombro que si contemplasen un aparecido. ¡No lo había matado el gigante!...

El profesor siguió corriendo ladera abajo en busca de los señores del gobierno municipal. No tuvo que ir muy lejos.

Las tropas habían formado un círculo en torno a la colina y ascendían, estrechando cada vez más su anillo para que el enemigo no pudiera escapar.

Los del gobierno municipal acogieron al profesor con frialdad. Debían haber recibido órdenes superiores durante su ausencia, cambiando de opinión respecto a su persona. Sin embargo, cuando Flimnap les dijo que el gigante ya no haría resistencia, dejándose registrar y obedeciendo a cuanto quisieran ordenarle las autoridades, todos se mostraron algo más efusivos con el mediador, agradeciendo sus buenos oficios.

Por indicación de Flimnap, el ejército cesó en su movimiento ascendente, manteniéndose lejos de la Galería. Su presencia podía excitar de nuevo la irritabilidad del coloso.

Un simple destacamento de la Guardia acompañó a las autoridades y al profesor cuando se aproximaron al edificio. Flimnap empezó a dar gritos a la servidumbre para que volviesen todos a ocupar sus puestos, como si no hubiese ocurrido nada. Detrás del rebaño doméstico entró él con sus ilustres acompañantes y la escolta.

Obedeciendo sus indicaciones, un grupo de atletas había corrido a lo alto de la mesa para manejar la grúa que subía los alimentos. Ocupando su plato-ascensor pudo llegar a la vasta planicie de madera, sin necesidad de trotar por las fatigosas espirales. Los del gobierno municipal le acompañaron en su ascensión, mientras toda la escolta avanzaba por las tres patas de la mesa que se mantenían intactas.

Flimnap presentó sus acompañantes a Gillespie; y como éstos no entendían el inglés, le pudo recomendar al mismo tiempo que fuese prudente.

—Estos señores se contentan con que permita usted el registro de sus bolsillos.

Accedió el coloso, sonriendo al pensar en la inutilidad de dicho registro. Además, el catedrático quiso hacerle admitir como un gran honor el hecho de que iban a ser las hermosas muchachas de la Guardia las que huronearían en sus bolsillos, en vez de aquellas hembras feas de la policía a las que había hecho pasar un mal rato.

Cuando los apuestos guerreros de la Guardia hubieron dado fin a su infructuoso registro, los del gobierno municipal se retiraron con una expresión de ambigüedad inquietante.

—Que todo continúe aquí lo mismo –dijo uno de ellos al profesor–. Mañana veremos qué es lo que dispone el Consejo Ejecutivo.

Este «mañana» inquietaba a Flimnap. Creyó prudente pasar la noche bajo el mismo techo que su amado gentleman, como si con ello pudiese apartar los peligros todavía indeterminados que le anunciaban sus presentimientos.

Dio órdenes a la servidumbre para que el gigante cenase como todas las noches. El desorden originado por la visita de los perseguidores de Ra-Ra no debía notarse en la buena marcha del servicio doméstico. Luego, cuando el gentleman iba a acostarse, Flimnap fingió que regresaba a la Universidad, despidiéndose de él hasta el día siguiente, pero se dispuso a pasar la noche en la cama del administrador del almacén de víveres, aunque estaba seguro de no dormir.

—¡Mañana! –pensaba–. ¿Qué pasará mañana?

Fuera de aquel enorme edificio se estaba condensando una nube de hostilidad que iba a estallar al día siguiente sobre la cabeza del gigante. Gran parte de las tropas habían quedado al pie de la colina vivaqueando. En lo alto permanecía inmóvil una escuadrilla de máquinas voladoras.

Durante la noche vio, al asomarse por tres veces, la fila circular de hogueras en torno de las cuales dormían los soldados, y sobre la techumbre del edificio los aviones, que abrían de vez en cuando sus ojos enormes, paseando sobre la tierra mangas de luz.

Poco después de amanecer, cuando el gigante estaba aún en su cama, se presentó un empleado del Consejo Ejecutivo, al que seguían varias mujeres que, a juzgar por sus trajes, pertenecían a la clase industrial de la ciudad. El funcionario manifestó a Flimnap que venía para notificar al Hombre-Montaña el acuerdo del gobierno obligándole a cambiar de traje inmediatamente. Luego presentó a los que le acompañaban, que eran media docena de sastres encargados de confeccionar los uniformes del ejército.

Declaró el profesor innecesaria la notificación, pues su gigantesco amigo había sido advertido por él de las decisiones del gobierno.

—En cuanto a lo del traje –continuó–, estos señores tendrán que esperar a que el Hombre-Montaña se haya levantado, si es que no prefieren tomarle medida mientras está tendido en su cama.

Uno del grupo, que parecía ejercer cierta autoridad sobre sus compañeros de oficio, acogió tal proposición con un gesto despectivo, expresando luego su extrañeza de que un hombre tan sabio como el profesor Flimnap creyese aún que los sastres geómetras tomaban medida a sus clientes como en los tiempos remotos.

—Nos bastará conocer el diámetro de uno de sus tobillos y de una de sus muñecas. Después, gracias a nuestros cálculos aritméticos, descubriremos las proporciones del resto de su cuerpo, cortándole un traje exacto. Además, esto no va a ser un uniforme ajustado, como el que usan los guerreros de la Guardia; es simplemente un vestido de hombre, con falda y velo.

Gillespie, que estaba en los postreros momentos de su sueño, cuando empiezan a despertar confusamente los sentidos mientras el resto del organismo yace sin voluntad, creyó que un insecto le estaba cosquilleando un tobillo y largó una patada, de la que se salvaron milagrosamente los dos sastres ocupados en tomarle medida.

—¡Quieto, gentleman! –dijo el profesor inclinándose sobre una de sus orejas–. Son los maestros cortadores, que se preparan a confeccionar ese nuevo vestido que tanto le divierte.

La comisión de sastres había traído todo lo necesario para hacer sin pérdida de tiempo el traje femenil del gigante. Tenían orden de no volver a la capital sin haber cumplido su encargo, y fuera de la Galería les esperaban varias carretas cargadas de piezas de tela, así como una numerosa tropa de costureros.

En el vasto declive comprendido entre el edificio y el cordón de tropas acampado abajo fueron desplegando dichas piezas de tela, que sus ayudantes cosieron rápidamente gracias a unas máquinas portátiles de vertiginosa celeridad. Así quedó formada una pieza única y enorme, que cubría todo un lado de la colina, y el más viejo de los maestros, consultando un cuaderno cuyas hojas llenaba de cálculos matemáticos, trazó con un pincel blanco sobre la tela las líneas que debían seguir los cortadores. Así como iban quedando separadas las diversas piezas del traje se apoderaban de ellas los ayudantes, haciendo trabajar de nuevo sus máquinas de coser. Todos los costureros eran hombres, pues las labores de aguja únicamente se consideraban compatibles con la debilidad del sexo masculino. En cambio, los maestros cortadores eran mujeres, así como los empleados del gobierno que vigilaban la operación.

Después de almorzar, Gillespie se asomó a la entrada de la Galería para ver este trabajo extraordinario. Pero desoyendo las instancias del profesor, no quiso salir completamente del edificio. Parecía que presintiese un peligro. Se consideraba más seguro teniendo sobre su cabeza el techo de la Galería y frente a sus ojos aquella entrada, por la que tenían que pasar forzosamente los que avanzasen en busca suya.

A media tarde quedó terminado el vestido. La noticia había circulado por la capital, y más allá de la línea de soldados se fue extendiendo una muchedumbre de curiosos. Éstos ya no mostraban la alegría ruidosa y protectora de la mañana en que los barberos de la capital afeitaron al gigante y le cortaron el pelo.

Circulaban entre los grupos noticias confusas y hasta contradictorias acerca del Hombre-Montaña; pero todas ellas estaban acordes en presentarlo como un insolente, enemigo del país que le había dado hospitalidad y escarnecedor de sus buenas costumbres. Algunos hasta afirmaban haberle oído horribles blasfemias contra la nación y contra el sexo que la gobernaba, como si fuesen capaces de entender su idioma. Cada vez que en el curso del día apareció el coloso junto a la entrada de su vivienda, no fue saludado por la muchedumbre con alegres aclamaciones y echando sus gorras en alto, como otras veces. Un silencio hostil acogía su presencia. Por encima de las cabezas sólo se veían pasar piedras, y los que las habían arrojado se lamentaban de que éstas no pudiesen llegar hasta el ser a quien iban dedicadas.

Gillespie adivinó instintivamente la agresividad contra él que parecía diluida en el espacio. Por esto no quiso escuchar en los primeros momentos los consejos conciliadores que le daba el profesor.

—Ya está acabado el traje, gentleman –decía Flimnap–. Hay que ponérselo inmediatamente, y con eso quedará terminado el conflicto con todo ese pueblo que no le conoce bien. Los empleados del gobierno quieren que salga usted de la Galería. Le será más fácil vestirse al aire libre, y los sastres podrán apreciar mejor su obra.

—No, no salgo –contestó Edwin enérgicamente–. El que desee verme que entre aquí. Me siento más fuerte bajo este techo.

Y al decir esto miraba el tronco enorme apoyado en la mesa.

Los enviados del gobierno, cada vez más sombríos y parcos en palabras, se consultaron con una mirada cuando salió Flimnap para decirles que el Hombre-Montaña deseaba cambiar de ropas dentro de su vivienda. Al fin aceptaron, exigiendo únicamente que el gigante saliese con su nuevo vestido de hombre, para que la muchedumbre se convenciera de que se habían cumplido las órdenes gubernamentales.

Una larga fila de cargadores entró en la Galería llevando a cuestas el nuevo traje, enrollado como un gran toldo.

Rió Gillespie cuando estos atletas lo extendieron bajo su vista. La exigencia de los pigmeos resultaba tan cómica, que ahogó en él todo intento de indignación. Pero volvió a fruncir el ceño cuando el profesor le pidió que se despojase de su chaqueta y sus pantalones, conservando únicamente la ropa interior.

—No me diga que no, gentleman –suplicaba Flimnap juntando las manos–. Siga mis consejos. Esto no es más que una pequeña molestia, y representa la tranquilidad para usted y para mí. Los señores del gobierno le dejarán en paz si le ven sumiso a sus órdenes. Además, el traje viejo quedará aquí, a su disposición; este nuevo es únicamente para cuando se presente en público.

Gillespie, conmovido por la vehemencia del doctor, acabó accediendo a sus deseos. Se despojó de su antiguo traje, que en realidad estaba maltratado y con numerosas roturas, cubriéndose luego con la suelta túnica que le habían fabricado los sastres del país. Finalmente se echó sobre la cabeza un velo hecho de lona de la que fabricaban los pigmeos, y que más bien parecía la vela de un antiguo navío.

—Ahora debe usted salir, para que le vea la multitud –dijo Flimnap–. Es necesario; lo exigen así los representantes del gobierno.

—No –dijo rotundamente Gillespie.

Se convenció el profesor de que sería inútil su insistencia. Además, la negativa del gigante parecía quebrantar su propia credulidad. ¿Sí pretenderían engañarle a él también los enviados oficialas?... Los buscó fuera de la Galería, volviendo con uno de ellos, que mostraba un rostro sombrío, vacilando mucho antes de contestar a sus preguntas.

—Gentleman –gritó Flimnap–: el digno señor que me acompaña, así como los otros representantes del gobierno, afirman que puede usted salir de aquí sin miedo y mostrarse al público, pues su vida no corre ningún peligro. ¿No es así, señor? –añadió, dirigiéndose a su acompañante.

Este le contestó con unas cuantas palabras en el idioma del país, y su respuesta pareció satisfacer a Flimnap.

Al fin, el gigante, aburrido de tantas mediaciones y no queriendo que los pigmeos le creyeran miedoso de su poder, accedió a salir de la Galería.

Un zumbido inmenso se levantó del suelo saludando su presencia. La muchedumbre lanzó aclamaciones, pero éstas no iban dirigidas a la persona del Hombre-Montaña, como días antes, sino a su nuevo traje, en el que veían un símbolo de abdicación y de esclavitud.

Adivinando otra vez la hostilidad que le rodeaba, Gillespie quiso retroceder hacia su vivienda, pero un leve abejorreo sonó en torno a su cabeza. Al levantar los ojos, pudo ver las sombras fugaces que proyectaba en su evolución circular toda una escuadrilla de máquinas voladoras. Sintió un agudo latigazo en una muñeca y luego otro igual en la muñeca opuesta. A continuación, una especie de lombriz metálica, fría y cortante, se arrolló a su cuello. Los aviones arrojaban sus cables metálicos animados por una vida eléctrica, y éstos iban reptando sobre su cuerpo, enroscándose a todas las partes salientes en las que podían hacer presa sus anillos. En un instante se sintió prisionero é inmovilizado por este manojo de serpientes atmosféricas. Sintió que su cólera le daba una fuerza sobrehumana, y quiso retroceder para meterse en la Galería, tirando de sus adversarios aéreos.

Su primer movimiento hacia atrás hizo vacilar a las máquinas inmóviles en el aire; pero éstas, pasada la sorpresa, tiraron todas a la vez en dirección opuesta. El pobre gigante no pudo resistirse a las energías mecánicas conjuradas contra él; se sintió empujado brutalmente, hasta caer al suelo, y luego arrastrado un largo espacio, derramando sobre la huella que dejaba su cuerpo dos regueros de sangre. Los hilos metálicos partían sus carnes como el filo de un cuchillo.

Otra vez quedaron inmóviles en el espacio las máquinas voladoras al ver al coloso tendido en mitad de la ladera, cerca ya del cordón de tropas. No quisieron continuar su arrastre y aflojaron los cables para que sintiese menos su cortante tirantez.

Reconociendo la inutilidad de sus esfuerzos y humillado por su caída, Gillespie sólo supo llorar. La muchedumbre, al ver sus lágrimas, prorrumpió en una carcajada sonora. Nunca le había parecido tan gracioso el Hombre-Montaña.

El profesor, atolondrado por la caída del coloso, corrió detrás de él dando alaridos de indignación. Luego, al ver que lloraba, lloró igualmente; pero, a pesar de su pusilanimidad, pensó que las lágrimas no podían resolver nada y su dolor se convirtió en indignación.

El grupo de enviados del gobierno avanzaba hacia el caído, y Flimnap lo increpó.

—Esto es una infamia. Ustedes me han dado palabra de que el Gentleman-Montaña no corría ningún peligro.

Pero el más viejo repuso fríamente:

—El gobierno no puede dejarlo en libertad, para que se permita nuevas insolencias. Hemos cumplido las órdenes de nuestros superiores.

Otro representante, el más joven de todos, rió de las lágrimas de Flimnap.

—Creo, doctor –dijo–, que mañana mismo se verá usted libre del cuidado que le da el Hombre-Montaña. Según parece, los altos señores del Consejo Ejecutivo piensan suprimirlo, para que no se burle más de nosotros.

12. De cómo Edwin Gillespie perdió su bienestar y le faltó muy poco para perder la vida

Flimnap pasó una segunda noche sin dormir. Tenía ante sus ojos a todas horas el rostro doloroso del gigante caído. Contemplaba sus manos cubiertas de sangre, su cuello surcado por dos profundos arañazos, su gesto de cólera impotente, que hacía recordar la desesperación pueril de un niño abandonado.

—¡Morir así! –murmuraba el vencido–. ¡Acabar a manos de este hormiguero de hombres-insectos!...

En medio de su desorientación, el profesor había encontrado una idea que consideraba salvadora. Los gestos y las palabras de aquellos enviados del gobierno le hicieron creer que la muerte del Hombre-Montaña era cosa decidida por el Consejo Ejecutivo. Veía agitarse a Momaren como una potencia irresistible que suprimiría todo movimiento de piedad a favor del gigante. ¿Por qué permanecer al lado del caído sin hacer nada? El gobierno tenía enemigos y el Padre de los Maestros también. Cuando todos perseguían al Hombre-Montaña, era conveniente buscar una nueva protección, explotando los rencores que separaban a unos de otros.

Había abandonado a Gillespie al cerrar la noche para correr a la capital en busca de Gurdilo. Pronto averiguó su domicilio. El famoso senador hacía alarde de una vida austera, procurando que todos conociesen la pobre casa que habitaba.

Flimnap fue recibido por él cuando terminaba, con una ostentación virtuosa, su cena frugal, en presencia de varios admiradores, todos femeninos. El áspero senador evitaba el trato con los hombres, acordándose de las desdichas de Momaren y otros personajes. Sus amistades íntimas eran siempre con gente de su sexo.

Cuando Flimnap quedó a solas con Gurdilo, en una pieza modestamente amueblada, se apresuró a hacer su propia presentación.

—Senador, yo soy el pedante de que habló usted ayer; el encargado de guardar al Hombre-Montaña.

El tribuno hizo un gesto despectivo al oír el nombre del coloso. Su opinión sobre él estaba formada, y todo lo referente a su persona lo tenía guardado en una carpeta llena de papeles puesta sobre una mesa próxima. Allí estaban los célebres datos estadísticos sobre las enormes cantidades de materias alimenticias que llevaba devoradas el intruso. Todo esto pensaba emplearlo al día siguiente en el segundo discurso que pronunciaría contra el Hombre-Montaña, o mejor dicho, contra el gobierno que le había protegido.

—Usted no hará el discurso –dijo el universitario con autoridad–. Resulta inútil, por la razón de que mañana el gobierno va a dar muerte al gigante.

El temible senador, que se creía dueño de sus impresiones y hábil para ocultarlas en todo momento, casi dio un salto de sorpresa al escuchar a Flimnap. ¿Con qué derecho se atrevía el gobierno a disponer del Hombre-Montaña? Él consideraba al gigante como una cosa propia; se había ocupado de su persona antes que los demás, y ahora venía el Consejo Ejecutivo a inmiscuirse en el asunto, con el malvado propósito de robarle un gran triunfo oratorio.

Pensó que tal vez este profesor mentía por defender a su protegido, y dijo fríamente:

—¿Qué interés puede tener el gobierno en suprimir al Hombre-Montaña?

—El interés de servir a Momaren —contestó Flimnap—. El Padre de los Maestros quiere vengarse del Gentleman-Montaña, no solamente por lo ocurrido en su fiesta, sino también porque se imagina que el gigante protege a uno de sus mayores enemigos.

El profesor sabía lo que representaba para Gurdilo esta segunda insinuación. El ser más odiado por él en todo el país era Momaren. Desde su juventud les separaba una rivalidad de condiscípulos. Gurdilo había aspirado luego al alto cargo de Padre de los Maestros, y era Momaren quien lo obtenía. También deseaba vengarse de los sarcasmos y murmuraciones con que le había molestado este último en muchas ocasiones. El grave Momaren, que parecía incapaz de mezclarse en asuntos mezquinos, mostraba una malignidad extraordinaria al hablar del famoso senador. Seguro del apoyo del gobierno, no le inspiraban miedo sus discursos, y hasta se atrevía a criticar su existencia privada, dudando de su aparente severidad y acusándolo de hipocresía.

—¡Ah! ¿Conque es Momaren el que desea la muerte de ese pobre gigante?

Después de proferir tales palabras, el senador se mostró dispuesto a aceptar sin resistencia todo lo que dijese Flimnap.

Éste adivinó en su mirada una repentina simpatía por Gillespie. Bastaba que Momaren y el gobierno deseasen la muerte del Hombre-Montaña, para que Gurdilo mirase a éste como un cliente que nadie debía tocar.

En mucho tiempo no había sentido el senador un interés tan ardoroso como el que mostró escuchando al catedrático. Creía conocer todo lo que ocurría en el país, y ahora se convencía de que ignoraba lo más importante.

Flimnap le contó los amores de Pepito con Ra-Ra; cómo éste, valiéndose de una astucia todavía ignorada, conseguía entrar al servicio del gigante, y cómo el tal gigante, desconocedor de las costumbres del país, se había dejado engañar por el joven, sin suponer sus maquinaciones contra el orden social. Al no poder vengarse Momaren del revolucionario Ra-Ra, que andaba fugitivo, quería saciar ahora su odio en el pobre Hombre-Montaña. Además, su vanidad de autor atribuía una intención malévola al pobre gigante, el cual, por simple torpeza, había interrumpido su fiesta literaria.

Cuando Flimnap describió, con arreglo a sus informes, el momento en que Momaren y Golbasto cayeron al suelo bajo el salivazo gigantesco, el senador empezó a reír como un niño, pidiendo que le relatase por segunda vez la graciosa escena.

Ignoraba que Golbasto tuviera tal motivo para odiar al Hombre-Montaña.

—Ese poeta –dijo– es un intrigante. Le conozco hace mucho tiempo, y no sé cómo me dejé influenciar por sus palabras el otro día, cuando preparaba mi primer discurso contra el pobre coloso. Pero aún queda tiempo para hacer justicia, y Momaren no verá cumplidos sus deseos. Venga usted mañana al Senado y verá cómo el senador Gurdilo es el de siempre: un defensor de la inocencia y un enemigo de los hombres malos.

Los hombres malos eran Momaren y los señores del gobierno. La mejor prueba para Gurdilo de la inocencia de Gillespie consistía en verlo perseguido por ellos.

Quedó tan satisfecho de la visita de Flimnap, que hasta quiso borrar la mala impresión que podían haber dejado en él ciertas palabras de su último discurso.

—Lo de pedante y otras expresiones parecidas —dijo— no debe aceptarlo como verdades indiscutibles. Son libertades oratorias, hijas de la improvisación, que yo mismo empiezo por no creer. Los oradores somos así. Ahora que le conozco, querido profesor, declaro que es usted hombre de ingenio y que me ha hecho pasar un rato muy agradable. Hasta mañana.

Flimnap, contento de esta entrevista, que le proporcionaba un poderoso apoyo, pasó, sin embargo, la noche en dolorosa incertidumbre, sin poder apartar de su memoria al vencido gigante.

En las primeras horas de la mañana quiso verle, y se dirigió a la Galería de la Industria. Su vehículo, al llegar a la mitad de la colina, donde estaban acampadas las tropas, fue detenido por un delegado gubernamental, que se negó a dejarle pasar. En vano dio su nombre.

—Le conozco, doctor —dijo el funcionario—; pero el gigante está preso y nadie puede verlo sin una orden del gobierno.

—Soy el presidente del Comité encargado del Hombre-Montaña. Los altos señores del Consejo me designaron para ocupar dicho sitio.

—El Comité ha sido disuelto esta mañana, por ser ya innecesario —contestó el otro—. Puede usted leerlo en los periódicos.

Tuvo que retroceder Flimnap a la capital, paseando por sus principales avenidas mientras esperaba con impaciencia la hora de la sesión del Senado. El despego que le mostraban las gentes había ido en aumento, convirtiéndose en franca impopularidad. Los que el día anterior fingían no verle le miraban ahora con una fijeza hostil. Su decadencia iba unida a la del pobre Hombre-Montaña.

Los envidiosos de su antigua gloria se aproximaban únicamente para darle noticias alarmantes sobre la suerte de su protegido. Un compañero de Universidad le hizo saber que el gobierno enviaría un mensaje al Senado, al principio de la sesión, pidiendo permiso para matar al coloso inmediatamente.

Otro profesor que era verdaderamente amigo suyo le detuvo para comunicarle algo referente a la vida íntima universitaria. Popito había desaparecido, sin que el Padre de los Maestros encontrase el más leve rastro de su paradero. Todos presentían que esta fuga había sido para reunirse con el rebelde Ra-Ra. Momaren se hallaba a estas horas en el palacio del gobierno hablando con el ministro de Policía, y los aparatos de transmisión aérea enviaban órdenes por toda la República para la detención de los fugitivos.

No se interesó Flimnap por el paradero de Popito. Lo que a él le preocupaba era la suerte de su gigante.

Apenas se abrieron las puertas del Senado, el profesor corrió a sentarse en la primera fila de una tribuna. Sus ojos buscaron a Gurdilo entre los senadores. ¡Simpático personaje! El orador, enjuto, verdoso y de torva mirada, le parecía ahora de una belleza extraordinaria.

Ordenó el presidente la lectura de una comunicación enviada por el Consejo Ejecutivo. Era, como esperaba Flimnap, una solicitud para poder suprimir al Hombre-Montaña, fundándose en su falta de adaptación a las costumbres del país y en los enormes gastos que exigía su cuidado y su sustento.

Gurdilo pidió inmediatamente la palabra. Después de su último discurso, todos creyeron adivinar lo que iba a decir contra el gigante. Por primera vez el jefe de la oposición y el gobierno se mostrarían acordes. Y como esto significaba un suceso nunca visto, los senadores y el público avanzaron sus cabezas, deseosos de no perder una sílaba.

Flimnap, que era el único que sabía lo que el orador pensaba decir, se estremeció considerando lo difícil que resultaba su trabajo. ¿Llegaría a exponer con habilidad, y sin que el público protestase, todo lo contrario de lo que había afirmado dos días antes?...

Su confianza renació al ver la calma con que empezaba a hablar Gurdilo. El orador no había sido nunca amigo del Hombre-Montaña; lo hacía constar desde el principio de su discurso. Si el mismo día de la llegada del gigante al país se hubiese acordado su muerte, el acto le habría parecido muy oportuno e inspirado en una verdadera prudencia política, mereciendo su completa aprobación.

—Pero como estamos dirigidos por un gobierno inconsciente –continuó–, por un gobierno que no tiene opiniones propias y cada día obra de distinta manera, según los consejos del favorito que está de moda, se ha procedido en este asunto del Hombre-Montaña con una torpeza que hace inoportuna y perjudicial la petición que ahora nos dirige el Consejo Ejecutivo y que yo no aceptaré nunca.

El orador, después de indicar con estas palabras el nuevo rumbo que iba a emprender, se dedicó a la descripción de todos los gastos que llevaba hechos el gobierno para el sostenimiento del intruso. Al enumerar el considerable personal instalado en la Galería de la Industria para la vigilancia y manutención del Hombre-Montaña, aludió al Comité encargado de dirigir este servicio costoso y a su presidente Flimnap. Pero ahora no le llamó pedante, sino digno profesor y notable sabio, que merecía ser empleado en servicios más útiles a la patria.

Después abrió una cartera llena de papeles. Allí tenía almacenados todos los datos estadísticos sobre el costo de la alimentación del gigante. Leerlos equivalía a apoyar al gobierno, que solicitaba precisamente la destrucción del coloso por razones económicas. Pero el tribuno no estaba dispuesto a renunciar al regocijo que su lectura provocaría en el público; era duro para él privarse de un gran éxito de hilaridad, y empezó a dar a conocer los citados datos, confiando en sus habilidades oratorias, que le permitirían emplear después esta misma lectura como un arma contra los gobernantes.

Los senadores y el público lanzaron grandes carcajadas mientras él iba detallando su estadística alimenticia. El Hombre-Montaña devoraba cuatro bueyes cada día, dos por la mañana y dos por la noche, además de enormes cantidades de aves, pescados y frutas.

—Con una de sus comidas a mediodía –comentaba Gurdilo– podría mantenerse la guarnición entera de nuestra capital; con una de sus cenas habría bastante para la alimentación de toda la escuadra del Sol Naciente. Y el gobierno, que ha dispuesto este despilfarro monstruoso, nos pide ahora, de repente, la muerte de su antiguo protegido. ¿Qué secreto hay en el fondo de tal petición?... Todavía estaría derrochando el dinero del país para sostener al gigantesco intruso, si éste, por su bestialidad nativa y su ignorancia, no hubiese molestado inconscientemente a ciertos personajes, especialmente a uno que es el consejero secreto del gobierno y el verdadero autor de los errores que comete.

Aquí Gurdilo se lanzó rencorosamente contra Momaren, describiéndolo sin dar su nombre, relatando sus desgracias domésticas, su lucha con Popito, su odio contra el gigante, por creerle cómplice de Ra-Ra. Hasta los senadores más amigos del Padre de los Maestros rieron francamente cuando el senador fue relatando, con una cómica exageración, todo lo ocurrido en la tertulia literaria. La imagen de los dos poetas cayendo envueltos por el salivazo del gigante provocó risas tan enormes, que el orador se vio obligado a una larga pausa. Fueron muchos los que empezaron a ver en aquel coloso, tenido por estúpido, una bestia chusca, graciosa por sus brusquedades y merecedora de cierta piedad.

Gurdilo terminó declarando que él no podía admitir la petición del gobierno, y rogó al Senado que votase contra ella. Admitirla equivalía a servir una venganza particular. Podía haberse aceptado esta resolución en el primer momento de la llegada del Hombre-Montaña, cuando el Estado no había hecho aún ningún gasto; pero resultaba incongruente matarlo ahora, después de haber costado al país tan enormes sumas.

Una parte de la asamblea aceptó la opinión de Gurdilo; pero esta vez el orador no consiguió apoderarse de la voluntad de todos los senadores, y varios amigos de los altos señores del Consejo se levantaron a contestarle.

Después de una larga discusión, la asamblea quedó dividida en dos grupos: unos, con Gurdilo, pedían que no se matase al Hombre-Montaña, pues esto representaba el derroche inútil de las sumas empleadas en su manutención; otros defendían al gobierno, demostrando que tan enormes gastos eran la prueba mejor de la necesidad de suprimir al costoso intruso para realizar economías.

Flimnap tembló en su asiento. Gurdilo iba a perder la victoria que se imaginaba haber alcanzado con su discurso. Como los defensores del gobierno hablaban de economías, la opinión se iba hacia ellos.

Vio que Gurdilo conversaba en voz baja con un viejo senador de palabra balbuciente y aspecto caduco, el cual daba fin muchas veces a las discusiones más intrincadas con una solución de sentido vulgar, conocida de todos, pero que todos habían olvidado.

El anciano, después de oír al tribuno, se levantó para formular una proposición que podía satisfacer a los dos bandos. Era oportuno no matar al gigante, para que así no quedasen perdidas las grandes sumas que había costado su manutención, y era conveniente también que en adelante no comiera a costa del Estado, consiguiéndose de tal modo la economía que buscaban los amigos del gobierno. Para esto, lo más sencillo era obligar al Hombre-Montaña a que viviese lo mismo que los hombres esclavos, que ganaban su subsistencia trabajando como máquinas de fuerza.

—Ese gigante puede emplear sus brazos en las obras de ampliación de nuestro puerto. Su enorme estatura y su vigor le permitirán colocar grandes rocas en los fondos submarinos más aprisa que lo hacen nuestros buzos y nuestras máquinas. De este modo su manutención puede resultarnos gratuita, y ¡quién sabe si hasta representará un buen negocio para el Estado!... Ese animal enorme, bajo una dirección severa y convencido de que no comerá si no trabaja, puede dar un rendimiento mayor de lo que creemos.

La proposición fue admitida acto seguido por los senadores que gustaban de las soluciones de carácter utilitario. El público la encontró también acertada. Los pigmeos se sentían halagados al pensar que iban a infligir una existencia de crueldades y privaciones a aquel gigante capaz de aplastarlos entre sus dedos. Esto resultaba más útil y más divertido que darle muerte.

En vano los amigos del gobierno intentaron una última resistencia, alegando que el Hombre-Montaña se resistirá a trabajar.

—Le obligaremos —dijo ferozmente un senador—. Si no trabaja no comerá. Además, nuestras máquinas voladoras y nuestros buques le harán obedecer.

Esta contestación enérgica fue acogida con grandes aplausos, y después de ella cesó toda resistencia. Gillespie se libró de la muerte, pero fue condenado a trabajo perpetuo.

Gurdilo, medianamente satisfecho de su triunfo, miró a las tribunas, descubriendo al doctor Flimnap. Éste bajó a un salón donde le esperaba el célebre senador.

—No he podido hacer más —dijo—; pero en fin, algo es haberle salvado la vida.... Afortunadamente, el gobierno no será eterno, y el día que yo le suceda me acordaré de mejorar la suerte del pobre gigante.

Flimnap se hallaba en una situación igual a la del senador. Sentía contento porque el amado gentleman no iba a morir, pero se aterraba al imaginarse su nueva existencia.

No intentó en el resto de la tarde ni durante la noche subir a la colina donde estaba el prisionero; pero fue en busca de los periodistas que le perseguían días antes con sus elogios y ahora le trataban con cierta protección compasiva, como si viesen en él otra vez a un pobre profesor algo maniático. Estos sujetos podían darle noticias del Hombre-Montaña.

Por ellos supo que una comisión de médicos había sido enviada para que curasen al gigante las heridas de las manos y los pies producidas por los cables metálicos. Ya estaba más tranquilo y parecía resignado a su nueva situación. Las máquinas voladoras continuaban teniéndolo sujeto al extremo de sus hilos, obligándole con crueles tirones a obedecer las órdenes del jefe de la escuadrilla. El interior de su antigua vivienda estaba ahora ocupado por las tropas. El coloso permanecía a la intemperie día y noche, pues así sus guardianes aéreos podían hacerle sentir más pronto sus mandatos.

Un antiguo discípulo de Flimnap, que hablaba incorrectamente y con balbuceos el idioma del gigante, era ahora su traductor. El gobierno había prescindido del bondadoso universitario, considerándolo poco seguro.

Según los periodistas, el Hombre-Montaña sería conducido al puerto en la mañana siguiente para que empezase sus trabajos.

Así fue. El desconsolado profesor le vio trabajando en la orilla del mar, lo mismo que un esclavo. Ya no llevaba su traje nuevo, igual al que usaban las mujeres antes de la Verdadera Revolución. Iba medio desnudo, como los atletas embrutecidos que servían de máquinas de fuerza. Sólo conservaba las antiguas prendas de su ropa interior.

Le vio metido en el agua azul hasta la cintura, inclinándose para colocar dos pesados sillares que llevaba en ambas manos. Estas masas enormes las movía con tanta soltura como un niño maneja un guijarro. Después de tomarlas en la orilla con las puntas de sus dedos, avanzaba mar adentro, yendo a colocarlas en el extremo de un malecón que se estaba construyendo para el resguardo del puerto hacía muchos años. Esta obra colosal había sufrido grandes retrasos a causa de las dificultades que ofrecía; pero ahora, gracias a Gillespie, sus directores esperaban terminarla con rapidez.

Flimnap tuvo que mantenerse lejos de su amigo, pues un cordón de soldados cerraba el paso a los curiosos. Los grupos reunidos a espaldas de la tropa comentaban con asombro la rapidez del trabajo del gigante. En dos horas había hecho lo que antes costaba varias semanas. El malecón crecía por momentos. Todos alababan el acuerdo del Senado. Pero el profesor sintió deseos de llorar al ver a su amado en esta situación envilecedora.

Sobre su cabeza flotaban continuamente unas cuantas máquinas aéreas llevando colgantes sus cables, flácidos y muertos en apariencia. Al menor intento de rebeldía estos hilos amenazadores podían animarse y retorcerse, haciendo presa en el coloso. Por las inmediaciones de la escollera iban y venían en incesante navegación dos buques de la escuadra, interponiéndose entre el prisionero y el mar libre.

El profesor tuvo que retirarse sin poder hablar a su antiguo protegido. Únicamente por los periodistas tuvo noticias de su nueva existencia. Dormía sobre la arena de la playa, sin una manta que le sirviera de lecho, sin una lona que le defendiese del rocío de la noche. ¡Cómo debía acordarse el pobre gentleman de su cama mullida, allá en la Galería de la Industria, que el presidente de su Comité hacía preparar todas las noches con tanta minuciosidad!...

La comida del coloso daba motivo a nuevas lágrimas del profesor. Varios desalmados de los que pululan en los puertos eran los que preparaban su alimento, en una de las grandes calderas traídas de su antigua vivienda. Esta gente inquietante y zafia reemplazaba a la selecta servidumbre que había trabajado para él en la cumbre de la colina.

Lo alimentaban con arreglo a su trabajo. Cada piedra se la pagaban echando un pescado más en la caldera; pero como los cocineros vivían de la misma alimentación del gigante, ésta experimentaba considerables mermas. Gillespie, acostumbrado a las abundancias de su primer alojamiento, debía sufrir hambre.

—¡No poder hacer yo nada por él! –murmuraba el profesor desesperadamente.

Los representantes de la autoridad no le dejaban aproximarse al gentleman; pero aunque le permitieran atender a su alimentación, ¿qué podía hacer un catedrático de tan escasa fortuna como era la suya? Los dos bueyes que necesitaba para un solo plato costaban una cantidad igual a la que recibía él por dos meses de cátedra; tres almuerzos del Hombre-Montaña acabarían con todos sus ahorros.... Y convencido de que no podía remediar su hambre, se entregó a la desesperación.

Gillespie, en realidad, era menos digno de lástima que lo imaginaba el profesor. Convencido de que su triste situación no tenía remedio, se había sumido en ella con una calma fatalista. El embrutecimiento del continuo trabajo borraba todos sus conatos de rebeldía.

Después de haber sido arrastrado y maltratado por las máquinas voladoras, ya no despreciaba a los pigmeos y tenía por menos vil la esclavitud a que le habían sometido.

Como sólo le daban a comer parcamente, con arreglo a su trabajo, se esforzaba por que cada día su labor resultase más grande. Era imposible todo intento de fuga, pues ni por un momento cesaba la vigilancia en torno de él. Al llegar a la punta de la escollera donde colocaba sus rocas podía ver todo el puerto de la capital. El bote que le había traído estaba en mitad de él, como un navío de dimensiones inverosímiles, rodeado de las unidades de la escuadra del Sol Naciente. Unos cuantos pasos en el agua le bastaban para llegar a su antigua embarcación, y un día sintió la curiosidad de verla de cerca. Representaba un consuelo en medio de su esclavitud tocar con sus manos este bote, que le hacía recordar el mundo de sus semejantes.

Pero apenas intentó avanzar hacia el interior del puerto, uno de los buques de guerra que le vigilaban forzó sus máquinas para cortarle el paso, colocándose ante él. La tripulación de pigmeos braceaba sobre la cubierta, gritándole para que volviese atrás, y como tardase en obedecer, una gran flecha disparada por el buque pasó cerca de su nariz a guisa de amenazadora advertencia.

Otro día, aburrido de la monotonía de sus continuos viajes entre la orilla de la playa y la punta de la escollera, el Hombre Montaña quiso permitirse una ligera diversión. Sentía el deseo de nadar un poco en aguas más profundas, pues el mar sólo le llegaba a la cintura en sus idas y venidas. Y después de acarrear cuatro piedras en vez de dos, se echó de espaldas en el agua, nadando mar adentro.

Este simple juego produjo gran alarma en los buques y las máquinas aéreas, que hasta entonces habían evolucionado mansamente. Los navíos se lanzaron en su persecución, y al ver que el gigante se ocultaba bajo el agua en una de sus cabriolas de nadador, como todos ellos eran sumergibles, le imitaron, sumiéndose igualmente en las profundidades submarinas.

Antes de que Gillespie volviese a la superficie se sintió aprisionado por las patas de un pulpo, que le inmovilizaban, acabando por tirar de él. Eran los cables vivientes de los sumergibles, que le habían cazado en el seno del mar. Salió a la superficie remolcado por estos lazos, que se clavaban en sus carnes, y para evitar su cruel mordedura hizo pie en la arena, procurando correr hacia la costa con una velocidad igual a la de los buques.

Su nuevo traductor, que estaba en la punta de la escollera para transmitirle las órdenes de los constructores, le habló con la dureza de un carcelero.

—Esclavo-Montaña –dijo–, no vuelva a repetir esos juegos de mal gusto, so pena de morir estrangulado por las máquinas aéreas o de que la escuadra del Sol Naciente le rompa el cráneo enviándole una nube de piedras con sus catapultas.

Y el Esclavo-Montaña –pues al separarse Flimnap de él había dejado de ser gentleman– se sumió otra vez en su resignación servil.

Durante la noche tampoco podía pensar en fugarse. Las máquinas aéreas enviaban de vez en cuando la luz de sus faros sobre el cuerpo de Gillespie, interrumpiendo su sueño. Además, los hombres que preparaban su comida dormían en torno de él.

Eran esclavos todos ellos, gente innoble y de mala catadura. Muchos habían sido perseguidos por la policía y habitado los establecimientos penitenciarios. Además, todos ignoraban el idioma del gigante, y éste tenía que hacerse respetar empleando gestos amenazadores. Algunas noches se veía obligado a colocarse junto a la hoguera que hacía hervir el caldero de su comida, repeliendo con el terror de sus manos enormes a toda la chusma voraz. Sólo así conseguía que los pescados no desapareciesen de la vasija, quedando únicamente el caldo para él.

El primer día festivo le dejaron libre de trabajo. No fue esto por humanidad, sino porque los obreros que sujetaban con garfios de hierro las rocas aportadas por él exigían descanso.

Gillespie pudo vagar durante la mañana por la costa inmediata al puerto. Un buque de guerra navegaba paralelo a la orilla para cortarle el paso si se echaba al agua. Una máquina aérea le seguía con perezoso vuelo.

El gigante vio un edificio bajo, de paredes blancas, con extensas columnatas, jardines y amplias escaleras de mármol que se hundían en el agua azul. Recordó que Flimnap le había hablado de este palacio, construido por los antiguos emperadores para sus baños de mar.

Bajo las columnatas había parterres llenos de flores. Los muros, pintados por los más viejos artistas del país, representaban el nacimiento y las aventuras de las divinidades marítimas. Después de su triunfo, la República de las mujeres había regalado este palacio a las amazonas del ejército, que acudían todos los días de fiesta a ejercitarse en la natación.

Vio Edwin cómo algunas damas que se paseaban con sus hijas por las terrazas del blanco palacio huían apresuradamente, cual si se acercase un peligro. Distinguió igualmente cómo iban avanzando por la costa varias compañías de arrogantes muchachas de la Guardia. Las matronas masculinas apresuraron el paso, sintiendo alarmado su pudor por la proximidad de estos guerreros, algo libres en palabras y costumbres. Todas ellas ordenaban a sus hijas masculinas que marchasen rápidamente, antes de que los militares se echasen al agua. No era decente permanecer allí. Algunas mamás barbudas hasta criticaban al gobierno porque no disponía que las tropas de la guarnición nadasen en otro lugar más solitario de la costa.

Los grupos de hombres, pudorosos y tímidos, huyeron hacia la ciudad con tanto apresuramiento, que detrás de sus pasos temblaban como banderas fugitivas los extremos de velos y túnicas. Mientras tanto, varios centenares de hembras guerreras se despojaban tranquilamente de sus uniformes, y unas en simples calzoncillos, otras completamente desnudas, se lanzaron al agua, haciendo alegres suertes de natación.

El gigante, atraído por sus risas y queriendo ver el espectáculo de más cerca, se tendió de bruces en la arena, apoyándose después en ambas manos para sacar su cabeza por encima del palacio.

Un griterío de mil voces acogió la aparición de este rostro gigantesco que iba elevándose poco a poco sobre el palacio como surge el sol por detrás de las montañas. Después del regocijo provocado por su presencia, las amazonas quedaron como asombradas de la conducta impúdica del coloso. ¡Era un hombre!... ¡Y este hombre, en vez de huir con el recato propio de su sexo, osaba permanecer allí, contemplando a todo un batallón desnudo!...

Ningún varón de sus familias hubiese hecho esto. Los militares más jóvenes sacaban el cuerpo fuera del agua, como si quisieran castigar al atrevido con la exhibición de su desnudez. Pretendían asustarlo para despertar de este modo el olvidado pudor de su sexo; proferían palabras de cuartel para que se ruborizase. Pero el desvergonzado gigante sonrió placenteramente, sin pensar en huir, encontrando muy ameno el espectáculo.

Y los militares más viejos y más expertos en la vida se asombraban al pensar en el mundo de los Hombres-Montañas: un mundo absurdo, donde los sexos están lamentablemente invertidos, y son los hombres los que buscan a las mujeres, no sintiendo rubor ni deseos de huir cuando las mujeres se muestran a ellos en toda su desnudez.

13. Donde se ve cómo unos pigmeos bigotudos intentaron asesinar al gigante

Un anochecer, cuando Gillespie había terminado su trabajo y, sentado en la playa, descansaba de ciento ochenta viajes entre la orilla del mar y la punta de la escollera, recibió una visita extraordinaria.

Estaba a esta hora vigilando el hervor del caldero, para que sus acompañantes no metiesen en la sopa las lanzas con que extraían los peces, y vio cómo un hombre de los que iban vestidos con túnica y velos se aproximaba lentamente a él. Sus ropas eran pobres, remendadas y algo sucias. Parecía por su aspecto la esposa masculina de alguna de las mujeres empleadas en el puerto o de alguna contramaestre de la escuadra. Entre la gentuza que vivía alrededor del gigante se mostraban de tarde en tarde algunos de estos seres pobremente vestidos, pero que ostentaban el mismo indumento de los hombres de clase superior, para indicar que no pertenecían al rebaño de los esclavos aprovechados como máquinas de fuerza.

Este hombre de traje femenil paseó varias veces en torno del gigante, mirándole con interés por un resquicio de sus velos. Los malhechores al servicio del Hombre-Montaña, que formaban grupos a cierta distancia, no extrañaron la presencia del hombre con faldas. Eran muchos los que al conseguir un descanso en sus tareas domésticas venían solos o en grupos a ver de cerca al coloso.

Cuando el nuevo visitante se hubo cansado de mirar a Gillespie, medio tendido en la arena, saltó sobre uno de sus tobillos, que eran lo más accesible de las piernas en reposo. Luego empezó a caminar sobre la arista huesosa de la pantorrilla, pasando la redonda plaza de la rótula, para seguir avanzando por el lomo redondo del muslo, deteniéndose únicamente junto al abdomen.

Ninguno de los curiosos osaba permitirse con Gillespie esta intimidad. Le habían hecho una fama de maligno y cruel en toda la nación, y las gentes, al insultarle o agredirle con piedras, procuraban siempre colocarse a gran distancia.

Sintió no tener a mano aquella lente que le había regalado Flimnap, para poder contemplar de cerca a este pigmeo que se entregaba a él con tanta confianza. Inclinó su rostro para verle mejor, y notó que abría sus velos y erguía la cabeza, queriendo hablarle y temiendo al mismo tiempo que pudieran oír su voz los grupos inmediatos.

Gillespie creyó adivinar la personalidad del recién llegado.

—Debe ser Ra-Ra —se dijo.

Pero la turbia luz del crepúsculo no le permitía reconocerlo. Además, los movimientos de sus brazos indicaban un afán de ser levantado hasta el rostro del gigante para poder hablarle con toda confianza. Gillespie lo colocó sobre la palma de su diestra y lo fue elevando hasta cerca de sus ojos.

Una agradable sorpresa le conmovió entonces de tal modo, que por instinto hubo de tomar al pigmeo entre dos dedos de su mano izquierda para que no se cayese de la mano derecha.... Lo que él creía un hombre era miss Margaret Haynes que venía a visitarle.

Su rostro, único en el mundo, le sonreía encuadrado por los velos, agradeciendo como un homenaje su extraordinaria sorpresa. Pero inmediatamente pensó que, aunque miss Margaret no era de gran estatura, jamás habría podido él mantenerla sobre una de sus manos, como si fuese un objeto de bolsillo. No podía ser miss Margaret, y siguiendo una deducción lógica, descubrió que la que tenía ante sus ojos era simplemente Popito.

El doctor hijo del Padre de los Maestros había renunciado a su traje universitario e iba vestido como la esposa de un menestral.

—Así, gentleman —dijo ella, como si adivinase sus pensamientos—, es imposible que me reconozcan. ¿A quién se le puede ocurrir en nuestra República que una mujer vaya vestida de mujer?

Y al decir esto miraba sus ropas con satisfacción, como si se encontrase dentro de ellas mejor que cuando vestía su uniforme doctoral.

—¿Y Ra-Ra? —preguntó el gigante.

Ella bajó la voz para contar su vida de aventuras desde que se fugó de la Universidad. Como el gobierno, influenciado por el Padre de los Maestros, los hacía buscar en todas las ciudades de la República, habían creído preferible no moverse de la capital.

Vivían en los barrios miserables inmediatos al puerto. Entre los hombres envilecidos que el gobierno femenil empleaba como máquinas de trabajo eran muchos los que habían abierto sus ojos a la verdad, pero lo disimulaban fingiendo seguir en su antiguo embrutecimiento. Ra-Ra contaba con el auxilio de muchos partidarios, que se encargaban de mantenerle oculto. Del mismo modo que ella para librarse de las persecuciones iba vestida de mujer, su amante había abandonado el traje femenil, imitando la semidesnudez de los atletas condenados a las faenas rudas. La suciedad propia de su estado le servía para disimular su rostro.

Así vivían, satisfechos de su nueva situación, participando de la pobreza y las esperanzas de todo aquel rebaño servil, que escuchaba a Ra-Ra como a un apóstol. El doctor era el encargado de cocinar y también de limpiar la choza en que vivían, encontrando un placer original en el desempeño de estas funciones que habían pertenecido a su sexo en tiempos tan remotos que ya estaban olvidados. Además se consideraba feliz porque Ra-Ra parecía contento. La fe de éste en la victoria de los hombres había acabado por sentirla ella igualmente, traicionando por amor los intereses de su sexo.

—Ahora creo de un modo indiscutible, gentleman –dijo en voz baja–, que Ra-Ra no se equivocaba al hablarnos de su triunfo.

Inclinándose hacia una oreja del gigante, murmuró los secretos del partido masculinista con el fervor de un neófito convencido hasta el fanatismo de la bondad de la causa que acaba de abrazar.

Los nuevos tiempos estaban próximos. Ya había sido descubierto el gran secreto que neutralizaría el poder de los rayos negros. Los días de lo que llamaban las mujeres la Verdadera Revolución estaban contados. Sus máquinas que habían hecho estallar las armas sostenedoras del poder de los hombres resultaban ya inútiles. Los fusiles y los cañones sacudirían su largo ensueño para recobrar el diabólico poder que les hacía temibles. Los iniciados más valerosos se estaban ejercitando ya en su manejo.

Cuando llegase el momento decisivo, los rebeldes no tendrían más que penetrar en los olvidados museos universitarios que guardaban cantidades enormes de material de guerra perteneciente a una historia remota. Estos museos de industria retrospectiva iban a convertirse en arsenales inmediatamente, dando a sus poseedores el dominio del país, como los rayos negros lo habían dado a las mujeres.

—Ra-Ra sólo espera un aviso de las otras ciudades para lanzarse a la destrucción del gobierno femenino. Tal vez no sea prudente empezar la insurrección en nuestra capital. El prodigioso invento lo han realizado en otra ciudad, y en ella lo preparan para que pueda usarse en abundancia y no como un descubrimiento de laboratorio.... Además, otros Estados de nuestra Confederación guardan el viejo material de guerra en mayores cantidades que aquí. El gobierno de las mujeres lo regaló a las provincias de poca importancia, con irónica generosidad, para que pudiesen llenar sus museos locales... En resumen, gentleman, que la revolución soñada por Ra-Ra va a realizarse, y yo creo en ella.

Calló la joven después de dar estas noticias. No quiso decir más sobre el complot que preparaban los hombres y pasó a hablar del gigante.

Popito y Ra-Ra habían lamentado mucho su desgracia, sintiendo además cierto remordimiento al pensar que habían contribuido a ella los dos. El joven deseaba que la revolución de los hombres estallase cuanto antes, para libertar al gigante de la esclavitud a que le había sometido el gobierno femenino. Su primer acto apenas triunfase sería venir a buscarle para llevarlo otra vez al palacio situado en la cumbre de la colina, rodeándole de tantas comodidades y homenajes como si fuese un dios.

—Pero mientras llega ese momento —continuó Popito— él teme por la vida de usted, gentleman, y le recomienda que no tenga confianza en ninguno de los que le rodean.

Como Ra-Ra vivía entre los esclavos del puerto, y éstos guardaban cierta relación con aquella otra gente todavía más inferior que acompañaba al gigante, había recibido ciertas confidencias sobre peligros que amenazaban al Hombre-Montaña.

—Son noticias todavía vagas —continuó Popito—. Nuestros amigos sólo han podido sorprender hasta ahora palabras sueltas. Hay entre esos hombres que viven junto a usted una docena que son los peores y proyectan matarle, no sabemos por orden de quién.

Gillespie buscó con su vista los grupos que estaban poco antes en la orilla del mar, y no vio a ninguno. Se habían deslizado hacia el sitio donde hervía el caldero sobre las llamas de una hoguera, para repartirse su contenido, devorándolo. Esta noche Gillespie iba a pasar hambre. Los bellacos parecían contentos de la visita del hombre con velos, que había distraído la atención del coloso.

Popito siguió hablando para contar lo que sabía de estas gentes: fugitivos de todos los países; hombres con los que no querían contar los otros hombres, deseosos de emancipación. Entre ellos eran tenidos como peores los de un grupo procedente de Blefuscú, fácilmente reconocibles por sus luengas cabelleras y sus bigotes, que pendían con no menos abundancia por ambos lados de sus bocas.

Oyendo a estos hombres era como los amigos de Ra-Ra habían sospechado que se tramaba algo contra el coloso. Parecía que sólo esperaban recibir su recompensa por adelantado para matar al Hombre-Montaña. Como el tal asesinato no resultaba empresa fácil, discutían mucho los procedimientos para conseguirlo.

—Esté usted tranquilo, gentleman –siguió diciendo la joven–. Nuestros amigos vigilan, y nos traerán noticias más concretas.

—¿Quién puede tener interés en matarme? –repuso Gillespie tristemente–. Los que deseaban vengarse de mí deben sentirse ya más que satisfechos por el castigo que me han impuesto. Equivale a una muerte lenta.

Popito siguió hablando:

—Ra-Ra cree que los personajes misteriosos que dirigen a estos bandidos son Golbasto y Momaren, mi padre. Pero ya sabe usted, gentleman, que él tiene la manía de atribuir al Padre de los Maestros todo lo malo que ocurre en el país.... En fin, sea quien sea el que proyecta la muerte de usted, nosotros lo averiguaremos.

Después de esto, Popito mostró deseos de que su interlocutor la pusiera en el suelo para marcharse, pues acababa de cerrar la noche. Ra-Ra no había podido ir a ver al gentleman por una ocupación inesperada y urgente. Su grande obra le obligaba a continuas ausencias. Sólo por el deseo de que Gillespie no viviera más tiempo confiadamente entre la chusma que le rodeaba, había enviado a Popito; pero la próxima vez sería él quien viniese, trayéndole una información más precisa.

La joven se marchó, y el gigante, al verse solo, se puso de pie para aproximarse al lugar donde la hoguera acariciaba con sus últimas llamas la panza del caldero.

No encontró como alimento más que un caldo sucio en el que flotaban espinas y cabezas de pescado. Dio un rugido, amenazando con sus puños a los insolentes que acababan de devorar su comida, pero éstos huyeron, estableciendo cierta distancia entre ellos y el coloso. Además se sentían protegidos por las tinieblas de la noche, y contestaron con risas y exclamaciones de burla a la protesta del Hombre-Montaña.

Éste se arrodilló y puso sus manos en la arena para reconocer a aquellos hombres bigotudos de Blefuscú, sus presuntos matadores. Tenía el feroz propósito de meterlos en la caldera, como un castigo previsor y ejemplar; pero toda la servidumbre había desaparecido, ocultándose detrás de las colinas de arena y los cañaverales de la playa.

Transcurrieron dos días sin que recibiese una nueva visita. Llevó piedras, como siempre, de la orilla del mar a la escollera, y vigiló el hervor de su caldero para no verse robado como en la noche que le visitó Popito. Conocía ahora a los hombres bigotudos, que parecían ejercer sobre sus camaradas la superioridad arrogante y cruel del matón. Con uno de ellos, el más alto y musculoso, se permitió una broma digna de su fuerza.

Al ver cómo rondaba por cerca del caldero, aproximó su mano derecha a este valentón, manteniendo encorvado el dedo índice y sostenido por el pulgar. De repente el dedo encorvado se disparó para quedar rígido, pillando por en medio al bigotudo jayán, y lo envió a través del aire, haciéndolo caer de cabeza en la hoguera. Sus camaradas tuvieron que sacarlo de entre los tizones tirando de sus pies, mientras otros corrían hacia el mar para echarle agua en los mostachos y la cabellera humeantes.

Cuando en la tarde siguiente empezaba la playa a oscurecerse, Gillespie vio la llegada de otro hombre con faldas y velos. Debía ser Popito, que le traía más noticias. Lo mismo que la vez anterior, dio varias vueltas en torno de él con la cara oculta. Al fin se decidió a subir a una de las piernas extendidas del coloso. Entonces pudo darse cuenta de que el visitante era más grueso que Popito y se balanceaba a cada paso.

Consiguió con dificultad subirse sobre un tobillo, pero al avanzar lentamente y titubeando por la arista huesosa de la pantorrilla, perdió pie, cayendo de cabeza en la arena. Gillespie tuvo lástima de él y extendió una mano para tomarlo con los dedos, subiéndole hasta la altura de su pecho. Daba gritos de susto por su caída, y al quedar sentado en la mano del gigante tampoco se consideró seguro, agarrándose a uno de sus dedos. Al fin pareció serenarse, echando atrás el velo que cubría su rostro para poder hablar.

—Sólo por usted soy capaz de arrostrar tantos peligros. Pero todo lo doy por bien empleado a cambio del placer de verle.

Esta vez el asombro de Gillespie fue risueño.

—¡El profesor Flimnap!... ¡Y vestido de mujer!

Comprendió el catedrático el asombro que sus ropas inspiraban al gigante.

—Verdaderamente, de toda mi aventura lo más estupendo es haberme vestido con el traje que llevaban antes las mujeres como una librea de esclavitud. ¡Qué dirían mis discípulos si me viesen!...

Pero después de esta lamentación, su coquetería amorosa le hizo explicarse para excusar los defectos que pudiera tener su vestido.

—Me lo ha prestado la esposa de mi colega el profesor de Física. Sé bien que es de forma algo anticuada. Hay muchos hombres que visten mejor. Pero debe usted tener en cuenta que mi compañero de la Facultad de Ciencias Físicas raro es el año que no tiene un hijo, y como su hombre se pasa todo el tiempo en la cama con el recién nacido o cuidando de su nutrición, no le queda tiempo para seguir las modas.

Luego el profesor miró con unos ojos admirativos y tristes al mismo tiempo a su amado gigante.

—¡Qué cambios en nuestra existencia –dijo–. Pero no hablemos de esto, no perdamos el tiempo en lamentaciones. Necesito irme cuanto antes; siento miedo, gentleman.... Para venir aquí he tenido que pasar cerca de un grupo de soldados, que han empezado a decirme cosas atrevidas, creyendo que yo era un hombre. ¡Imagínese si descubriesen al profesor Flimnap vestido con estas ropas! Ahora, según parece, soy mal mirado por el gobierno, y el Padre de los Maestros desea quitarme mi cátedra para dársela a ese intrigantuelo cruel que le sirve a usted de traductor....

»Pero no hablemos de mí. Estoy dispuesto a aceptar como un placer todo lo que sufra por usted. Ya conoce mis sentimientos. Hablemos de su persona, pues para eso he venido.

Miró a un lado y a otro, a pesar de que no había nadie cerca del gigante, y añadió con voz tenue:

—Gentleman, le amenazan grandes peligros y vengo a anunciárselos, aunque ignoro, por desgracia, cómo podré defenderle de ellos.

Su amigo el profesor de Física le había llevado aquella mañana a lo más apartado y profundo de su laboratorio para confiarle un gran secreto. El Padre de los Maestros acababa de llamarle para saber si tenía siempre lista la máquina que había servido para dar inyecciones soporíferas al Hombre-

Montaña la noche que llegó al país. Y como el físico le contestase afirmativamente, volvió a preguntar si era posible la fabricación en pocas horas –de acuerdo con la sección de Química– de la cantidad necesaria de veneno para darle una inyección al gigante, dejándolo muerto sin señales escandalosas de intoxicación.

El profesor había contestado que no podía encargarse de este servicio sin una orden expresa del gobierno, y el jefe se la había prometido para más adelante, dejando el asunto en tal estado.

—La promesa de una orden del gobierno es falsa, gentleman –añadió Flimnap–. Ningún señor del Consejo Ejecutivo osará firmarla. Yo, por el deseo de defender a usted, ando ahora mezclado en las cosas de la política y me honro con la amistad del elocuente Gurdilo. El gobierno sabe que el tribuno se interesa por el Hombre-Montaña, y como teme a su palabra vengadora, se cuidará bien de autorizar tal crimen.

No obstante su confianza en el miedo de los gobernantes, dudaba de que Momaren abandonase sus malos propósitos.

—Desea su muerte, gentleman, y si no puede organizar lo de la inyección venenosa, buscará otro medio. Debe ayudarle en estos planes el vanidoso Golbasto. Ya no creo que el tal Golbasto sea un gran poeta, ni mediano siquiera. La otra noche quise releer sus versos, y me parecieron despreciables. ¡Ay, no poder permanecer yo a su lado, gentleman, para seguir su misma suerte!...

La consideración de su impotencia casi le hizo llorar. Influenciado por su nueva amistad con Gurdilo, sólo veía en este personaje el remedio de sus preocupaciones.

—¡Si ocupase el gobierno nuestro gran orador!...

A continuación se mostraba pesimista.

—El gobierno actual es más fuerte que nunca. ¿Quién puede derribarlo? No será ciertamente Ra-Ra y los dementes que le siguen. Las mujeres que nos dirigen en el presente momento son enemigos nuestros, pero hay que reconocer que nunca gobierno alguno se consideró tan sólido. Hasta parece, según dice mi ilustre amigo Gurdilo, que proyectan celebrar una gran Exposición, como la de hace años, de la que es un recuerdo la Galería que habitó usted. Tal vez con motivo de esta solemnidad universal consigamos su indulto, y usted podrá presenciar todas nuestras fiestas.

Pero el profesor abandonó repentinamente este ensueño optimista. Vio con la imaginación a su amado gigante tendido en la playa, inerte como un cadáver, las carnes verdosas y descompuestas por el veneno y revoloteando sobre su rostro, en fúnebre espiral, miles y miles de cuervos.

—Cuídese, gentleman –dijo con ansiedad–; desconfíe de todos; piense que pueden envenenarle sus alimentos. No coma sin que antes haya probado su comida esa gentuza que le rodea.

El gigante acogió con una risa sonora la última recomendación. Era innecesaria. Y miró hacia la hoguera que calentaba el caldero, en torno de la cual se iban agrupando sus acompañantes para aprovecharse de su distracción.

—Sobre todo, gentleman, tenga cuidado mientras duerme. También le pueden matar durante su sueño.

El gigante celebró otra vez con risas la simpleza de este consejo. ¿Cómo iba a guardarse a sí mismo mientras dormía?

—Es verdad, es verdad –gimió angustiado el profesor–. ¡Dioses poderosos! ¡Y no poder estar yo al lado de usted para defenderle durante su sueño! ¿Qué hacer?...

Se preguntó esto varias veces, convenciéndose al fin de que lo primero que debía hacer era marcharse, pues el miedo le hacía insufrible su permanencia allí. Temía ser sorprendida en su regreso a la capital si dejaba que cerrase la noche.

—Debo ser prudente, gentleman; el gobierno tal vez me vigila. Fíjese: ¡amigo de usted y amigo de Gurdilo!... Hay más de lo necesario para que me encierren en una prisión. Pero volveré; yo le traeré noticias. Cuente con que mi amigo el profesor de Física no hará nada contra usted aunque se lo mande el gobierno. Pero ¡ay! sus enemigos no cejarán por esto.... Baje la mano, gentleman; póngame en el suelo. Necesito irme.... Cuente con que pienso en usted a todas horas y me preocupo de su suerte.

Gillespie dejó al profesor en la arena, para no prolongar más el tormento de su inquietud. Luego le vio correr, balanceando sus formas abultadas y reteniendo sus velos, que el viento marítimo parecía querer arrebatarle.

Transcurrieron varios días de trabajo, de cansancio y de hambre, sin que el coloso recibiese nuevas visitas. Un anochecer, estando sentado en la arena, vio que un hombre saltaba ágilmente sobre una de sus rodillas, corriendo después a lo largo del muslo. Este no llevaba falda ni toca mujeriles. Iba casi desnudo, como los hombres condenados al trabajo, con una tela arrollada a los riñones por toda vestidura y mostrando los musculosos relieves de un cuerpo armoniosamente formado.

Antes de reconocerlo con sus ojos, sintió el gigante que un instinto fraternal despertaba en su interior para avisarle quién era.

—¡Oh, Ra-Ra! –dijo con voz tenue–. ¡Cómo deseaba verte!

Adivinando los propósitos de su visitante, lo puso sobre la palma de su mano derecha, elevándole después hasta su rostro.

Ra-Ra se tendió sobre esta meseta de carne y hueso, y apoyando su cara en ambas manos, habló al Gentleman-Montaña:

—Popito le avisó a usted hace días que algunos de estos hombres que le rodean proyectan asesinarlo. Hasta ayer sólo tenía vagas noticias de ello; ahora puedo darle un aviso concreto. Creo que es mañana cuando intentarán el golpe contra usted, gentleman. En cuanto a los instigadores del crimen, tengo formada mi convicción y nadie me hará desistir de ella. Son Momaren y Golbasto los que desean su exterminio, y ya que no han podido lograr que el gobierno favoreciese sus deseos, se valen de esta chusma que rodea a usted.

Siguió hablando Ra-Ra, y algunas de sus revelaciones vinieron a corroborar las que le había hecho el profesor.

—Al principio, estos dos personajes proyectaron matarle a usted por medio de una inyección venenosa. Ignoro cómo pensaban realizarlo, pero de su intención no me cabe ninguna duda. Deseaban que usted apareciese muerto un amanecer, aquí en la playa, y que la gente creyese en un fallecimiento ordinario. Pero como no han podido realizar este plan hipócrita de venganza, apelan ahora al asesinato. Ya lo sabe, gentleman; esta noche y la siguiente no duerma usted. Yo creo que el golpe lo intentarán mañana, pero le aconsejo que, de todos modos, se guarde esta noche, pues bien podrían haber adelantado la fecha de su crimen.

Ra-Ra sacó la cabeza fuera de la mano del gigante para buscar abajo con su mirada los grupos de gente sospechosa.

—Los que le rodean, gentleman, son personas de malos antecedentes, pero no creo que todos ellos vayan a intervenir en el crimen. Según mis informes, los únicos que han tomado algún dinero para ejecutarlo y desean ganar el resto de la cantidad son esos bigotudos de Blefuscú, que tan orgullosos se muestran de su fuerza. No los pierda nunca de vista, pues en ellos está el peligro.

Gillespie se resistía a comprender cómo varios pigmeos podían matarle durante su sueño no disponiendo de una máquina inyectora como aquella de que le había hablado Flimnap.

—Mis amigos –contestó Ra-Ra– han podido adivinar, gracias a algunas palabras de estos hombres, cómo se proponen matarle durante su sueño. Treparán cautelosamente hasta lo alto de su pecho, pues han observado que usted duerme de espaldas; pegarán su oído a la curva de su tronco, para guiarse por las palpitaciones del corazón, y cuando sientan bajo sus pies estos latidos, cinco o seis de ellos empuñarán una barra enorme de acero terriblemente aguzada, clavándola todos a un tiempo en su carne, hasta que le traspasen el corazón y salten en torno de su arma caños de sangre. Momaren y Golbasto deben haberles proporcionado la barra, dándoles, además, lecciones para que asesten el golpe en el lugar preciso.

Aún hablaron los dos un largo rato. El gigante acabó por olvidar los propios asuntos para que Ra-Ra le contase sus planes revolucionarios y sus esperanzas en el próximo triunfo.

Ya no podía fijar el joven la fecha del movimiento insurreccional contra la República de las mujeres. Todos los preparativos estaban terminados y las órdenes transmitidas a las diferentes ciudades. Sólo faltaba que se iniciase el movimiento en un Estado lejano, el más favorable para emplear aquel descubrimiento que debía vencer a los famosos rayos negros.

Esto iba a ocurrir de un momento a otro; tal vez fuese al día siguiente; tal vez había sido ya y lo ignoraban en la capital.

—Le quedan a usted muy pocos días de esclavitud, gentleman —añadió el joven—, y por lo mismo sería lamentable que esos malvados le matasen aprovechando los últimos momentos de la tiranía femenina.... No tema usted las consecuencias: castigue con dureza a esos asesinos en el momento que intenten el golpe. ¡Ojalá estuviesen entre ellos sus instigadores!...

Ra-Ra no podía prolongar mucho esta entrevista. Temía que los que acompañaban al gigante se hubiesen fijado en su llegada. Pensó también en las precauciones que debía tomar para que no le sorprendiesen durante su regreso. Un destacamento de soldados estaba acampado en la playa, cerca del puerto, para impedir que los curiosos se aproximasen al gigante.

Como veía próximo el momento de la victoria, se mostraba más prudente que antes, evitando incurrir en sus antiguas audacias. Si le descubrían y apresaban a última hora, podía quedar frustrado el levantamiento de los hombres en la capital, dejando sin respuesta las sublevaciones de las demás ciudades.

—Va usted a ver grandes cosas —siguió diciendo—, ¡Quién sabe si será esta misma noche cuando nos sublevemos contra la tiranía femenil y vendremos a libertarle!... Y si no esta noche, será en breve plazo.

Se fue Ra-Ra, y el gigante, después de comer, quedó tendido en la arena, como todas las noches. No quiso dormir, manteniéndose en una fingida tranquilidad, con los ojos entornados y vigilando las idas y venidas de algunos pigmeos que aún no se habían acostado. Al fin el silencio del sueño se fue extendiendo sobre la playa, y Gillespie, convencido de que no intentarían aquella noche nada contra él, acabó por entregarse al descanso.

Al día siguiente, cuando llevaba piedras al extremo de la escollera, vio a un hombrecillo en una pequeña barca, que fingía pescar y se colocaba siempre cerca de su paso, sin asustarse de los remolinos que abrían en las aguas las piernas gigantescas al cortarlas ruidosamente. La insistencia del pescador acabó por atraer la atención de Gillespie. Miró verticalmente la barquita del pigmeo, que se mantenía junto a una de sus pantorrillas, y reconoció a Ra-Ra. Este, puesto de pie y con las dos manos en torno de su boca formando bocina, se limitó a gritar:

—Va a ser esta noche; lo sé con certeza.... Y ahora continúe su trabajo. No me hable.

Efectivamente, la voz del gigante, sonando como un trueno desde lo alto, hubiese llamado la atención de todos sus guardianes y hasta de las tripulaciones de los buques de guerra que evolucionaban en plena mar vigilándole.

Continuó el gigante su viaje con una roca en cada mano, y el pescador, recobrando sus remos, se alejó hacia el puerto.

Apenas hubo cerrado la noche, se fue dando cuenta Gillespie, por ciertos preparativos, de que el aviso de Ra-Ra era cierto. Vio cómo los atletas bigotudos y malencarados se echaban a la espalda sus mochilas, despidiéndose de sus compañeros. Esto último lo presintió únicamente por sus gestos; pero así era en realidad. El grupo de valentones se volvía a Blefuscú, anunciando su partida en la primera máquina voladora que saliese al amanecer para su país. Los que se quedaban no podían ocultar su satisfacción al verse libres de unos matones que tanto abusaban de ellos.

Gillespie consideró este viaje repentino, preparado con ostentación, como una certeza de que el golpe contra él sería aquella misma noche.

Se tendió en la playa, como siempre, colocándose a poca distancia de la hoguera, que empezaba a disminuir sus llamas. Poco a poco se fueron retirando sus acompañantes para dormir detrás de las dunas o al abrigo de los cañaverales. Transcurrieron largas horas de silencio. La oscuridad era cortada de tarde en tarde por los rayos de colores que llegaban de las máquinas aéreas. Pero en aquella noche estas iluminaciones resultaban menos numerosas, como si alguien hubiese influido para que sus guardianes le vigilasen menos. En los largos períodos de oscuridad, las palpitaciones de la hoguera poblaban la noche de repentinos fulgores de incendio, seguidos de largas y profundas tinieblas.

Permanecía el gigante en voluntaria inmovilidad, con los ojos entornados y lanzando una respiración ruidosa. De pronto creyó oír un ligerísimo susurro semejante al de unos insectos arrastrándose sobre la arena.

—Ya están aquí –dijo mentalmente.

La camiseta que cubría su pecho se agitó con un leve tirón. Era uno de los asaltantes, el más ágil de todos, que se había agarrado al tejido, encaramándose por él hasta llegar a lo más alto de su tórax. Desde allí arrojó una cuerda a los que esperaban abajo, y uno tras otro fueron subiendo cinco hombres, con grandes precauciones, procurando evitar un roce demasiado fuerte al deslizarse por la curva del pecho gigantesco.

El Hombre-Montaña seguía respirando ruidosamente, y sus ojos apenas entreabiertos podían ver lo que ocurría alrededor de él, aunque de un modo vago. Distinguió cómo se movían sobre la arena oscura de la playa algunos animales todavía más oscuros. Sin duda eran compañeros de los asesinos, que se quedaban abajo para dar la señal en caso de peligro.

Los seis hombres que estaban sobre su pecho tiraron de la cuerda con un esfuerzo regular y prudente para evitar que él despertase. Sintió que lo que subían no era un ser animado, sino algo largo y de una rigidez metálica.

—La barra de acero que desean clavarme en el corazón –pensó el gigante.

No se equivocaba. A través de sus párpados entornados vio cómo el grupo de hombres iba desatando la barra mortífera, poniéndola en posición horizontal. Su tamaño era doble que la estatura de ellos.

Sonó abajo un leve silbido, y volvieron a echar la cuerda. El hombre que subía ahora carecía de agilidad, hundiendo pesadamente sus pies entre las costillas del gigante, como si temiera caerse.

Gillespie no alcanzaba a verle bien, pero sospechó que era una mujer. Esta mujer, tendiéndose sobre su pecho, se fue arrastrando con el oído pegado a la piel, sirviéndole de guía el ruidoso bombeo de la sangre a través del enorme corazón.

Al fin el director femenino se irguió, señalando con un dedo a sus pies, como si dijese: «Aquí».

Inmediatamente acudieron los seis bandoleros con su barra. Mientras unos la mantenían verticalmente, otros se frotaban las manos y escupían en ellas, preparándose para el gran esfuerzo común.

Cuando todos estuvieron listos, la mujer levantó un brazo para dar la señal, y los seis elevaron al mismo tiempo el gran hierro de punta aguda. Sólo esperaban la voz de su jefe para dejarlo caer; pero antes de que esto ocurriese, una catástrofe los anonadó, como si se hubiesen desatado sobre ellos todas las fuerzas crueles y ciegas de la Naturaleza, como si las montañas que cerraban el horizonte se hubieran desplomado sobre sus cabezas formando una cascada de tierra y de piedras, como si el mar hubiera abandonado su lecho levantando una ola única para barrerlos.

El gigante había movido un brazo para colocarlo al nivel de su cuello, y a continuación hizo con él un rudo movimiento a lo largo del pecho, que anonadó y se llevó rodando cuanto pudo encontrar.

Los seis hombres, con su barra, así como la misteriosa mujer que los dirigía, salieron disparados por el aire.

Y no fue esto lo peor para ellos, pues el Hombre-Montaña se levantó a continuación, de un salto, y empezó a dar patadas en el suelo, persiguiendo a las figurillas negras, que huían aterradas en todas direcciones lanzando chillidos. Cada puntapié dado por el gigante levantaba nubes de arena, y en ellas se veía flotar siempre algún pigmeo, los brazos y las piernas abiertos lo mismo que las ranas, unas veces con la cabeza arriba, otras con la cabeza abajo.

La cólera del coloso no encontró a los pocos momentos enemigos que perseguir. Todos habían huido. Los inmediatos cañaverales se estremecían agitados por la carrera medrosa de los hombrecillos. Gillespie iba a tenderse otra vez en la arena, convencido de que nadie osaría ya atacarle, cuando sintió que algo se agitaba debajo de uno de sus pies.

Era una cosa blanda que se retorcía lanzando ahogados chillidos, aprisionada por la arena y el arco de puente que formaban sus zapatos entre la planta y el tacón. Se inclinó hasta tocar el suelo y, levantando el pie, extrajo aquella cosa animada de su dolorosa esclavitud.

Vio que eran dos hombrecillos sobre los que había puesto su pie sin saberlo. Milagrosamente se habían librado de morir aplastados al incrustarse entre la arena y el arco del zapato.

Daban gemidos como si hubiesen sufrido graves lesiones interiores, pero el susto era en ellos más grande que las heridas.

Gillespie, que había tomado estos dos animalejos entre sus dedos, los subió a su rostro, colocándoselos entre ambos ojos. Pero la oscuridad no le permitió reconocerlos. Únicamente pudo ver que eran mujeres.

Uno de estos pigmeos debía ser el que había seguido los latidos de su corazón para marcar a los asesinos el emplazamiento más favorable para el golpe.

Pensó si serían Golbasto y Momaren, vanidosos personajes implacables en su venganza y directores de su asesinato, como creía Ra-Ra. Lamentaba que las máquinas aéreas no le enviasen un rayo de luz para poder reconocerlos.

Su primer impulso fue oprimirlos entre sus dedos, aplastándolos como insectos dañinos. Pero le faltó la voluntad para darles este género de muerte....

Como deseaba al mismo tiempo desembarazarse de ellos, se dirigió a la orilla del mar y, echando atrás su brazo para que el impulso fuese más grande, los arrojó en el vacío.

Lo mismo que dos piedras atravesaron la oscuridad, perdiéndose sus lamentos en el sonoro chapoteo de su caída.

14. Lo que hizo el Gentleman-Montaña para que Popito no llorase más

Al día siguiente los periódicos lanzaron en sus ediciones de la tarde la noticia de un suceso que interesó mucho al público.

Golbasto, el gran poeta nacional, había sido encontrado por unos pescadores, poco antes de la salida del sol, tendido en la playa sobre la línea divisoria del agua y la arena. Lo habían conducido moribundo a su vivienda, pero a la hora en que aparecieron dichas ediciones los médicos mostraban esperanzas de salvarle la vida.

Cada uno comentó la noticia según la repulsión o la simpatía que le inspiraba el poeta. Los hubo que hablaron de un exceso de inspiración que, haciéndole olvidar la realidad, le había impulsado a arrojarse al agua. Otros, más malignos, suponían un suicidio por decepciones amorosas.

Muchos pretendieron establecer una relación entre esta noticia, anunciada con grandes rótulos de plana entera, y otra más humilde, sin grandes títulos, que había que buscar en la última página de los diarios, haciendo saber que el Padre de los Maestros estaba en cama gravemente enfermo.

Como un vago rumor empezó a circular la murmuración de que también a Momaren lo habían llevado a su casa, en las primeras horas de la mañana, unos hombres que lo encontraron cerca del puerto. Pero como se trataba de un personaje oficial, fue imposible conocer la verdad. Nadie pudo encontrar a los empleados universitarios que habían cometido la indiscreción de contar la llegada de Momaren conducido en brazos por unos marineros. Al contrario, todos declaraban que esta noticia era absurda, pues el jefe de la Universidad estaba en cama desde tres días antes.

Pero esto no evitó que la murmuración siguiese haciendo su camino, y los noveleros empezaron a afirmar que la misteriosa enfermedad del poeta era igual a la del Padre de los Maestros, teniendo ambas el mismo origen. El senador Gurdilo, ansioso de venganza, insinuó a los periodistas que Momaren y Golbasto se habían batido de noche en la playa por alguna rivalidad amorosa, pues los dos, a pesar de su exterior solemne, eran unos hipócritas de perversas costumbres y tal vez se disputaban el monopolio de algún esclavo atlético.

El vecindario de la capital se acostó pensando en estas dos enfermedades misteriosas, con la esperanza de que al despertar conocería detalles más interesantes sobre la existencia privada de tan célebres personajes. Ninguno de los dos había podido hablar hasta el presente. Al poeta se lo prohibían los médicos hasta que recobrase su perdido vigor. Momaren, aislado en su palacio, no era accesible a las averiguaciones de los periodistas.... Pero al día siguiente todo este misterio iba a desvanecerse, como ocurre en los grandes sucesos que interesan al público.

Sin embargo, al despertar ocho horas después los habitantes de la ciudad, ni uno solo se acordó del poeta célebre ni del Padre de los Maestros. Un suceso inaudito llenaba las páginas de los periódicos, y tal era su novedad, que paralizó la vida corriente, aglomerando a todos los habitantes en las plazas y calles céntricas. Un temblor de tierra, la erupción de un nuevo volcán, un gran naufragio o una catástrofe aérea no hubiesen acaparado tanto la atención. Lo que ocurría era aún más extraordinario.

Después de tantos años de paz, cuando nadie se acordaba de la existencia de las antiguas guerras, acababa de surgir una guerra.

En Balmuff, uno de los Estados más lejanos y pobres, se habían sublevado el día anterior todos los hombres contra el gobierno de la Confederación, dirigidos por algunos jóvenes excéntricos de los que figuraban en el partido masculinista. Su primer acto había sido constituir un gobierno provisional, todo de varones, que redactó un manifiesto dirigido al pueblo. En él se decretaba para siempre la abolición de la supremacía de las mujeres, declarando que éstas debían ser por el momento inferiores al hombre, y tal vez más adelante, cuando hubiesen perdido su presente orgullo, se accedería a que fuesen sus iguales.

La noticia de tal sublevación, así como el manifiesto de sus jefes, hizo reir mucho al público femenino. Algunos caricaturistas habían improvisado a última hora dibujos para los periódicos, representando las tropas revolucionarias compuestas de hombres todos con faldas y con velos, llevando además lanzas y espadas. Las esposas masculinas de los individuos del gobierno y de sus altos empleados, así como las pertenecientes a las familias ricas de la capital, eran las que más se indignaban contra esta sublevación de sus compañeros de sexo.

—El hombre —decían— debe permanecer quieto en su casa, ocupándose de los hijos y de la fortuna conyugal. Eso de gobernar es oficio de las mujeres. ¿Adonde iríamos a parar si nosotros, con nuestra inexperiencia, nos metiésemos a dirigir las cosas públicas?...

Y los que pedían más crueles castigos para la revolución de los hombres eran los hombres. En cambio, había mujeres que permanecían en silencio, como si temiesen hacer pública su opinión sobre este suceso. Pero se notaba en su mutismo algo que hacía recordar la doctrina de Popito acerca de la armonía entre los dos sexos.

Se sucedían con rapidez las noticias de Balmuff. Las transmisiones aéreas hacían vibrar el espacio incesantemente, y cada media hora descendía una máquina voladora sobre el palacio del gobierno, viniendo de los últimos confines del mundo conocido.

Los curiosos ya no reían de la grotesca revolución de los hombres. Lanzaban los periódicos edición tras edición para contar la historia de este suceso, el más inaudito e inesperado desde que las mujeres constituyeron los Estados Unidos de la Felicidad. Los insurgentes de Balmuff se habían lanzado con piedras y palos sobre la Universidad de su capital, apoderándose de ella sin más esfuerzo que repartir unos cuantos garrotazos entre los profesores femeninos y otros empleados de igual sexo que dependían del lejano y omnipotente Momaren. Luego se habían esparcido por el Museo Histórico, apoderándose de los fusiles y cañones que figuraban en sus salas. Precisamente el gobierno de la Confederación, para satisfacer sin gasto alguno la vanidad de las mujeres patriotas de este Estado remoto, había enviado, poco después del triunfo femenil, enormes cantidades del antiguo material de guerra de los hombres, para que con esta ferretería inútil adornasen su palacio universitario.

El jefe militar de Balmuff era una amazona membruda y de labios bigotudos, desterrada de la capital a causa de sus costumbres demasiado libres. Este guerrero rió al saber que la canalla masculina —que hacía sus delicias en secreto— se armaba con los artefactos inútiles del pasado, y se limitó a ir en su busca con unas cuantas máquinas expeledoras de rayos negros. De este modo no necesitaría que sus amazonas persiguiesen a los insurrectos a flechazos. Ellos mismos iban a matarse, pues los rayos prodigiosos harían estallar entre sus manos las máquinas anticuadas que acababan de adquirir ilegalmente.

Pero al dirigir contra los revolucionarios los rayos negros, siempre poderosos, quedó absorto viendo su ineficacia. De los grupos rebeldes no surgió ninguna explosión. Además, estos grupos eran casi invisibles, pues en torno de ellos se notaba la existencia de una neblina gris, un halo denso, que los envolvía y los acompañaba como una armadura aérea. En cambio, de la masa insurrecta surgió de pronto el trac-trac de las ametralladoras, semejante al ruido de las antiguas máquinas de coser, el largo y ruidoso desgarrón de las descargas de fusilería, el puñetazo seco y continuo de los cañones de tiro rápido, y en unos segundos quedaron en el suelo la mayor parte de las tropas del gobierno, huyendo las restantes con un pánico irresistible.

Las gentes de la capital, al leer esto, se miraban aterradas, no encontrando en su atolondramiento palabras capaces de expresar su asombro. Los más locuaces sólo sabían decir:

—¿Será posible?... ¿Será posible todo eso?

La actitud del gobierno les hacía ver que era posible eso y aun algo más, que no decían los periódicos, pero que las gentes se comunicaban en voz baja.

Ya no era Balmuff el único país ganado por la revolución. Los hombres de otras regiones inmediatas se habían sublevado igualmente, y parecían contar con el mismo invento de la coraza vaporosa repeledora de los rayos negros. Todos ellos se pertrechaban a estilo antiguo en los museos, venciendo instantáneamente con sus armas de repetición a las tropas gubernamentales. Indudablemente algún hombre dedicado a la ciencia había hecho en favor de los de su sexo un invento semejante al de aquella sabia mujer venerada en el templo de los rayos negros.

Ahora las máquinas voladoras que iban llegando al palacio del gobierno procedían de los más diversos extremos de la República. En casi todas las provincias acababan de sublevarse los hombres. En unas habían vencido, en otras habían fracasado, porque las autoridades supieron guardar y defender a tiempo los depósitos de armamento antiguo.

Poco antes de cerrar la noche, los altos señores del gobierno, de acuerdo con las instituciones parlamentarias, declararon en estado de guerra a toda la República. Al mismo tiempo decretaron la movilización de las mujeres menores de cuarenta años, para que tomasen las armas, y el alistamiento voluntario de los hombres que quisieran trabajar en los servicios auxiliares y en los hospitales.

En el Senado, el público lloró de emoción escuchando a Gurdilo el más desinteresado y sublime de sus discursos. Todo lo olvidaba ante la inminencia del peligro común. Besó y abrazó a los señores del Consejo Ejecutivo, odiados por él hasta un día antes. Ya no resultaban oportunos los rencores políticos; todos eran mujeres y tenían el deber de morir defendiendo el orden social, puesto en peligro por las utopías anárquicas de unos cuantos varones ambiciosos o locos, olvidados de las virtudes, respetos y jerarquías que forman la base de un país sólidamente constituido.

El gran orador fue breve y luminoso en su arenga, repleta de consejos para los gobernantes. Ya que un nuevo invento masculino hacía inútiles por el momento los salvadores rayos negros, las mujeres sabrían valerse igualmente del antiguo material de guerra de los hombres olvidado en las universidades. También sabrían inventar y fabricar nuevas armas más poderosas, apelando a la colaboración de las mujeres científicas y de las que dirigían la industria.

¡Antes la guerra, una guerra larga y sangrienta como las de Eulame, que verse vencidas y esclavizadas por el hombre, lo mismo que en otros siglos!

La muchedumbre aglomerada ante el palacio rugió de entusiasmo al ver en un balcón al siempre descontento tribuno sonriendo a los señores del gobierno y abrazándose con ellos.

Bajo el resplandor sonrosado de las iluminaciones nocturnas desfilaron todas las tropas de la capital. El entusiasmo femenino estalló en gritos estridentes al ver pasar los batallones de muchachas arrogantes acompañadas por el centelleo de sus espadas, de sus cascos y de sus uniformes cubiertos de escamas metálicas. ¿Cómo los hombres, groseros y cortos de inteligencia, iban a poder resistir el empuje de estas amazonas robustas, esbeltas y de ligero paso?... Después, las hembras más rabiosas rectificaban sus opiniones para aplaudir igualmente al sexo enemigo.

No todos los hombres eran dignos de abominación. Los jinetes de la policía, aquellos barbudos de la cimitarra, tan odiados por el pueblo, desfilaban igualmente. Todos habían pedido que los enviasen a combatir a los insurrectos. Y detrás de ellos pasaron miles y miles de voluntarios que acababan de alistarse: atletas semidesnudos, máquinas de trabajo que habían vivido hasta entonces en una pasividad estúpida y parecían despertar a una nueva existencia con la aparición de la guerra. Las mujeres los admiraban ahora como si fuesen unos seres completamente diferentes de los siervos que habían conocido horas antes.

—¡Viva el gobierno! ¡Viva la Verdadera Revolución! ¡Vivan las mujeres! –gritaban al pasar entre el gentío.

Y sus gritos los lanzaban de buena fe, sin ninguna ironía. Lo importante para ellos era hacer la guerra, no parándose en averiguar contra quién la hacían. Marchaban a combatir a los hombres porque estaban en la capital; de haberse encontrado en Balmuff, hubiesen ido a combatir a las mujeres, profiriendo gritos radicalmente contrarios con el mismo entusiasmo y la misma voluntad de ser héroes.

El Hombre-Montaña adivinó desde las primeras horas del día que algo extraordinario estaba ocurriendo en la Ciudad-Paraíso de las Mujeres. Los constructores de la escollera le ordenaron, valiéndose de gestos, que suspendiese el trabajo de acarrear grandes piedras. Los obreros que las acoplaban se habían marchado, y el universitario que traducía las órdenes no apareció en todo el día.

Los buques de guerra que navegaban siguiendo la costa para impedir que el gigante se lanzase mar adentro se metieron en el puerto o se alejaron a toda máquina, perdiéndose en la línea del horizonte, como si se les acabase de ordenar un rápido viaje. Los aparatos aéreos emprendieron el vuelo, desapareciendo igualmente, y sólo quedó uno flotando en el espacio, con el pico vuelto hacia la ciudad, pues a sus tripulantes parecía interesarles más lo que pasaba en ella que la vigilancia del Hombre-Montaña.

También había disminuido considerablemente el número de los esclavos encargados de su cuidado y vigilancia. Sólo quedaban los más viejos, y fue para él una fortuna que hubiesen traído al amanecer la diaria provisión de pescado. Gracias a esto, los servidores pudieron preparar el caldero, y Gillespie, al cerrar la noche, encontró algo que comer, a pesar del abandono que notaba en torno a su persona.

Pasó una gran parte de la noche de pie, mirando hacia la ciudad. Su estatura le permitía abarcar con los ojos la mayoría de sus barrios. El halo rojo de la iluminación duró hasta altas horas de la noche. Llegaba a sus oídos el vocerío de la inmensa muchedumbre, sus aclamaciones nentusiásticas, las canciones patrióticas entonadas a coro y el estruendo enardecedor de las músicas militares. Al mismo tiempo surcaban el espacio, como si fuesen cometas de distintos colores, los ojos de las máquinas voladoras con sus largas colas de luz. Abajo, en la oscuridad del mar, se deslizaban igualmente otras estrellas con todos los fulgores del iris. Por el aire y por el agua, un movimiento continuo y extraordinario iba llevándose fuera de la capital miles y miles de seres.

Sus servidores le gritaban de vez en cuando una palabra en el idioma del país, que él no podía entender. Le dio, sin embargo, dos significados semejantes, y estaba casi seguro de no equivocarse. Aquellos hombres querían decir «guerra» o «revolución».

Indudablemente había surgido el movimiento insurreccional que venía preparando Ra-Ra. ¿Qué sería de Popito?...

Acabó por acostarse en la arena para dormir el resto de la noche, diciéndose que al día siguiente tendría noticias más exactas de lo ocurrido. No le iban a dejar olvidado en aquella playa. Fuesen los vencedores unos ú otros, se acordarían de él para tributarle honores casi divinos, como lo prometía Ra-Ra, o para obligarle a trabajar y darle mal de comer, como venía haciéndolo el gobierno de las mujeres.

Al despertar en la mañana siguiente, se vio completamente solo. Todos sus acompañantes habían huido. Esta soledad inquietó al Hombre-Montaña. Nadie iba a traerle el pescado para el diario alimento, ni el agua necesaria, ni la leña para hacerle hervir el caldero. Lo único que le tranquilizó, dándole la seguridad de no morir de hambre, fue ver que no quedaba nadie en torno de él capaz de cortarle el paso.

El destacamento de soldados que vivaqueaba antes entre el puerto y la playa había desaparecido. Sobre su cabeza no vio una sola máquina voladora ni sus ojos encontraron ningún buque enfrente de él. Salían de la ciudad verdaderas nubes de aviones, algunos de ellos enormes hasta el punto de poder transportar varios centenares de pasajeros. Pero todos se alejaban en dirección opuesta, y lo mismo hacían las escuadras de buques que abandonaban el puerto.

Llevaba una hora de pie, mirando hacia la ciudad, espiando las amplias avenidas que alcanzaba a ver entre los aleros, y en las cuales hormigueaba un público continuamente renovado, cuando sintió con insistencia un cosquilleo en uno de sus tobillos. Al volver sus ojos hacia el suelo, vio erguido en la arena, sobre las puntas de sus botas para hacerse más visible y moviendo los brazos, a un pigmeo, mejor dicho, a un soldado, con casco de aletas y espada al cinto, el cual daba gritos para llamar su atención. Un poco más allá vio también una máquina rodante en figura de tigre, que había traído sin duda a este guerrero, y era guiada por otro de la misma clase, aunque de aspecto más modesto.

El gigante se sentó en la arena lentamente, para no dañar con el movimiento de su cuerpo al enviado del gobierno. Porque Gillespie sólo podía imaginar que fuese un emisario del Consejo Ejecutivo este oficial que brillaba al sol como si fuese todo él vestido de vidrio y además llegaba montado en un vehículo automóvil de aspecto tan fiero.

Puso sobre la arena una de sus manos, y el militar montó en la palma con cierta torpeza, que hizo sonreír al coloso. Para ser una mujer de guerra, estaba demasiado gruesa y tenía los pies inseguros. Fue subiendo la mano poco a poco para que el emisario no sufriese rudos balanceos, y al tenerla junto a sus ojos lanzó una exclamación de sorpresa.

—¡Profesor Flimnap!

La traductora saludó quitándose el casco alado, mientras apoyaba su mano izquierda en la empuñadura de su espada.

Iba vestida con un traje de escamas metálicas muy ajustado a sus formas exuberantes, y pareció satisfecha del asombro del gentleman, viendo en él un homenaje a su nueva categoría y al embellecimiento que le proporcionaba el uniforme. Con una concisión verdaderamente guerrera, dio cuenta a Gillespie de todo lo ocurrido.

El gobierno acababa de decretar la movilización contra los hombres insurrectos, y ella, aunque por su carácter universitario estaba libre del servicio de las armas, había sido de las primeras en ofrecerse para pelear por la buena causa. Consideraba esto un deber ineludible, por ser nieta de una de las heroínas de la Verdadera Revolución. Pero Gurdilo, su ilustre amigo, que mandaba ahora tanto como los altos señores del gobierno, se había negado a permitir que un profesor de sus méritos fuese simple soldado y lo había nombrado capitán, aunque en realidad no mandaba tropa alguna.

Su obligación militar iba a consistir en permanecer junto al gobierno escribiendo la crónica de la guerra y revisando las proclamas dirigidas al país, por si era posible agregarles nuevos toques de retórica.

—Venceremos, gentleman –dijo con entusiasmo–. Desde anoche están saliendo tropas para los Estados donde se han sublevado los hombres. Ya le he dicho que éstos disponen de una invención, de una especie de nube que los pone a cubierto de los rayos negros; pero aunque esto parezca de gran importancia a ciertos varones ilusos, influirá poco en el resultado final. Si ellos pueden valerse, gracias a su descubrimiento, de las armas antiguas que inventaron los hombres, nosotros también podemos hacer uso de ellas, y las guardamos en mayores cantidades. Esta mañana hemos extraído de los archivos de la Universidad Central una estadística de todos los depósitos que existen en las otras universidades y se hallan en poder del gobierno. Por cierto que esto me ha permitido adquirir noticias sobre el Padre de los Maestros, que está enfermo de gravedad, lo que originó ayer muchos comentarios.

Y con serena indiferencia, como si hablase de algo ocurrido muchos años antes, relató a Gillespie la misteriosa aparición del poeta Golbasto tendido en la arena de la playa y medio ahogado, así como la dolencia extraña de Momaren y las murmuraciones de los que afirmaban que a la misma hora lo habían llevado inanimado a su palacio unos desconocidos.

Parpadeó el gigante oyendo estas noticias, pero sin pronunciar una palabra de comentario. No hubiera podido tampoco decirla aunque tal fuese su voluntad, porque el profesor siguió su relato de la sublevación de los hombres.

—Los derrotaremos, gentleman. Hay que someter a esa canalla que pretende resucitar las vergüenzas y los crímenes de otros siglos. Lo que ellos quieren es que volvamos a la guerra y al militarismo.

Y al decir esto se irguió, acariciándose con una mano las melenas mientras apoyaba la otra en la empuñadura de su espada, cuya hoja se extendía horizontalmente más allá de sus exuberancias dorsales.

—Yo siento expresarme así –continuó– porque usted es un hombre. Pero hay hombres de distintas clases. Hubiese usted sentido orgullo anoche y esta mañana al ver cómo desfilaban miles y miles de varones que han abrazado nuestra causa y desean morir en defensa del beneficioso régimen organizado por las mujeres.

El flamante capitán se interrumpió para mirar abajo, extrañándose de la soledad de la playa. Todos los servidores habían desaparecido.

—Esto ya no puede seguir así –dijo con autoridad–. Afortunadamente, yo vuelvo a ser alguien en los presentes momentos, y remediaré tal desorden. No le prometo volverle hoy mismo a la Galería de la Industria, donde usted se encontraba tan bien. Sería demasiado rápido el cambio y los señores del Consejo Ejecutivo podrían ofenderse. Pero yo hablaré a mi ilustre jefe Gurdilo, y es casi seguro que dentro de unos días ocupará usted su antigua vivienda. Mientras tanto, cuidaré directamente de su alimentación. Ahora manda su amigo Flimnap, y no morirá usted de hambre.

Sonrió el profesor al acordarse de sus preocupaciones pecuniarias algunos días antes, cuando intentaba ayudar a la alimentación del gentleman con sus modestos recursos.

Como era un guerrero influyente, podía regalar hasta la saciedad a su adorado gigante distrayendo una parte mínima de los grandes depósitos de materias nutritivas requisadas por el gobierno para las necesidades del ejército.

—Va usted a comer mejor que en los últimos días –dijo con el tono maternal que emplea toda mujer cuando se ocupa de la alimentación del hombre que adora–. ¿Le siguen gustando a usted los bueyes asados?... ¿Cuántos quiere para hoy, dos o media docena?

Iba a contestar el coloso, cuando un ruido extraordinario vino del lado de la ciudad. Para el oído de Gillespie no era gran cosa: hubiese equivalido en el mundo de los seres de su estatura al ruido que produce el choque de dos guijarros, o al de varias bolas de espuma de jabón cuando estallan. Pero el capitán Flimnap, que tenía más limitadas y por lo mismo más sensibles sus facultades auditivas, se estremeció de los pies a la cabeza, vacilando sobre la mano del gigante.

Escuchaba por primera vez estos ruidos pavorosos, y aunque había leído en las crónicas antiguas muchas descripciones del estruendo de las armas inventadas por los hombres, nunca pudo suponerlo tal como era en la realidad.

—¡Grandes dioses! –gritó–. ¡Son tiros! ¡Disparos de armas de fuego!... ¡Y suenan cerca de la Universidad!... Adivino lo que ocurre. También se han sublevado los hombres en la capital, intentando apoderarse de nuestro Museo Histórico. Pero el gobierno ha previsto el caso, y los sublevados, en vez de llevarse las llamadas armas de fuego, son recibidos en este momento por nuestras tropas, que emplean contra ellos las mismas armas.... ¡Otra vez disparos! ¡Gentleman, déjeme en el suelo inmediatamente! Necesito ir allá....

Allá no; al palacio del gobierno, donde me buscan tal vez a estas horas para pedirme datos.

Y era tal su nerviosidad, que el gigante temió que se arrojase desde lo alto de su mano. Dejó al profesor-guerrero en la arena, y vio cómo corría hacia su automóvil-tigre y cómo escapaba éste a toda velocidad hacia el puerto.

—¡Con tal que no olvide la promesa que hizo! –pensó el Hombre-Montaña, que empezaba a sentir el tormento del hambre.

El enamorado capitán era incapaz de abandonar un instante el recuerdo de su protegido, y a la caída de la tarde, cuando ya desesperaba éste de satisfacer su apetito, empezando a calcular la posibilidad de una invasión de la capital en busca de comida, vio cómo avanzaban por la playa unas cuantas máquinas rodantes, negras y sin adornos, de las que servían para el avituallamiento del ejército. Sostenido por dos de ellas reconoció un plato enorme, de los empleados en su servicio allá en la Galería de la Industria. Sobre este plato se elevaban, formando pirámide, cuatro bueyes asados. En los otros vehículos llegaban montañas de panes –cada uno de ellos del tamaño de un grano de maíz ante los ojos del gigante–, pirámides de frutas enormes para los pigmeos, pero que venían a ser del volumen de un cañamón, y montones de quesos. Una sección de atletas agregados al ejército traía en varios vagones una docena de toneles de agua.

Cuando toda esta gente se marchó, anunciando que volvería al día siguiente con nuevos víveres, el gigante, sentado en la arena, pudo saciar su hambre con holgura. Hacía mucho tiempo que no había saboreado una comida igual. Hasta encontró agradable la existencia a la intemperie, siempre que Flimnap cuidase de su alimentación. Luego pensó que su enamorado capitán acabaría por volverle a la Galería de la Industria, apreciada ahora por él como un palacio maravilloso.

Pasó la noche en un sueño profundo, a pesar de que llegaban hasta la playa los rumores de la ciudad en continuo movimiento.

—Mañana —pensó— a primera hora, cuando me traigan el almuerzo, se presentará Flimnap con nuevas noticias.

Pero transcurrieron muchas horas de la mañana sin que llegase el almuerzo ni el amable capitán. Pasado mediodía, cuando el coloso, mal acostumbrado por las abundancias de la noche anterior, empezaba a sentir el tormento del hambre, vio avanzar a través de la playa solitaria a un pigmeo que, sin duda, venía en su busca.

No llevaba uniforme militar ni le seguía vehículo alguno. Su vestidura estaba compuesta de túnica y velo, como la de todos los hombres que no eran esclavos.

Gillespie pensó inmediatamente que tal vez era Ra-Ra o Popito, aunque sin decidirse por ninguno de los dos, pues se sentía desorientado por la inversión de sus trajes. Cuando el recién llegado, hombre o mujer, estaba todavía a unos cuantos pasos, Edwin puso una mano en el suelo para que montase en ella, y así lo hizo el pigmeo. Llevaba la cara envuelta en velos, pero al quedar cerca de los ojos del coloso descubrió su rostro.

Experimentó Gillespie una sorpresa que no por haberse repetido muchas veces resultaba menos intensa. «¡Miss Margaret Haynes!...» Luego tuvo que pensar, como siempre, que miss Margaret, aunque pequeña, grácil y delicada, no era tan diminuta, y que esta beldad pigmea sólo podía ser Popito.

Vio una Popito llorosa y humilde, que en nada hacía recordar al doctor juvenil y seguro de sí mismo conocido días antes.

—¡Gentleman –gimió–, van a matar a Ra-Ra!

Y fue contando rápidamente todo lo que había ocurrido el día anterior en la Ciudad-Paraíso de las Mujeres.

Los hombres de la capital se habían mostrado menos audaces que los de otros Estados. Tal vez influía en ello la proximidad del gobierno y de los grandes medios defensivos acumulados por éste. Además, dicha vecindad resultaba corruptora. La mayoría de los varones, en vez de seguir a los que peleaban por la emancipación de su sexo, habían preferido ayudar al gobierno de las mujeres.

—Esto no es extraordinario, gentleman. También creo que en el mundo de los Hombres-Montañas las gentes dan su sangre y mueren por intereses completamente opuestos a sus propios intereses. Los pobres, vestidos con un uniforme, pelean por conservar a los ricos su riqueza; los soldados, cuando terminan las guerras, viven en la miseria, mientras los que se quedaron tranquilos en sus casas se reparten las cosas conquistadas; las mujeres ignorantes apoyan a los hombres que se oponen a las reivindicaciones del sexo femenino. Así son los absurdos de la vida.

El gigante asintió con un movimiento de cabeza, mientras Popito continuaba su relato.

La insurrección había tenido que retrasarse un día, hasta que, al fin, en la mañana anterior, Ra-Ra, con unos cuantos miles de esclavos y llevando como oficiales a muchos jóvenes de los clubs «varonistas», se lanzó al asalto de la Universidad para apoderarse de las armas depositadas en el Museo Histórico. Se creían seguros de obtener la victoria gracias a las máquinas productoras de una coraza vaporosa que neutralizaba el efecto de los rayos negros. Una ligera interrupción ocurrida a última hora en el mecanismo de estas máquinas había ocasionado el retraso del movimiento insurreccional.

Pero el gobierno estaba advertido de él, y un batallón de muchachas de la Guardia defendía la Universidad. Muchas de éstas se lanzaron espontáneamente a manejar las armas antiguas, inventadas por los hombres, siguiendo los consejos de un profesor que creía haber adivinado su uso leyendo libros rancios.

La mayor parte de los fusiles no funcionaron. En otros se rompieron los cañones, matando a las amazonas que los manejaban. Pero los muy contados que por casualidad pudieron enviar sus proyectiles contra los asaltantes pusieron a éstos en dispersión. Además, los hombres, que no habían escuchado nunca el estrépito de las armas de fuego, sufrieron el sobresalto propio de la falta de costumbre.

El resto de la Guardia atacó a flechazos a los insurrectos tenaces que no querían huir, y Ra-Ra, con muchos de sus oficiales, cayó prisionero.

—Hoy lo juzgan, gentleman, y es seguro que lo condenarán a muerte. Sólo usted puede salvarlo. No desoiga mi ruego.

Gillespie quedó mirando a Popito con una fijeza dolorosa. La pobre muchacha gemía, sin apartar de él sus ojos lacrimosos, como si fuese una divinidad en la que ponía todas sus esperanzas. Empezó a sentir la cólera de un celoso al ver que miss Margaret Haynes se preocupaba tanto de Ra-Ra y lloraba por su suerte.

—Yo seré su esclava –decía la joven–; pero sálvelo. Que él viva, aunque yo pierda mi libertad para siempre.

Luego pensó que Ra-Ra era una reducción de su persona, y esto le hizo encontrar más lógica la conducta de miss Margaret, o sea de Popito. Pero ¿qué podía hacer él, pobre gigante, para salvarse a sí mismo?... Quedó pensativo, mientras la joven, imaginándose que aún intentaba resistirse a sus ruegos, los repetía con una expresión trágicamente desesperada.

—Le suplico, miss Margaret –dijo Edwin–, que calle un momento y me deje pensar.

Al oírse llamar así, creyó Popito que verdaderamente sus lamentos distraían al gigante, y permaneció silenciosa.

Por un fenómeno mental debido a la influencia irresistible de su egoísmo, Gillespie empezó a pensar, contra su voluntad, en el antiguo traductor convertido en guerrero. No le había enviado el almuerzo y seguramente tampoco le enviaría la comida. Los pigmeos, ocupados en su guerra de sexos, no se acordaban de él, y le dejarían morir de hambre. El Hombre-Montaña, después de llamar tanto la atención, había pasado de moda, como esos artistas viejos que hicieron correr las muchedumbres hacia su persona y acaban muriendo en un hospital. Además, el capitán Flimnap, arrogante y fanfarrón, parecía una persona diferente de aquel profesor Flimnap bondadoso y simple que había conocido. Entusiasmado por sus ridículas tareas militares, permanecería ausente, sin comprobar la exacta ejecución de sus órdenes. Nadie se cuidaba de su alimentación, y él necesitaba comer.

—¡Salve usted a Ra-Ra! –volvió a repetir Popito, considerando, sin duda, demasiado largas las reflexiones del gigante.

Este grito le hizo pensar de nuevo en el pigmeo revolucionario que era él mismo. ¿Podía dejarlo abandonado a la

venganza de las mujeres?... ¿No equivalía esto a un suicidio?...

Además, miss Margaret estaba allí, arrodillada en la palma de su mano, tendiendo los brazos en actitud implorante,
y no es correcto que un gentleman se deje rogar por una señorita que pide protección, y más si esta señorita es su novia.

Miró hacia el puerto, que dominaba en gran parte con su
vista. Luego volvió los ojos hacia la cumbre de la colina ocupada por la Galería de la Industria.

—Miss Margaret —digo con inflexiones cariñosas de
voz—, haré lo que usted me mande.

Pero reconociendo su error, se rectificó, añadiendo:

—Doctor Popito, salvaremos a Ra-Ra y nos iremos de
este país, que va resultando poco agradable.

Luego hizo preguntas a la joven para conocer las últimas
noticias de la revolución, y, sobre todo, si eran muchas las
fuerzas militares que habían quedado en la capital. Popito,
satisfecha de las promesas del gigante, habló con más tranquilidad.

Las nuevas recién llegadas eran malas para el gobierno.
Los hombres habían suprimido la dominación de las mujeres en catorce Estados; la agitación iba en aumento en toda
la República.

—Sin embargo, gentleman, yo no tengo el entusiasmo
ciego de Ra-Ra, y veo más claramente que unos y otros. La
revolución de los hombres ha fracasado. Su primera condición de éxito era la sorpresa, y ésta ha dejado de ser posible.
Los hombres ya no pueden vencer en unos cuantos minutos, como vencieron las mujeres gracias a los rayos negros.
Esto no es una revolución, es una guerra, y una guerra lar-

guísima, igual a todas las del pasado. Se sabe que empieza ahora, pero nadie puede decir cuándo terminará. El invento de la coraza vaporosa hecho por los hombres les ha servido para poder utilizar las armas antiguas; pero estas armas son viejísimas, y aunque las ha conservado mucho la limpieza de los museos, estallan y revientan frecuentemente, por no poder resistir su ancianidad las funciones ordinarias de la juventud.

»Además, las municiones son tan antiguas como las armas, y los explosivos que duermen hace tantos años en el ataúd metálico de las cápsulas se inflaman de una manera caprichosa o insisten en seguir silenciosos para siempre. De cada cien tiros sale uno. Las mujeres, por su parte, al ver la impotencia de los rayos negros, apelan a las armas de los hombres, aunque las manejan peor que éstos. El gobierno quiere fabricar nuevas municiones, y todas las universitarias dedicadas a la ciencia estudian desde hace dos días incesantemente para resucitar los secretos malignos y destructores de los varones, que voluntariamente fueron olvidados.

»Pero aunque los descubran, ¿cómo aprenderán las mujeres el manejo de tanta cosa peligrosa y mortífera? Las próximas batallas, o tal vez las que se están dando en este momento, serán con armas blancas. Unos y otros apelarán a la espada, a la lanza, a la saeta, como antes que Eulame trajese los inventos de los Hombres-Montañas, y en esta lucha de músculos y de agresividad feroz, el hombre va a acabar por vencer a la mujer. ¡Pero esto tardará tanto!... Antes de que la guerra termine serán muchas las víctimas, muchísimas; entre las primeras figurará Ra-Ra, si usted no lo remedia... y yo moriré.

Esto último no podía tolerarlo Edwin Gillespie.

—¿Morir usted, miss Margaret... digo Popito?

Únicamente podría ocurrir una cosa tan absurda después que él hubiese muerto.

—¡Sálvelo usted! –insistió la joven–. Llévenos lejos de aquí. Este es un país donde no queda sitio para nosotros.

De la misma opinión era el gigante. Volvió a mirar en torno de él, y vio la playa desierta. Ni un solo carro de avituallamiento, ni un emisario que le trajese explicaciones acerca de su futura alimentación. Decididamente, le habían olvidado.

Gillespie, ruborizándose un poco, empezó a hablar con cierta dificultad, como si abordase un tema algo inconveniente:

—Miss, los compatriotas de usted me han dejado en un traje poco presentable. Verdaderamente, mi facha no es para acompañar a una señorita. Usted va a venir conmigo, y yo no sé dónde meterla, pues las ropas ligeras que me cubren en este momento carecen de bolsillos.

Quedó en actitud reflexiva, acariciándose la mandíbula inferior con la mano que tenía libre, mientras sostenía a la joven en la palma de la mano opuesta.

—¿Se siente usted capaz de viajar montada en mi cabeza?

Popito, a pesar de sus tristes preocupaciones, contestó con una pálida sonrisa.

Ella estaba dispuesta a seguir al gigante, arrostrando los mayores peligros, para salvar a Ra-Ra. Debía tratarla como a un camarada, sin miramiento alguno.

—Instálese usted ahí como pueda.

Y al decir esto, el gigante levantó su mano derecha, colocándola al nivel de la cúspide de su cráneo. Popito saltó entre los negros matorrales de la cabellera, buscando un lugar a propósito para sentarse.

—Agárrese con fuerza a un mechón –dijo Gillespie–. No tema hacerme daño. Todo lo que venga de usted es para mí una caricia.

Después de estas palabras galantes, añadió:

—Viajará usted un poco sacudida, pero la primera parte de nuestra expedición conviene que sea rápida. Vamos ahora, miss Margaret, a mi antigua vivienda. Necesito mi traje y otra cosa que guardo allá, sin la cual reconozco que valgo muy poco. Creo recordar el camino, pero, si me extravío, adviértamelo inmediatamente. Nos conviene llegar antes de que nuestros enemigos hayan adivinado mi intención.

Y empezó a marchar a grandes zancadas, procurando mantener rígido su cuello; pero esto no libró a la joven de un vaivén igual al de un navío en un mar tormentoso. Agarrada a dos mechones de cabellos y contrayendo sus brazos, se defendió de este rudo movimiento, a la vez que seguía con mirada atenta la marcha de su gigantesco portador.

—Muy bien, gentleman. Eso es. ¡A la derecha!... Ahora siempre de frente.

Habían llegado al puerto, y Gillespie, marchando por una avenida exterior de la ciudad, avanzó hacia la colina en cuya cúspide se elevaba su antigua vivienda. Las gentes del puerto, que estaban ayudando al embarque de material de guerra para las islas amenazadas de sublevación, se esparcieron por las calles gritando la terrible noticia.

—¡El Hombre-Montaña se ha escapado!... ¡El gigante se marcha de la capital!...

Y todos, al oír esto, pensaban lo mismo. El coloso era hombre, y por solidaridad de sexo iba indudablemente a unirse con los revolucionarios. Los pesimistas levantaban las manos hacia el cielo, exclamando:

—¡Sólo nos faltaba esta nueva calamidad!...

Cuando llegó la noticia al palacio del gobierno, ya pisaba Gillespie la cúspide de la colina. Al entrar en su antigua vivienda notó inmediatamente los efectos del abandono. Todo lo perteneciente a él estaba en la misma situación que lo dejó al salir de allí. Únicamente, en los extremos del edificio, las cocinas y la despensa mostraban un desorden semejante al de una ciudad entregada al saqueo. La servidumbre, antes de marcharse, lo había robado todo.

Sonrió el gigante al ver en el suelo sus pantalones y su chaqueta. Pero su satisfacción aún fue más grande al encontrar apoyado en la mesa el enorme tronco arrancado por él de la selva de los emperadores.

Se llevó una mano a la cabeza, buscando entre los mechones de su cabellera a Pepito, y ésta le gritó varias veces: «¡Estoy aquí!», para que su voz sirviese de guía a los dedos. El Gentleman-Montaña la dejó cuidadosamente sobre la mesa cubierta de polvo, diciendo con voz suplicante:

—Vuélvase de espaldas, miss. Siento tener que vestirme en su presencia, pero nuestra situación no es para entretenernos en escrúpulos de buena crianza. Termino en un momento.

Y el gigante, levantando sus ropas del suelo, se vistió apresuradamente.

Luego, al empuñar con su diestra la enorme cachiporra, le pareció que se habían doblado su estatura y su vigor, sintiéndose capaz de suprimir de un golpe a cuantos pigmeos intentasen cerrarle el paso.

—Ahora va usted a viajar con más comodidad —dijo, tomando a Popito entre dos dedos y elevándola sobre la mesa.

La introdujo en el bolsillo superior de su chaqueta, donde otras veces había guardado a Ra-Ra. Ya no necesitaba mantener su cuello rígido ni marchar con cierta precaución, temiendo que Popito cayese desde la inmensa altura de la selva capilar que cubría su cráneo. Ahora podría moverse y correr cuanto quisiera, sin otro inconveniente que el de sacudir un poco a la joven dentro de su encierro.

Se lanzó fuera del edificio, en dirección a la ciudad, pero al dar los primeros pasos por la pendiente de la colina vio que se cruzaba en su camino una máquina rodante con cabeza de tigre, ocupada por militares.

El Hombre-Montaña levantó su garrote con intención de aplastar al vehículo y los que iban en él. Bastaba para esto un simple golpe dado con la parte gruesa del tronco. Pero reconoció al capitán Flimnap, que le gritaba, abriendo los brazos:

—¡Deténgase, gentleman! ¿Adonde va?... Le pido perdón por el olvido de que ha sido objeto. Los culpables son esas gentes de la administración del ejército, que, como no están acostumbradas al nuevo servicio, equivocaron mis órdenes. Pero vámonos a la playa; deben haber llegado ya doce furgones llenos de víveres. Tiene usted preparada una comida magnífica.

El gigante se encogió de hombros, como si no reconociese a su antiguo traductor.

Luego pasó sus pies por encima de la máquina rodante, con cierta lentitud para no aplastarla, y continuó marchando hacia la capital, sin hacer caso de los gritos que lanzaba Flimnap al verse abandonado.

15. Que trata de muchos sucesos interesantes, como podrá apreciarlo el curioso lector

Inclinó la cabeza para hablar a Popito, que se había asomado a la abertura del bolsillo.

—Sepa usted, miss –dijo–, que vamos en busca de Ra-Ra. Dígame dónde lo tienen preso; guíe mis pasos.

Le fue indicando la joven las avenidas que debía seguir por las afueras de la ciudad. Marchaban entre grandes edificios levantados cuando la capital se ensanchó a consecuencia de la Verdadera Revolución.

La cárcel donde guardaban a Ra-Ra era un antiguo cuartel que las tropas femeninas habían abandonado por insalubre.

—Aquí –dijo Popito.

Y le señaló con sus gritos y sus manoteos un edificio de paredes sombrías, con las ventanas cerradas.

Ante el paso del gigante huían las gentes dando gritos. Sus pies sólo encontraban un desierto repentino, mientras a sus espaldas se iba levantando un bullicio enorme, pues el público se arremolinaba para seguirle entre vaivenes de audacia y de pavor.

Aquella cárcel estaba guardada por una tropa numerosa, compuesta de mujeres flecheras y hombres barbudos de la policía montada. Al ver aproximarse al gigante por el extremo de la avenida, o sea a una distancia que hubiese exigido de cualquier pigmeo mil pasos para correrla, todas estas tropas acudieron a las armas. Nadie pensó en huir. Las explosiones de entusiasmo y los cantos patrióticos de los días anteriores habían infundido a todos una audacia heroica.

Con sólo media docena de zancadas llegó el coloso a la puerta de la prisión, hundiendo sus pies en la muchedumbre armada. Las amazonas enviaron a lo alto una nube de flechas contra su pecho y su cabeza, mientras los jinetes de las cimitarras intentaban herirle en las pantorrillas. Pero él, con un golpe de su garrote, abrió anchísimo surco en la masa de enemigos, enviando por el aire docenas de éstos, y a continuación le bastaron varias patadas para desbaratar el resto de la tropa. Todos los que aún se mantenían de pie huyeron, dejando el suelo cubierto de camaradas inertes.

Gillespie acometió inmediatamente a puntapiés, la gran puerta del edificio, y finalmente hizo de su cachiporra una catapulta, derribando a los primeros embates las dos hojas chapadas de acero.

—¡Ra-Ra, hijo mío –gritó a toda voz–, la salida está libre; huye y no perdamos tiempo!

Saltando sobre las hojas rotas de la puerta aparecieron bajo su arco varios hombres que parecían asombrados de su buena suerte y miraban en torno, no sabiendo por dónde escapar. Debían ser los compañeros de Ra-Ra. Éste apareció al fin, y al ver al gigante con su arma aplastadora y todo el suelo en torno de él cubierto de enemigos, gritó con entusiasmo:

—¡Victoria!... Marchemos inmediatamente contra el palacio y acabaremos en un instante con el gobierno de las mujeres. ¡Viva la emancipación masculina!...

Pero Edwin se había inclinado sobre él, tomándole con sus dedos, y lo elevó hasta el mismo bolsillo donde estaba oculta Popito. Al hacer este movimiento cayeron de su pecho muchas flechas que habían quedado medio clavadas en el paño de la chaqueta.

—Lo que vas a hacer, querido Ra-Ra –dijo–, es quedarte quietecito dentro de este bolsillo, donde encontrarás una agradable sorpresa. ¿Crees que voy a perder el tiempo mezclándome en esta ridícula guerra entre hombres y mujeres?... ¡A callar! Es inútil que protestes, porque no te oiré. Ahora ya no necesito guías; puedo moverme solo.

Y como su estatura le permitía ver por encima de los tejados, se dirigió hacia el puerto por el camino más corto.

Ra-Ra, luego de quedar sumido en el fondo del bolsillo, se asomó a su abertura, braceando entre gritos de desesperación. Pero el gigante no quiso escuchar lo que juzgaba protestas políticas del revolucionario y le dio un golpe en la cabeza con uno de sus dedos, enviándolo otra vez al fondo del bolsillo.

Llegó Gillespie al puerto, teniendo siempre ante sus pies un ancho espacio de terreno libre de gentío. Todos huían a ambos lados de él, pero era para juntarse luego que había pasado, profiriendo gritos de alarma y amenazas.

A la cabeza de esta muchedumbre rodaba el automóvil-tigre de Flimnap. El profesor, puesto de pie sobre el vehículo, iba arengando al gentío.

—¡No le hagan daño! –decía–. Se ha vuelto loco; no puede ser otra cosa; pero tratándolo con dulzura acabará por someterse.

Unos le escuchaban sin hacerle caso; otros, que habían visto de lejos el exterminio realizado por el gigante ante la cárcel, gritaban venganza. Esta masa enorme y alborotada, sin organización alguna, en la que se confundían militares y civiles, mujeres y hombres, avanzaba cada vez más rápidamente, hasta que se detuvo de pronto con un movimiento de retroceso que se extendió hasta el centro de la ciudad, esparciendo la alarma en las calles transversales. El gigante se había detenido al llegar al puerto, y la muchedumbre que le seguía se detuvo igualmente.

Al ver llegar al Hombre-Montaña huyeron todos los que trabajaban en los muelles trasladando a varios buques mercantes los víveres amontonados para el avituallamiento del ejército y de la flota. El gigante avanzó por uno de estos muelles, anchísimo para los pigmeos, pero en el cual tenía que colocar sus pies con precaución, como si marchase por lo alto de una pared.

La muchedumbre lanzó un grito de sorpresa y de rabia al darse cuenta de la dirección que seguía. Junto a este muelle se hallaba anclado el bote que le había traído de su remoto país.

—¡El Hombre-Montaña va a escaparse! –gritaron miles de voces.

Otros se alegraron de esto, aceptándolo como una solución beneficiosa para el país, ahora que necesitaba concentrar todas sus actividades en la guerra contra los hombres.

Todos vieron cómo se inclinaba sobre los peñascos que defendían el lado exterior del muelle formando una línea de rompeolas. Con una roca en cada mano, levantó la cabeza, mirando en torno de él inquietamente. Desde el principio de su fuga le preocupaban más los ruidos del aire que las agresiones de los enemigos que marchaban sobre la tierra. Una flotilla de máquinas voladoras representaba para él un peligro temible.

Sonó un zumbido de avión cerca de sus orejas y se puso en guardia; pero al ver que sólo era una máquina la que flotaba en el aire, sonrió satisfecho.

En aquel mismo momento los señores del Consejo Ejecutivo y sus ministros deploraban haber enviado contra los hombres sublevados todas las fuerzas aéreas existentes en la capital, y les ordenaban por medio de ondas atmosféricas que volviesen con toda rapidez para exterminar al gigante. Sólo había quedado un aparato volador, algo antiguo, para los servicios extraordinarios, y su tripulación estaba compuesta de señoras maduras, movilizadas por la guerra, que habían permanecido largos años sin ejercer sus habilidades de guerreras del aire.

La máquina, que tenía la forma de una paloma, no osó aproximarse mucho al Hombre-Montaña. Los aviadores que le aprisionaron durante su sueño al desembarcar en el país tampoco se habrían atrevido a pasar ahora cerca de su cabeza, como lo hicieron entonces. Había que temer un golpe de aquel árbol que le servía de bastón.

Gillespie oyó un silbido, viendo al mismo tiempo ondular en el espacio un serpenteo luminoso semejante a un relámpago blanco. Acababan de arrojar sobre él uno de aquellos cables de platino de los cuales no podía defenderse. Pero echó atrás la cabeza, y el brillante hilo pasó sin tocarle, retorciéndose y doblando su extremo hacia arriba, como una serpiente furiosa.

Las matronas de la máquina volante, que veían debajo de ellas a todo el vecindario de la capital admirándolas, como si de su esfuerzo dependiese la suerte de la República, quisieron no marrar su segundo ataque, y para ello hicieron descender la máquina más cerca del gigante, aunque manteniéndola a tal altura que no pudiera alcanzarla con su garrote.

El Hombre-Montaña levantó una mano y, antes de que los aviadores lograsen enviar de nuevo su lazo metálico, asestó a la máquina una pedrada certera. El ave mecánica se desplomó herida, flotando algunos momentos sobre la copa azul del puerto, mientras las matronas reservistas se salvaban a nado. Al fin se acostó sobre una de sus aletas, desapareciendo entre los círculos concéntricos que había abierto en el agua.

Como Gillespie no veía otros enemigos aéreos, saltó dentro de su bote, lo que produjo en el puerto una enorme ondulación que hizo danzar sobre sus amarras a todos los buques de los pigmeos.

Rápidamente, el coloso había amontonado con ambas manos varias rocas de la escollera, arrojándolas en el fondo de su barca. Vio con placer que la marinería de la escuadra del Sol Naciente había dejado en su embarcación dos remos antiguos, así como una cesta, una paleta para achicar el agua y otros objetos de menos valor. Todo lo demás, víveres y ropas, se lo habían llevado el primer día de su llegada para exhibirlo ante el gobierno y guardarlo, finalmente, en los arsenales de la ciudad.

Lo primero que procuró fue librar el bote de las amarras puestas por los pigmeos. Lamentaba no tener un simple cortaplumas para terminar más pronto, partiendo los cables que lo tenían sujeto. Dos de éstos le unían al muelle, atados a dos troncos de pino que hacían oficio de pilotes. Gillespie, para no perder tiempo desenredando los nudos hechos por la marinería enana, tiró simplemente de estos cables, enormes para los habitantes del país, pero menos gruesos que su dedo meñique, arrancando los dos maderos de la tierra en que estaban clavados. Luego se dirigió hacia la proa para levantar las anclas hundidas en el fondo del puerto.

Estas anclas eran recuerdos venerables de la época posterior a Eulame, cuando las naciones, en implacable rivalidad marítima, se dedicaron a construir buques inmensos, fortalezas flotantes de numerosos cañones, guarnecidas por miles de combatientes. Para Gillespie resultaban de un tamaño considerable, más allá de las proporciones guardadas por las demás cosas de los pigmeos, pues eran tan largas casi como sus piernas. Por esto tuvo que esforzarse mucho para arrancarlas del barro del fondo, subiéndolas hasta el bote.

De pronto suspendió su trabajo al oír que le hablaban en inglés desde el muelle. Era Flimnap. Todos sus compatriotas permanecían alejados después de haber visto que el gigante del árbol amenazador sabía igualmente aplastar a sus enemigos a gran distancia, valiéndose de rocas capaces de destruir una casa o un buque. Gritaban contra él, pero se mantenían aglomerados en las bocacalles, prontos a huir, sin atreverse a avanzar al descubierto sobre los muelles. Sólo Flimnap, siguiendo los consejos de su amor y seguro de la bondad del gigante, se atrevió a ir hacia él.

—¡Gentleman –dijo con voz llorosa–, lléveme con usted, ya que su intención es huir para siempre de esta tierra! ¡Piense en mí, se lo suplico!... ¿Cómo podré vivir cuando el Gentleman-Montaña se haya marchado para siempre?...

Pero el Gentleman-Montaña miró sonriendo al grueso capitán y levantó los hombros. Luego le volvió la espalda, empezando a forcejear para subir la segunda ancla.

—¡Lléveme! –continuó–. ¿Qué voy a hacer en mi patria?... Al ver que usted quiere marcharse, todas mis creen-

cias se han derrumbado. Nada me importa que perezca el gobierno de las mujeres, que triunfen los hombres o que la
guerra sea interminable. Lo único que me interesa es mi
amor.

»Además, gentleman, este país me parece inmensamente triste y empiezo a aborrecer a los que lo habitan. Creía-
mos terminada para siempre la guerra; era un monstruo de
los tiempos remotos que nunca podía resucitar; y ahora la
guerra surge cuando menos lo esperábamos y nadie sabe
cuándo acabará. ¿Viviremos esclavos eternamente de nuestra barbarie original, sin que haya educación capaz de modi-
ficarnos?... ¿Será una mentira el progreso?... ¿Estaremos
condenados a dar eternas vueltas, lo mismo que una rueda,
sin salir jamás del mismo círculo?...

Pero el coloso no oía sus ruegos ni prestaba atención a
las preguntas que iba formulando Flimnap, de acuerdo con
sus hábitos de conferencista. Lo que a Gillespie le preocupaba era salir del puerto cuanto antes. Ya tenía fuera del agua
la segunda ancla, y empuñó los remos, empezando a bogar
de pie y mirando a la proa.

—¡Gentleman, lléveme! –gritó el amoroso catedrático
con un temblor histérico en la voz y extendiendo sus brazos–. Yo no quiero vivir aquí. Tómeme en su navío gigantesco o me arrojo al agua.

No supo nunca Gillespie si el enamorado capitán fue capaz de cumplir su amenaza, pues se negó a volver el rostro.
Pronto dejó de oír la voz de su antiguo traductor. Remaba
tan vigorosamente, que con unas cuantas paladas se colocó en
el centro del puerto. De los buques mercantes escapaban
en masa las tripulaciones, por creer que el Hombre-Montaña quería tomarlos al abordaje. Pero Gillespie puso su proa

hacia el otro lado del puerto, donde estaban los almacenes de víveres para las tropas.

Al saltar sobre el muelle, éste quedó desierto. Por encima de las techumbres de los almacenes vio un patio donde estaban puestas a secar enormes cantidades de carne convertida en cecina. A puñados arrebató esta reserva alimenticia, arrojándola en el cesto que había sacado del bote. También limpió otro patio de los víveres que guardaba formando montones, y los depositó en el mismo cesto sin ningún orden.

Cuando estuvo otra vez en su embarcación notó que los muelles se iban cubriendo de pigmeos. Eran soldados vestidos con vistosos uniformes y que avanzaban denodadamente. Los que tenían arcos disparaban, pero sus flechas caían mucho antes de llegar adonde estaba el gigante, lo que hizo sonreír a éste despectivamente, no queriendo responder a la agresión.

Hubo en la muchedumbre un movimiento de retroceso, y luego se abrió dejando paso a algo que provocaba aclamaciones de entusiasmo. Gillespie, interesado por este movimiento, permaneció de pie en su bote, mirando hacia dicho sitio.

Era que el Consejo Ejecutivo, para remedio de la inferioridad agresiva de sus tropas, acababa de enviar varios cañones de los más grandes que se conservaban en el Museo Histórico. Esta artillería gruesa databa de los tiempos de Eulame, y la componían ocho piezas de asedio del tamaño y el calibre de un revólver de marca mayor, de los usados en el mundo de los Hombres-Montañas.

Los guerreros femeninos empujaban con entusiasmo estas armas colosales, colgándose de los rayos de sus ruedas para hacerlas avanzar. Momaren, con la cabeza cubierta de vendajes y el aspecto dolorido, marchaba al frente de varios profesores que se imaginaban conocer por sus lecturas el manejo de tales monstruos de acero. Lloró de emoción la muchedumbre al ver que el Padre de los Maestros, a pesar de hallarse gravemente enfermo, había abandonado su cama para servir a la patria.

Tres cañones fueron apuntados contra el gigante. Uno permaneció mudo, por más que los artilleros improvisados se agitaron en torno de él; otro, al disparar, se acostó de lado por haberse roto una de sus ruedas, aplastando a los que pilló debajo. El tercero funcionó normalmente, y su proyectil, en vez de tocar al coloso, echó a pique dos de los barcos que estaban a la carga.

El estruendo de las explosiones, completamente nuevo para la mayor parte de este gentío, le hizo huir con más rapidez que el miedo al coloso. Gillespie no quiso dejar que sus enemigos continuaran ejercitándose en el manejo de la artillería, y tomó el achicador que estaba en el fondo de su barca. Con esta paleta envió por el aire unas cuantas masas de agua, que vinieron a desplomarse algunos metros más allá, sobre los grandes cañones y todos los que se movían en torno a ellos.

Momaren huyó con sus profesores, perseguido por el enorme diluvio, y hasta las amazonas más dispuestas a morir se refugiaron detrás de las piezas de artillería y de los armones chorreantes.

Edwin, empuñando otra vez sus remos, procuró salir rápidamente del puerto. Nada le quedaba que hacer en él. Pero fuera de su boca le salió al encuentro un obstáculo inesperado.

La escuadra del Sol Naciente había zarpado días antes, lo mismo que las flotas aéreas, para combatir a los insurrectos, dejando solamente dos buques a las órdenes del gobierno. Estos buques, mientras Gillespie levantaba sus anclas y saqueaba los almacenes, habían embarcado una parte de sus tripulaciones que se hallaban en tierra con permiso, saliendo del puerto para combatirle, por creer sus capitanes que fuera de él podrían maniobrar mejor contra el barco gigantesco. Reconocían la desigualdad de sus fuerzas al compararlas con el poder ofensivo de este último, pero habían recibido órdenes precisas de los gobernantes –todos ellos de una ignorancia completa en las cosas del mar–, y marchaban al ataque con el heroísmo sombrío del que sabe que va a morir inútilmente.

Uno de los navíos se colocó ante el bote de Gillespie, cortándole el camino, al mismo tiempo que le enviaba una nube de pequeños guijarros con sus catapultas; pero el gigante remó vigorosamente, cayendo sobre él en unos segundos, y lo hizo desaparecer bajo el rudo choque de su proa.

En el mismo instante el bote quedó inmovilizado con tal brusquedad, que Edwin casi cayó de espaldas. Miró en torno de él, sin distinguir nada amenazante en el mar; pero sobre una de las bordas de su embarcación vio cómo se movía una especie de hilo de araña. Este filamento había acabado por pegarse a la madera, como si fuese un ser vivo, mientras su extremo opuesto se perdía en la profundidad acuática.

Era un cable igual a los de las máquinas aéreas. Gillespie adivinó que el segundo buque se había sumergido y le enviaba desde el fondo sus tentáculos metálicos, animados y prensiles, que parecían poseer la inteligencia de un ser viviente. Varios de estos cables debían estar pegados ya a la quilla de su bote. Otro salió del agua, como una lombriz de nerviosas contracciones, enroscándose en torno a uno de sus remos. Iba a quedar allí, prisionero del buque invisible, no más grande que un juguete, el cual lentamente tiraría de él hacia el interior del puerto, o le retendría inmovilizado, esperando que llegase la flota, avisada por las comunicaciones atmosféricas.

Por primera vez en toda la tarde sintió el coloso la angustia del peligro. Este adversario resultaba más temible que todas las muchedumbres aporreadas y perseguidas por él en las calles de la capital. Cuando se consideraba libre para siempre de los pigmeos, era su prisionero y sólo podía esperar la muerte.

Asomó cautelosamente su cabeza por las bordas de la embarcación, pronto a retirarla antes de que un nuevo cable viniera a enroscarse en su cuello. Siguiendo la dirección de los filamentos hundidos en el agua, creyó ver un objeto negro que flotaba a pocos metros de la superficie. Agarró una piedra, arrojándola en el mar con una fuerza que hizo surgir chorros de espuma. Pero en vez de obtener su deseo, un nuevo cable se elevó amenazante sobre las aguas. Arrojó otra piedra, y luego otra, persiguiendo de este modo al terrible pez mecánico que daba vueltas en torno a su bote.

Sintió un escalofrío de angustia al darse cuenta de que sólo le quedaba un pedazo de roca como último proyectil, y lo arrojó con toda la fuerza de su desesperación, casi sin mirar, confiándose al instinto y a la suerte.

Se oscureció el agua con una dilatación negra, como si se hubiese roto en sus entrañas una gran bolsa repleta de tinta. Subieron a la superficie densas burbujas de gases, que estallaron con un estrépito hediondo, y todos los cables se soltaron a la vez, cayendo inertes, como los segmentos de una serpiente partida, como los tentáculos de un pulpo desgarrado.

Libre ya de este obstáculo, Gillespie volvió a empuñar los remos, avanzando por unas aguas que la marina pigmea rehuía el frecuentar. Puso la proa hacia la barrera de rocas y espumas, obra de los dioses, que limitaba el mundo conocido.

Después de una hora de violento ejercicio, Gillespie, cubierto de sudor, necesitó despojarse de la chaqueta. Todavía pendían de su tejido muchas flechas, que le recordaron su primer choque con los soldados de la República femenina. La vista de ellas evocó en su memoria a los dos compañeros de viaje, completamente olvidados hasta entonces.

Sosteniendo la chaqueta con una mano, metió la otra en el bolsillo superior, extrayendo uno tras otro a los dos pigmeos para depositarlos dulcemente en la popa de la embarcación.

Ra-Ra se mostró sombrío y ceñudo, mirando al Hombre-Montaña con hostilidad, como si recordase aún el golpe que le había dado con un dedo para que permaneciese dentro del bolsillo. Al ver que el gigante, hundiendo por segunda vez su mano en la tela, sacaba a su amada, le gritó con dureza:

—¡Tenga cuidado, monstruo!... La pobre Popito tal vez va a morir.

Edwin miró con asombro a la delicada joven, que, no pudiendo continuar de pie, acababa de tenderse sobre la madera de la popa, mientras Ra-Ra sostenía su cabeza, arrodillado.

¡Gran Dios!... Miss Margaret Haynes, por otro nombre Popito, tenía las ropas manchadas de sangre. Su rostro estaba empalidecido por una lividez mortal. Sus labios eran ahora azules, y una humildad dolorosa parecía haber agrandado sus ojos.

Con acento de rencor, como si el gigante tuviese la culpa de la herida recibida por su amada, Ra-Ra fue explicándole todo lo ocurrido desde que salió de la cárcel. Al caer en el fondo del bolsillo oyó gemidos dolorosos, viendo a continuación cómo la dulce Popito chorreaba sangre. Una de las muchas flechas dirigidas contra el Hombre-Montaña, al clavarse en el paño de la chaqueta, la había alcanzado con su punta. Ra-Ra trepó inmediatamente a la abertura para advertir al gigante; pero éste, en vez de escucharle, lo golpeó con uno de sus dedos, haciéndole caer de nuevo sobre el cuerpo de la joven herida. Así habían permanecido los dos mucho tiempo, sufriendo el más horrible de los suplicios encerrados en aquella bolsa agitada continuamente por los movimientos que hizo el coloso para defenderse de la máquina voladora, para desamarrar la barca, para inundar la artillería de los pigmeos y para batirse al fin con los dos buques enemigos.

Era extraordinario que Popito viviese aún. Él había vendado la herida con pedazos de tela arrancados a su traje, y temblaba al pensar que la delicada joven tal vez no pudiera resistir tantos sufrimientos.

—Usted tiene la culpa, gentleman. ¿Por qué no nos dejó en nuestra patria? ¿Por qué nos ha traído aquí, haciéndonos sus esclavos?

Edwin lanzó a su propia miniatura una mirada de desprecio.

—¿Vivirías ahora si te hubiese dejado en tu país?... ¿No era necesario que me defendiese para que los tres nos viésemos libres?...

Y convencido de que Ra-Ra, por ser igual a él, sólo podía decir tonterías cuando estaba furioso, prescindió de su persona para ocuparse únicamente de Popito. ¿Era posible que miss Margaret fuese a morir cuando él la había salvado?... Volver atrás resultaba imposible; en la tierra de los pigmeos sólo les esperaba la muerte. Lo mejor era ir al encuentro de los gigantes de su especie, para que aquella pobre joven recobrase la salud. Pensó además que los buques de la flota, avisados por el gobierno, navegarían ya a estas horas para darle caza, y era necesario pasar cuanto antes la barrera de los dioses.

Gillespie volvió otra vez a empuñar los remos, bogando con un vigor maravilloso del que no se habría considerado capaz días antes. Le pareció que el cansancio era algo que su cuerpo no podía conocer. También creyó sobrenatural que el día se prolongase más allá de sus límites ordinarios. El sol parecía inmóvil en el horizonte. Llevaba horas y horas remando, sin que sus brazos se fatigasen y sin que el astro diurno descendiese hacia el mar.

Popito, al permanecer fuera de su encierro, respirando el aire salino, pareció reanimarse. Sonreía dulcemente, con la cabeza apoyada en una rodilla de Ra-Ra. Sus ojos estaban fijos en los ojos de él, que la contemplaban verticalmente. Después, estrechándose las manos, paseaban los dos sus miradas por aquel mar misterioso y temible, poco frecuentado por los seres de su especie. Pasaron junto a una roca cubierta de plantas marítimas, en la que Gillespie sólo hubiera podido dar unos veinte pasos.

—Aquí está sepultado mi glorioso abuelo —dijo Ra-Ra. El mar se iba rizando con largas ondulaciones que hacían cabecear al bote y hubiesen representado un oleaje de tormenta para los buques de la escuadra del Sol Naciente. Los dos amantes miraban con espanto el movimiento de la enorme nave.

—¡Atención, hijos míos! –dijo Gillespie–. Vamos a pasar la llamada barrera de los dioses, y los rompientes nos sacudirán un poco.

Dobló su chaqueta sobre la popa y puso entre los pliegues a los dos pigmeos. Luego siguió remando, de pie y con la vista fija en la línea de escollos, para enfilar a tiempo los callejones de espuma hirviente abiertos en ella.

El bote se levantó sobre las olas y volvió a caer, tocando varias veces con su quilla los obstáculos invisibles. Terminaron los sacudimientos al quedar atrás la línea de rocas submarinas, y un mar de azul oscuro y profundo se extendió sin límites ante la proa del bote.

—Entramos en el mundo de los Hombres Montañas –gritó alegremente Gillespie.

Después de estas palabras se hizo inmediatamente la noche, y Edwin sintió de golpe toda la fatiga de los esfuerzos que llevaba realizados.

Buscó en su cesto de provisiones lo que le pareció más exquisito, depositándolo a puñados sobre su chaqueta para que comiesen los dos amantes refugiados en sus pliegues. Él también comió, tendiéndose después en el fondo de la barca para dormir.

No pudo explicarse cómo el sueño le mantuvo bajo su dominio tantas horas. Cuando despertó, el sol estaba ya muy alto, pero no fue la caricia cáustica de su luz la que le volvió a la vida. Unos gritos que parecían venir de muy lejos, entrecortados por llantos, fueron el verdadero motivo que le hizo salir de su sopor incomprensible. Ra-Ra le llamaba.

—¡Gentleman, Popito se me muere!... ¡Ya ha muerto tal vez!

Gillespie se irguió al escuchar esta terrible noticia. ¿Era posible que miss Margaret pudiese morir?...

La vio tendida entre dos dobleces del paño de su chaqueta, con la cabeza sobre una arruga que había preparado y mullido su amante para que la sirviese de almohada. Estaba más blanca que el día anterior, como si hubiese perdido toda la sangre de su cuerpo. Abrió los ojos y volvió a cerrarlos repetidas veces después de mirar a Ra-Ra y al gigante.

—¡Oh, miss Margaret! –suplicó Edwin–. No se muera. ¿Qué haré yo en el mundo si usted me abandona?...

Y el pobre coloso tenía en su voz el mismo tono desesperado del pigmeo Ra-Ra.

Como si necesitase contemplarla de más cerca, pasó una mano con suavidad por debajo del cuerpo de Popito y puso igualmente sobre la palma a su lloroso compañero, para no privarle ni un instante de la presencia de su amada.

Sentado en el centro del bote permaneció mucho tiempo, con la diestra cerca de los ojos, contemplando el grupo que formaban los dos pigmeos enamorados.

Ra-Ra, arrodillado junto a ella, le tomaba las manos, hablándola ansiosamente para que abriese los ojos una vez más, y creyendo que cuando los cerraba era para siempre.

—¡Oh, hermano de mis ensueños! ¡Madre de mis alegrías! ¿Me oyes?... No te mueras; yo no quiero que mueras. Aún quedan para nosotros muchos soles dichosos y muchas lunas de amor. El Gentleman-Montaña nos llevará a su país, y las esposas de los gigantes sentirán asombro al verte tan hermosa. Para las reinas de aquellas tierras será una gloria llevarte dormida sobre su pecho, pues no hay joya que pueda compararse en hermosura contigo. ¿Me oyes... di ... me oyes?

Y el gigante, con su bronca voz, se unía a este lamento acariciador, repitiendo monótonamente:

—No se muera usted, miss Margaret.... ¡No se muera!

De pronto Ra-Ra lanzó un chillido casi femenil:

—No me contesta.... ¡Ha muerto!... ¡ha muerto!...

Así era. Hacía mucho tiempo que él hablaba, sin que la joven pareciese oírle. Su última sonrisa se había inmovilizado, convirtiéndose en una mueca fría y lúgubre.

Ra-Ra levantó uno de los brazos de su amada, y el brazo volvió a caer con la inercia de la muerte. Entreabrió sus párpados, y sólo pudo encontrar un globo vidrioso y empañado, del que había huido toda luz.

—¡Ha muerto, gentleman! –gritó llorando como un niño.

Y el gentleman permanecía cabizbajo, mirando fijamente su mano, en cuya palma acababa de desarrollarse la tragedia amorosa de su propia vida.

Pasó mucho tiempo... ¡mucho! Ra-Ra, tendido junto al cadáver y abrazado a él, lloraba y lloraba incesantemente. Gillespie seguía inmóvil, sin hacer ningún gesto de dolor, considerando inútil la exteriorización de su pena, pues contaba con un «otro yo» ocupado en derramar sus propias lágrimas.

A la caída de la tarde, un fuerte deseo de actividad hizo salir a Edwin de esta inercia. Un gentleman debe al cadáver de la mujer amada algo más que una dolorosa contemplación.

Pensó en los cementerios de su América, verdes, rumorosos, abundantes en flores y mariposas, verdaderos jardines que sirven de lugar de cita a los enamorados y asoman sus tumbas entre frescas arboledas al borde de riachuelos que se deslizan bajo puentes rústicos. De estar allá, construiría en uno de estos paseos, que con su sonrisa primaveral parecen burlarse del miedo a la muerte, un gracioso monumento para depositar a Popito, y la visitaría todas las tardes llevándola un ramo de flores. ¡Pero aquí, en medio del mar, tan lejos de las tierras habitadas por los hombres de su especie!...

Creyó ver que el adorable cuerpo de miss Margaret empezaba a descomponerse. Tal vez era ilusión de sus ojos, pero el mármol de su palidez parecía haber tomado un tono verdinegro, con estrías que denunciaban la podredumbre interior. Resultaba preferible no presenciar la desagregación material y desesperante de este cuerpo adorado. Además, su deber era darle sepultura inmediata en el mar, ya que no podía hacerlo en tierra.

Tomó a un mismo tiempo con sus dedos el cadáver de Popito y el cuerpo de Ra-Ra, depositándolos de nuevo sobre la chaqueta. Luego hizo una rebusca entre los objetos amontonados en la barca después del registro realizado por la marinería de la escuadra del Sol Naciente, y encontró una pequeña caja de cigarros que él había tomado en su camarote al ocurrir la voladura del paquebote. Los pigmeos la habían dejado vacía después de llevarse las seis columnas de hierba prensada, oscura y picante que contenía su interior, tan altas como sus cuerpos. Esta caja iba a ser el féretro de la dulce Popito.

Empezaba a ponerse el sol, cuando Gillespie pasó a la popa con la cajita en su diestra. Ra-Ra, como si presintiese el peligro, se puso de pie, y al fijarse en la mano del gigante adivinó su intención, gritando con voz desesperada:

—¡No quiero!... ¡No quiero!

Luego, comprendiendo que su resistencia resultaría inútil ante las fuerzas del coloso, apeló a la súplica:

—Déjela aquí, gentleman. ¿Por qué me la arrebata? Esa tumba que quiere darle es tan enorme, ¡es tan fría!... Usted es bueno, gentleman; usted me ha protegido siempre. Atienda mis ruegos.

Pero el gigante le hizo retroceder con el dorso de una de sus manos, tomando después el cadáver para depositarlo en la cajita.

Iba a cerrar su tapa, cuando Ra-Ra se abalanzó sobre ella.

—Métame a mí también –dijo–. Donde Popito vaya debo ir yo. Nos lo hemos jurado muchas veces. ¿Por qué se empeña en separarnos?...

La mano del gigante volvió a repelerle, mientras dos lágrimas se desplomaban de los ojos de Gillespie, cayendo en el interior de la cajita.

Cerró lentamente la tapa, volviendo con una presión de sus dedos a hacer penetrar las tachuelas en sus antiguos orificios.

Ya se había ocultado el sol, dejando en el horizonte una barra roja entre vapores flotantes de oro mortecino.

Otras dos gotas enormes de llanto vinieron a caer sobre la cubierta del improvisado ataúd.

Mientras tanto, Ra-Ra lanzaba continuos lamentos, iguales a los aullidos de una bestezuela herida muy lejos... muy lejos....

—¡Adiós, Margaret! –murmuró Edwin.

Y sacando un brazo fuera del bote, dejó caer la caja de cigarros.

Flotó sobre el agua unos instantes, y luego se fue al fondo bajo el peso de alguien que acababa de arrojarse sobre ella.

Era Ra-Ra, que había saltado fuera de la embarcación para abrazarse al féretro, desapareciendo con él.

Y Edwin Gillespie, como si temiera quedarse solo, obedeciendo a una voluntad superior y misteriosa que le empujaba con fuerza irresistible, imitó a Ra-Ra, lanzándose también de cabeza en el mar.

16. Donde el Hombre-Montaña deja de ser gigante y da por terminado su viaje

Se vio envuelto en pegajosa oscuridad. Una fuerza voraz tiraba de él, absorbiéndole. Así fue descendiendo a las regiones inferiores, donde las tinieblas eran aún más densas.

Braceó desesperadamente al sentir las primeras angustias de la asfixia, dando al mismo tiempo furiosas patadas en el ambiente líquido. Tenía la certeza de que iba a morir ahogado, y esto mismo comunicaba a sus fuerzas un nuevo vigor.

—¡No quiero morir, no debo morir! –se decía Edwin.

El egoísmo vital se había apoderado de él, borrando las tristezas sentimentales de poco antes. Ya no se acordaba de la dulce Popito ni de Ra-Ra, suicida por amor. Este pigmeo podía matarse, era dueño de su vida, y él no pensaba negarle el derecho a disponer de ella. Pero el Gentleman-Montaña no alcanzaba a comprender en virtud de qué razones debía imitar al otro, solamente porque se parecían, como una persona se asemeja a un retrato suyo en miniatura.

Como el joven americano deseaba prolongar su vida, agitó brazos y piernas, no sabiendo en realidad si el abismo seguía absorbiéndolo o si lograba remontarse poco a poco hacia la superficie.

Su deseo era terminar lo más pronto que fuese posible esta vida flotante y anormal, en la que su cuerpo tenía que luchar contra las leyes físicas, trabajando desesperadamente por liber-tarse de los tirones de la gravitación. Sólo aspiraba a encontrar un punto de apoyo, algo sólido que poder asir con sus manos.

Tan vehemente era este deseo, que no tenía en cuenta la magnitud del objeto. Una botella cerrada, un simple tapón flotante, bastarían para sostener todo su cuerpo. Lo esencial era encontrar donde agarrarse.

Y de pronto su mano derecha sintió el duro contacto de una madera pulida y firme.

Se cogió a ella con la crispación del que va a morir; la opri-mió como si pretendiese incrustar sus dedos en la venosa y compacta superficie. Después pegó a ella su otra mano, y, apo-yándose en este sostén, fue elevando todo su cuerpo.

Tan grande resultaba la violencia del esfuerzo, que la madera crujió, esparciendo un sonido de rotura a través del ambiente líquido y pegajoso.

Poco a poco sacó la cabeza fuera del agua y vio que ha-bía cerrado la noche. Pero la lobreguez nocturna estaba cor-tada por el resplandor de un sol rojo cuyos rayos parecían de sangre fluida.

Este sol lo tenía sobre su cabeza, e instintivamente vol-vió los ojos para verlo. Era simplemente una lamparilla eléc-trica resguardada por un vidrio cóncavo.

Aturdido por tal descubrimiento, cerró los ojos para condensar sus sentidos y poder apreciar lo que le rodeaba sin absurdos fantasmagóricos. El hecho de que el sol se convir-tiese de pronto en una lámpara eléctrica le hizo sospechar que estaba dormido o que el descenso al abismo oceánico ha-bía perturbado sus facultades mentales.

Volvió a abrir los ojos, limitándose a mirar enfrente de él. Lo primero que vio fue sus pies descansando sobre algo que estaba más alto que el suelo; después contempló este suelo, que era de madera limpia y brillante, con ensambladuras muy ajustadas; y más allá, como último término, una barandilla recubierta exteriormente de lona pintada de blanco. Sobre esta baranda se abría una oscuridad misteriosa que parecía exhalar el aliento salitroso del infinito.

Sintió dolor en las manos a causa de la tenacidad con que estaban agarradas al objeto providencial que le había servido de punto de apoyo en su agonía de náufrago.

Los ojos de Gillespie, todavía mal abiertos, siguieron la longitud de uno de sus brazos, en busca de las manos, para encontrarlas al fin agarradas a una madera de color de manteca, pulida y brillante. Esta madera afectaba una forma que no era desconocida para Edwin.

Después de examinarla con los titubeos de un entendimiento todavía confuso, acabó por descubrir que era el brazo de un sillón. Una vez hecho este descubrimiento, todo lo demás resultó fácil para él; sus facultades despertaron instantáneamente, ayudándose unas a otras.

Se dio cuenta de que estaba sentado en un sillón, con las piernas extendidas. Luego se incorporó, soltando el brazo de madera, que dejó oír un nuevo quejido de quebrantamiento al verse libre de la desesperada opresión. Rápidamente fue reconociendo el verdadero aspecto de todo lo que le rodeaba. El sol rojo no era más que una lámpara eléctrica de las que alumbran el puente de paseo de un paquebote.

Gillespie tardó en reconocer el buque. ¿Qué hacía él allí?... ¿Quién le había traído?... Quiso echar una pierna fuera del sillón, y su pie tropezó con algo que resbalaba sobre la madera lanzando un susurro, como de frote de papeles.

Al avanzar su cabeza vio un libro caído, que tenía el lomo en alto, ostentando en su tapa de colores un hombre con casaca a la antigua, las piernas en forma de compás, y pasando entre ellas un ejército de pigmeos. La vista de este dibujo le ayudó a despertar completamente, reanudando el funcionamiento de su memoria.

No había hecho más que dormir, como tantos protagonistas de cuentos y comedias, soñando con arreglo a su última lectura y viendo las escenas de su ensueño lo mismo que si realmente transcurriesen en la realidad.

Sintió un escalofrío, y poniéndose de pie, miró su reloj. Eran las ocho. Los pasajeros debían estar ya terminando de comer. Al extremo de la cubierta de paseo jugueteaban tres niños vigilados por una institutriz. Tal vez les pertenecía aquel libro que había hecho pasar a Gillespie cuatro horas de continuos ensueños, inmóvil en un sillón, mientras por el interior de su cráneo desfilaban las escenas de una historia tan interesante como inverosímil.

Al verle despierto y de pie, los niños hicieron esfuerzos por ocultar sus risas. Debían haber pasado muchas veces ante su asiento, contemplando cómo se agitaba y hablaba en voz baja sin dejar de dormir.

La risa sofocada de los tres y de la institutriz le hizo abandonar el puente, bajando a los salones del paquebote. El americano, después de tanto soñar, sentía hambre, un hambre sólo comparable a la que había sufrido cerca del puerto de la Ciudad-Paraíso de las Mujeres mientras esperaba inútilmente el envío de víveres prometido por la enamorada Flimnap.

Pero la evocación de esta parte material de su ensueño sirvió para resucitar en su memoria la imagen de la dulce Popito y la escena de su muerte.

Popito era miss Margaret, y al recordar cómo había fallecido sobre una de sus manos y cómo la había arrojado al agua, se sintió invadido por los más tristes presentimientos.

Reconoció de pronto que los supersticiosos no son dignos de burla, como él había creído siempre. Se imaginó que todo lo que llevaba visto en sueños no era mas que una preparación para llegar a la muerte de Popito y que esta muerte debía considerarla como un aviso de las potencias misteriosas que rigen el curso de la vida humana.

—Miss Margaret ha muerto, estoy seguro de ello –se dijo el joven.

Y en el comedor, cada vez más solitario, pues los pasajeros abandonaban ya las mesas, Gillespie dejó intactos todos los platos que le presentó el camarero.

—Ha muerto, ha muerto indudablemente.

Cuando vio entrar al encargado de la telegrafía sin hilos del paquebote, mirando a un lado y a otro, con un pequeño sobre en una mano, Edwin se incorporó para atraer su atención.

Estaba seguro de que le buscaba a él, trayéndole la más fatal de las noticias.

Efectivamente, el telegrafista fue hacia su mesa y le entregó el despacho.

Gillespie abrió el sobre con mano temblorosa, buscando inmediatamente la firma del telegrama. ¡Lo que él había pensado!... El despacho iba suscrito por mistress Augusta Haynes.

No consideró necesario leer las líneas del texto. ¿Para qué?... Sólo un acontecimiento terrible podía obligar a esta señora, tan enemiga suya, a enviarle un telegrama.

—Ha muerto; efectivamente, ha muerto.

Danzaron ante sus ojos las luces del comedor; después se fueron debilitando, como si les faltase la fuerza del fluido. Un velo acuático acababa de abrirse entre sus ojos y estas luces. Y para que los pasajeros retardados no le viesen llorar, Edwin Gillespie inclinó la cabeza permaneciendo así mucho tiempo.

Al fin volvió a abrir el despacho instintivamente, para leerlo línea por línea. Sentía el deseo amargamente atractivo que nos impulsa a paladear los grandes dolores. Necesitaba saber cómo había sido su desgracia, conocerla detalle por detalle, rebuscando entre las palabras inmóviles y secas del telegrama la vibración de aquella catástrofe, sin interés para el resto de los humanos, pero la más grande que podía ocurrir en el mundo para la madre y para él.

Se movió en su asiento nerviosamente al leer las primeras palabras. ¡Miss Margaret no había muerto!... La madre le decía simplemente que su hija estaba enferma, muy enferma, y para que recobrase la salud, ella rogaba a Gillespie que regresase cuanto antes a los Estados Unidos.

Quedó aturdido por el texto inesperado del despacho. Experimentó una gran alegría, avergonzándose a continuación de ella. El desesperado pesimismo que había sentido en los primeros momentos se reprodujo, haciéndole buscar en el telegrama la parte más alarmante, o sea las primeras palabras.

¿Qué importaba que la orgullosa señora, olvidando la altivez con que siempre le había tratado, se humillase hasta formular este llamamiento?... Lo concreto, lo seguro, era que Margaret estaba muy enferma. Para que mistress Augusta Haynes se decidiese a llamar al ingeniero Gillespie –pretendiente que nunca había sido de su gusto– era preciso que la hija estuviera en verdadero peligro de muerte. ¡Y él que se hallaba al otro lado del mundo, separado por una navegación de varias semanas!...

Pasó la noche sin dormir, saltando de su lecho para pasear por el puente y volviendo a meterse en el camarote con un deseo siempre incumplido de lograr un poco de sueño.

—¡Quién sabe si ya habrá, muerto! —pensaba tenazmente bajo el influjo de su pesimismo—. Cuando la madre ha enviado este despacho, es indudable que Margaret va a morir.... ¡Y yo sin poder realizar los deseos de esa señora, que parece me espera con ansiedad!... ¡Qué idea la mía de emprender un viaje a estas tierras remotas!

Después del amanecer subió a la última cubierta, paseando cerca del puente de mando para poder hablar con alguno de los oficiales.

Encontró a uno que no se parecía en nada al que había visto durante su ensueño, ocupando juntos el mismo bote cuando abandonaron el buque próximo a hundirse.

Quiso saber los medios más seguros para regresar a los Estados Unidos cuanto antes, y el oficial le habló de un paquebote que partiría de Melbourne horas después de la llegada de éste en que iban ellos.

La buena noticia animó un poco a Gillespie, haciéndole pensar en la remota posibilidad de que sus asuntos pasionales obtuviesen finalmente una solución dichosa.

Cuando se dirigía al comedor en busca del desayuno, escuchó su nombre. Era el empleado del telégrafo, que le buscaba para entregarle un nuevo despacho.

Sintió que toda su sangre afluía al corazón, dejando sus miembros en una frialdad cadavérica. Después el torrente sanguíneo refluyó con violencia, esparciendo por todo su cuerpo una picazón cáustica.... Lo que él había presentido durante la noche iba a realizarse. El primer telegrama de la madre era una especie de preparación para que el dolor lo fuese recibiendo por gradaciones. Le había anunciado que Margaret sólo estaba enferma, para horas después enviarle un segundo telegrama con la terrible noticia de su muerte.... Y el telegrama estaba allí al alcance de su mano.

Pero el telegrafista, un jovenzuelo de ojos maliciosos, le miraba sonriente, y se adivinaba en su sonrisa algo que tal vez tenía relación con el despacho.

En el primer momento Gillespie se sintió tan irritado por esta jovialidad, completamente en desacuerdo con su dolor, que hasta tuvo el propósito de gratificar al joven con un puñetazo entre ambas cejas. Después pensó que el telegrafista estaba enterado indudablemente de lo que contenía el sobre, y era inverosímil que entregase sonriendo una noticia de muerte.

Hasta se imaginó que su sonrisa actual era continuación de otras sonrisas anteriores que no había podido reprimir mientras con un lápiz en la mano y el casco de orejas metálicas en la cabeza escribía las palabras misteriosas llegadas a través de la atmósfera.

Gillespie le arrebató el despacho para abrirlo.... ¡Oh Dios! ¡La firma de miss Margaret!

Y después de leerlo en un silencio entrecortado por su respiración jadeante, empezó a reir. Luego dijo en voz alta, con tono de admiración y regocijo:

—¡Oh, las mujeres! ¿Quién podrá nunca luchar con las mujeres?

Saludó el telegrafista, asintiendo a estas palabras, y sus ojos parecieron decir: «El gentleman tiene mucha razón.»

Luego se marchó para que Edwin pudiese volver a leer con toda calma aquel papelillo que contenía todo un mundo de felicidad.

La dulce miss Margaret Haynes le telegrafiaba para ordenarle que volviese cuanto antes, añadiendo que si había recibido un despacho de su madre con la noticia de que ella estaba gravemente enferma no hiciese caso alguno.

Su salud era mejor que nunca; pero había necesitado fingirse enferma durante un mes, con gran abundancia de melancolías y llantos, y hasta privarse de bailar en tanto tiempo. Esto último era lo que había asustado más a la madre, haciéndola creer en una muerte próxima; y como amaba mucho a su hija, la grave señora había acabado por acceder a su matrimonio con el ingeniero.

La consideración de que Margaret había podido privarse de bailar durante cuatro semanas para casarse con Edwin conmovió a éste profundamente. «¡Adorable criatura!... ¡Imposible pedir mayor sacrificio!...» ¡Ay! ¡Cómo deseaba tenerla en sus brazos, de cinco a siete de la tarde, en cualquier hotel de las riberas del Atlántico o del Pacífico, bailando al son de una orquesta de negros, cadenciosa y disparatada!

Su impaciencia le hizo subir otra vez al puente, en busca del mismo oficial.

—¿Cuándo llegaremos a Melbourne?

—Dentro de tres horas.

—¿Está usted seguro de que el otro vapor sale en seguida para San Francisco?

—Zarpará lo más tarde mañana al amanecer.... Tal vez salga hoy, y tendrá usted que moverse mucho para obtener un buen camarote y trasladar su equipaje.

¡Oh, Providencia, que alguna vez te acuerdas de los enamorados!... Gillespie, después de tales noticias, bajó al camarote para preparar sus maletas. Pero mientras cumplía este trabajo mecánico, su imaginación empezó a galopar por los campos del futuro, creando instantáneamente las escenas más risueñas.

Se vio unido a miss Margaret Haynes, que había pasado a ser mistress Gillespie. Recorrió la casa que habitarían en Nueva York, improvisando en unos segundos, sin gasto alguno y sin discusiones con los proveedores, todas sus piezas, amuebladas con gran comodidad.

Después, dando una cabriola sobre el obstáculo de diez años, se contempló entre varios niños hermosos, bien vestidos y de una gracia conmovedora, iguales a los que se muestran en los escenarios de los teatros y en el lienzo luminoso de los cinemas.

La señora Gillespie, mamá de todos ellos, estaba más bella que nunca, con ese esplendor de verano hermoso que proporciona la maternidad y un aterciopelamiento azucarado de fruto en plena sazón.

Pero de pronto su fantasía optimista se estremeció, dando un salto atrás. Acababa de ver a alguien que había olvidado. La solemne mistress Augusta Haynes pasó ante sus ojos. ¿Cómo se portaría con él?... ¿Sería la serpiente del paraíso que acababa de crear?...

Su optimismo acabó por no tener en cuenta el aspecto imponente y duro de la madre de Margaret. El fondo de su carácter tal vez era bondadoso, como afirmaba la hija.

—¿Y si no lo es?... ¿Y si no lo es?...

Gillespie, ante tal duda, se sintió con un alma enérgica hasta la crueldad.

Lo que él deseaba era que Margaret le amase siempre. Contando con el cariño de su esposa, no había suegra que le infundiese miedo.

Nueva York y San Francisco están a orillas del mar, y él se acordó de lo que había hecho cierta noche, estando en la playa, con el ilustre Momaren, Padre de los Maestros y madre de la dulce Popito.

Y lo que hace un gigante puede repetirlo igualmente un simple hombre, siempre que no le falte buena voluntad.

FIN

ÍNDICE